SV

Kenzaburo Oe

Eine persönliche Erfahrung

Roman

Aus dem Japanischen von
Siegfried Schaarschmidt

Suhrkamp

Titel der Originalausgabe ›Kojinteki na taiken‹

Zweite Auflage 1994

Druck: Nomos Verlagsgesellschaft, Baden-Baden
Printed in Germany

I

Bird sah auf die herrliche Afrikakarte hinab, die stolz und anmutig wie der Hirsch in der Wildnis in einem Schaukasten auslag, und stieß einen halb unterdrückten kleinen Seufzer aus. In der Buchhandlung die Verkäuferinnen, fröstelnd, Gänsehaut an Hals und Armen, wo die uniformen Blusen sie bloß ließen, beachteten Birds Seufzer nicht sonderlich. Die Abenddämmerung sank tiefer; aus der Luft, die die Erdoberfläche bedeckt, war wie bei einem toten Riesen die Körperwärme die frühsommerliche Hitze nun völlig geschwunden. Undeutliche Seufzer stieß da jeder aus, unter Gebärden, als wäre im Zwielicht des Unbewußten auf der Haut ein winziger Rest Erinnerung an die Glut des Tages zu ertasten. Im Juni abends um halb sieben rinnt in den Straßen der Stadt kein Schweiß mehr. Birds Frau indessen lag wohl eben jetzt nackt ausgestreckt auf Gummitüchern, die Augen fest geschlossen wie ein im Fluge getroffener Fasan, und stöhnte vor Schmerzen und Angst und Erwartung, während ihr aus allen Poren des Leibes zahllose große Schweißperlen quollen.

Bird schauderte es, und fester heftete er seine Blicke auf die Details der Landkarte. Das Meer, das Afrika umgibt, war in einem Blau gedruckt, so wehmütig wie der wolkenlose Himmel bei Anbruch eines Wintermorgens. Längengrade und Breitengrade waren nicht etwa mechanisch mit dem Zirkel gezogene Linien, sondern mit fetten Strichen sichtbar gemacht, die das Unbeständige und Weitherzige eines ganz offenkundig malerisch veranlagten Zeichners spüren ließen. Sie waren von einem glänzenden Elfenbeinschwarz. Der afrikanische Kontinent selbst glich in seinen Umrissen dem Schädel eines vorgebeugt dastehenden Mannes. Mit melancholischem Blick sah dieser Großköpfige nach Australien hinab, auf das Land der Koalas und der Schnabeltiere und der Känguruhs. Ein kleines Afrika in der unteren Ecke der Landkarte, auf dem die verschiedenen Bevölkerungsdichten angegeben waren, ähnelte dem bereits in Fäulnis übergehenden Kopf eines Toten; ein weiteres kleines Afrika mit den Verkehrsverbindungen erinnerte an einen geschundenen Kopf, dem man die Haut abgezogen hat und dessen Blutgefäße nun völlig offen daliegen. Die beiden kleinen Karten machten lebhaft den Eindruck eines gewaltsamen, unnatürlichen Todes.

»Soll ich sie aus dem Schaukasten herausnehmen und Ihnen zeigen?«

»Lassen Sie nur, die will ich nicht haben«, sagte Bird. »Was ich suche, sind die Michelin-Karten Westafrika sowie Zentral- und Südafrika.«

Während sich die Buchhändlerin vor dem Regal, das mit den verschiedensten Michelin-Autokarten vollgepackt war, niederbückte und emsig zu suchen begann, rief ihr Bird wie ein erfahrener Afrikakenner zu: »Es sind die Nummern 182 und 155!«

Was er zuvor seufzend betrachtet hatte, war eine Seite aus einem gewichtigen, dekorativ in Echtleder gebundenen Weltatlas gewesen. Einige Wochen zuvor schon hatte er sich einmal nach dem Preis dieses Prachtbands erkundigt: er entsprach fünf Monatsgehältern, wie er sie als Lehrer an einer Präparandenschule bezog. Freilich, er hätte ihn nach drei Monaten in die Hand bekommen können, wenn er seine Einkünfte aus gelegentlichem Dolmetschen mit einrechnete. Aber Bird hatte sich selbst und seine Frau zu ernähren, und nun auch jenes Wesen noch, das da geboren werden sollte. Er war schließlich das Oberhaupt einer Familie.

Die Buchhändlerin legte die beiden in rotes Papier eingebundenen Landkarten, nachdem sie sie herausgefunden hatte, auf den Schaukasten. Sie hatte kleine, unansehnliche Hände; ihre Finger waren so häßlich wie die im Gestrüpp sich festklammernden Beine eines Chamäleons. Während er seinen Blick auf das Markenzeichen auf den von diesen Fingern betasteten Landkarten heftete, jenen froschäugigen Gummimann, der nach der Art des kindlichen Reifentreibens im Laufen einen Pneu vor sich herstößt, überkam Bird ein Gefühl, als wäre er dabei, einen unsinnigen Kauf zu tun. Es waren ja aber doch sehr wichtige und praktisch verwendba-

re Karten! Noch immer kam Bird nicht von jener prächtigen Landkarte im Schaukasten los, die so ganz anders war als die Karten, die er erwerben wollte; und er fragte: »Warum ist eigentlich von diesem Weltatlas da immer die Seite mit Afrika aufgeschlagen?«
Das Mädchen, wie aus einer unbestimmten Vorsicht, schwieg. Ja warum wohl – begann Bird ein stummes Frage- und Antwortspiel mit sich selbst – ist immer die Afrika-Seite aufgeschlagen? Etwa weil der Inhaber der Buchhandlung die Afrika-Seite für die schönste in dem Band hält? Aber wenn sich wie im Falle Afrikas die Karte eines Kontinents mit so schwindelerregender Schnelligkeit verändert, ist sie auch rasch veraltet. Und von ihr aus greift dann die Korrosion auf den gesamten Weltatlas über. Die Seite mit der Afrika-Karte aufschlagen, hieße also doch ganz offen bekanntmachen, daß dieser Weltatlas veraltet ist. Angenommen, es ginge um eine mit Sicherheit nicht veraltende Karte eines Kontinents mit demnach völlig erstarrten politischen Verhältnissen, welche müßte man dann auswählen?
Die des amerikanischen Kontinents, etwa Nordamerika? Bird unterbrach den stummen Dialog mit sich selbst; dann bezahlte er für die beiden rot eingebundenen Afrika-Karten, und nachdem er den Gang zwischen dem überaus korpulenten weiblichen Bronzeakt und dem eingetopften Monsterbaum mit gesenktem Kopf passiert hatte, stieg er die Treppe hinab. Der Unterleib der Bronze, von den fettigen Händen Frustrierter besudelt, glänzte feucht wie eine Hundeschnauze. In seiner Studentenzeit hatte auch Bird im Vorbeigehen mit seinen Fingern darübergestrichen; jetzt aber hatte er noch nicht einmal den Mut gehabt, die Bronze richtig anzusehen. Ihm stand das Bild vor Augen, wie neben seiner nackt daliegenden Frau der Arzt und die Schwestern reihum ihre bis an die Ellbogen bloßen Arme geräuschvoll in einer Desinfektionslösung wuschen. Die Arme des Arztes waren über und über behaart.
Als er im Erdgeschoß an dem dicht umlagerten Stand mit den Zeitschriften vorbeikam, schob Bird das in Packpapier eingewickelte Päckchen mit den Landkarten sorgfältig in die Au-

ßentasche seines Anzugs und preßte im Gehen seinen Arm darauf. Schließlich waren dies die ersten Afrika-Karten, die er in der Absicht, sie praktisch zu benutzen, erstanden hatte. Werde ich aber, überlegte Bird mit einem bangen Gefühl, den Tag erleben, an dem ich in Wahrheit afrikanischen Boden betrete, an dem ich durch eine starke Sonnenbrille hinaufblicke in den afrikanischen Himmel? Ist es nicht vielmehr so, daß mir die Möglichkeit, nach Afrika abzureisen, jetzt in diesem Augenblick endgültig verlorengeht? Habe ich nun nicht eben den Abschied zu gewärtigen von der letzten, der einzigen Gelegenheit in meinen jungen Jahren, mich mit erregender Spannung vollzusaugen? Angenommen, es wäre so: ich vermag dem gleichwohl nicht mehr zu entrinnen.

Vor Zorn stieß Bird heftig die Tür der Buchhandlung auf und trat hinaus auf die frühsommerabendliche Straße. Eine Straße, die durch den Schmutz in der Luft und das verdämmernde Zwielicht den Eindruck erweckte, als wäre sie eingeschlossen in Dunst. In dem Schaufenster, in dem die neueingegangenen fremdsprachlichen Hardcover-Bände aufgereiht lagen, sprang plötzlich vor Birds Augen mit gekrümmtem Rücken ein Elektriker herab, der die Neonlampen ausgewechselt hatte, und Bird, erschrocken, trat einen Schritt zurück, um dann wie festgebannt auf sein in der großen Scheibe dunkel sich spiegelndes Ich zu starren, dieses Ich, das mit dem Tempo eines Kurzstreckenläufers älter und älter wurde. Er, Bird, siebenundzwanzig Jahre und vier Monate alt. Etwa fünfzehn war er gewesen, als man ihm den Spitznamen Bird angehängt hatte. Und immer seither war er Bird der Vogel gewesen; selbst in diesem Augenblick, wie da sein Ich einer Wasserleiche vergleichbar aus der dunkel tuschigen Flut des Schaufensters herauftauchte mit linkischer Gebärde, ähnelte es noch immer einem Vogel. Bird war von kleinem Wuchs und ziemlich mager. Seine Freunde, kaum daß sie von der Universität abgegangen und eine Stellung angetreten hatten, hatten alle angefangen rundlich zu werden, und die dann noch Mageren waren es in der Ehe geworden; Bird als einziger war, abgesehen einmal von dem ein wenig angeschwollenen Bauch, so mager wie einst. Stets beugte er beim

Gehen die hochgezogenen Schultern nach vorn, und auch wenn er stand, hatte er die gleiche Haltung. Er machte so den Eindruck eines alten ausgemergelten Sportlertyps. Dabei waren seine hochgezogenen Schultern wie angelegte Schwingen, erinnerte seine Erscheinung insgesamt an einen Vogel. Der gerade faltenlos dunkle Nasenrücken krümmte sich wie ein Schnabel kräftig nach unten; die Augen, angefüllt mit einem leimfarbig steifen stumpfen Glanz, zeigten so gut wie keine Empfindung. Nur dann und wann wurden sie wie in einem Erschrecken heftig aufgerissen. Die Lippen waren immer zusammengepreßt, schmal und hart; scharf spitzte sich die Linie von den Wangenknochen zum Kinn. Und das Haar: flackernd stieg es auf wie lichterlohe Flammen. Bereits damals mit fünfzehn hatte Bird so ausgesehen, und mit zwanzig war es dasselbe gewesen. Wie lange noch würde er einem Vogel gleichen? Gehörte er zu den Menschen jenes Schlages, denen nichts anderes bleibt, als von ihrem fünfzehnten bis zu ihrem sechzigsten Jahr mit demselben Gesicht, derselben Haltung zu leben? Traf dies zu, so starrte Bird jetzt in der Schaufensterscheibe auf ein sein ganzes Leben durchlaufendes Ich. Ihn schauderte, befallen von einem heftigen körperlichen Ekel, daß er sich hätte erbrechen mögen. Er hatte das Gefühl einer plötzlichen Vision: ein seniler Bird, völlig ausgepumpt, inmitten einer Schar von Kindern ... In diesem Augenblick trat in der dunklen Flut hinter der Scheibe eine Frau auf Bird zu, die, soviel war sicher, irgendwo etwas Sonderbares an sich hatte. Eine Riesin mit schweren breiten Schultern, war sie von so großer Gestalt, daß ihr Gesicht Birds in der Scheibe gespiegelten Kopf überragte. Bird war es zumute, als ob ihn von hinten her ein Monster überfiele, und indem er unwillkürlich eine wie abwehrende Haltung einnahm, wandte er sich um. Die Frau blieb dicht vor ihm stehen, und mit einem forschenden, todernsten Gesichtsausdruck stierte sie ihn an. Einen Augenblick später sah Bird, wie das harte, scharf Drängende in den Augen der Frau vom Wasser einer melancholischen Gleichgültigkeit fortgewaschen wurde. Es war wohl so, daß sie – wenn auch unklar blieb, von welcher Art sie sein mochte – doch eine gewisse Bande gemeinsamen Interesses gegenüber Bird zu entdecken begonnen, plötzlich aber bemerkt hatte, Bird sei allerdings nicht das passende Objekt für solche Gemeinsamkeit. Nun entdeckte auch Bird in dem Gesicht, das wie beim Engel in der Verkündigung des Fra Angelico von einer weit herabfallenden lockigen Haarfülle umgeben war, das Absonderliche, vor allem einige von der Rasierklinge auf der Oberlippe vergessene Bartstoppeln. Sie hatten sich durch eine dicke Wand von Schminke gebohrt, über der sie verloren zitterten.

»Hallo!« grüßte die Riesin mit der freimütig tönenden Stimme eines jungen Mannes, wie selbst verblüfft über den leichtfertig provozierten Mißerfolg. Es hörte sich hübsch an.

»Hallo!« erwiderte Bird den Gruß, bereitwillig lächelnd und – auch dies ein Attribut, das den vogelartigen Eindruck verstärken mußte – mit einer hohen, heiseren Stimme.

Der Transvestit, es dabei belassend, machte auf den hohen Hacken eine halbe Drehung und schlenderte unbekümmert davon. Bird sah ihm eine Weile nach, dann lief er in die entgegengesetzte Richtung los. Er ging durch eine enge Gasse und überquerte – unter Beachtung größter Vorsicht – die breite gepflasterte Straße, in der die städtische Trambahn verkehrte. Auch Birds manchmal geradezu krampfartig intensive, nervöse Vorsicht erinnerte an einen erschreckten, vom Wahnsinn bedrohten kleinen Vogel. Der Spitzname Bird paßte jedenfalls sehr gut auf ihn.

Wahrscheinlich, überlegte Bird, hat der Kerl mich, während ich, als ob ich auf irgend jemanden wartete, mein Spiegelbild im Schaufenster betrachtete, mit einem Pervertierten verwechselt. Das war zwar ein peinliches Mißverständnis, nachdem der Transvestit aber, sobald er ihn, der sich umgewandt hatte, sah, den Irrtum augenblicklich bemerkte, war damit auch seine Ehre wiederhergestellt. Deshalb amüsierte Bird jetzt nur das Komische der Szene. Ein »Hallo!« – war es nicht wirklich in einem solchen Fall die passendste Begrüßung? Zweifellos war das ein recht intelligenter Kerl. Bird empfand ein plötzlich aufsteigendes Freundschaftsgefühl für den als Riesin verkleideten jungen Mann. Ob er wohl in dieser Nacht das Glück haben wird, einen Pervertierten zu finden, damit er ihn ausnehmen kann? Vielleicht hätte besser ich mich aufraffen und mit ihm gehen sollen. Während er sich vorstellte, wie er mit jenem Transvestiten irgendwo in einem geheimnisvollen, verrückten Winkel untergekrochen wäre, hatte Bird die Straße überquert und trat nun in ein Viertel ein, das von ganzen Zeilen von Bars und billigen Restaurants überquoll. Er und ich, wir lägen nackt und einträchtig wie Brüder nebeneinander und unterhielten uns. Daß sogar ich mich nackt auszöge, geschähe lediglich, damit er sich nicht unbehaglich fühlte. Ich würde ihm ganz offen erzählen, daß meine Frau eben ein Kind zur Welt bringt. Ich würde auch davon reden, daß ich seit langem schon einmal nach Afrika reisen möchte und daß ich nach dieser Reise einen Bericht über meine Erlebnisse unter dem Titel »Der Himmel Afrikas« veröffentlichen will, ja daß dies der Traum meiner Träume sei. Und dann würde ich sagen: Hat aber meine Frau erst einmal das Kind zur Welt gebracht, und ich bin eingesperrt in den Käfig der Familie (tatsächlich lebe ich zwar seit der Hochzeit in diesem Käfig, doch war es bisher, als ob die Klappe am Käfig noch offenstünde; das Kind freilich, sobald es da ist, wird sie krachend zuschlagen, die Klappe), kommt es dahin, würde ich sagen, habe ich endgültig nie mehr die Möglichkeit, etwa allein nach Afrika zu reisen. Gewiß würde der junge Mann die Samen der Neurose, die mich bedroht, sorgfältig aufsammeln, Körnchen um Körnchen, und mich begreifen. Denn einer wie er, der im Bemühen, aufrichtig zu sein gegenüber dem Verqueren in seinem Inneren, so weit geht, daß er schließlich als Frau gekleidet sogar in den Straßen die Gesellschaft der Pervertierten sucht, gehört ja doch wohl einer Spezies an, die ein wirklich empfindliches Auge und Ohr und Herz hat für die in den tiefsten Tiefen des Unbewußten wurzelnde Unruhe und Angst.

Und morgen früh, während wir im Radio die Nachrichten hörten, würden wir wahrscheinlich einander gegenübersitzen und uns rasieren, und dazu denselben Seifentopf benutzen. Er war zwar noch jung, doch ein Mann mit offenbar starkem

Bart, überlegte Bird, und damit zerriß er die Kette seiner Phantasien und lächelte. Es wäre zwar vielleicht unsinnig gewesen, mit dem Kerl die ganze Nacht zu verbringen, aber wenigstens auf ein Glas hätte er ihn einladen sollen. Bird ging jetzt, mitten im Gewühl, in dem auch zahlreiche Betrunkene mittrieben, eine mit billigen, doch gemütlichen Bars bestandene Straße entlang. Seine Kehle war trocken, er hätte gern ein Glas getrunken, wenn auch allein. Indem er seinen mageren langen Hals rasch hin und her drehte, taxierte er die Bars auf beiden Seiten der Straße. In Wahrheit indessen hatte er nicht die Absicht, in eines dieser Lokale einzutreten. Wie würde wohl seine Schwiegermutter reagieren, wenn er mit einer Alkoholfahne am Bett seiner Frau oder des Neugeborenen erschiene! Und nicht nur seiner Schwiegermutter, auch dem Schwiegervater wollte er nicht noch einmal einen Bird präsentieren, den der Alkohol gepackt hat. Sein Schwiegervater war bis zur Pensionsgrenze Ordinarius an der anglistischen Abteilung jener staatlichen Universität gewesen, die Bird absolviert hatte. Danach war er an eine Privatuniversität übergewechselt und hielt dort Vorlesungen. Daß Bird in seinem Alter es fertiggebracht hatte, einen Lehrauftrag an einer Präparandenschule zu erhalten, verdankte er weniger seinem Glück als vielmehr einer Gefälligkeit seines Schwiegervaters. Bird verehrte seinen Schwiegervater, und doch fürchtete er ihn auch. Er war der kolossalste alte Mann, dem er je begegnet war. Bird mochte ihn nicht abermals enttäuschen.

Mit fünfundzwanzig hatte Bird geheiratet, im Mai, und in dem Sommer damals hatte er sich vier Wochen hindurch ununterbrochen mit Whisky vollaufen lassen. Ganz plötzlich war es so gewesen, daß er auf einem Meer von Alkohol zu treiben begann. Ein besoffener Robinson Crusoe. Rücksichtslos hatte er alle seine Pflichten als Student am Oberkurs seiner Uni vernachlässigt, hatte in seinem Job und in seinen Studien ausgesetzt und, während er in der düsteren Wohnküche Schallplatten hörte, bis tief in die Nächte und mehr noch am hellen Tag unablässig Whisky getrunken. Jetzt schien es ihm, als hätte er, Bird, in jenen wüsten Tagen nicht eines getan, was einem lebendigen Menschen ansteht, außer Whisky trinkend Musik zu hören und betrunken einen bitteren Schlaf zu schlafen. Am Ende der vier Wochen war er von einer siebenhundertstündigen, tiefen und von Qualen erfüllten Besäufnis wieder auferstanden und hatte einen Bird entdeckt, einen traurig ernüchterten, der verödet war wie eine von der Fackel des Krieges verheerte Stadt. Bird, sozusagen ein geistig Entmündigter mit einer nur sehr winzigen Genesungschance, mußte den Versuch unternehmen, die Steppe in seinem Inneren und mehr noch die Steppe der Beziehungen zu dem Außen, das ihn umschloß, aufs neue urbar zu machen.

Er schied aus dem Oberkurs der Universität aus, und sein Schwiegervater sah sich für ihn nach einem Lehrauftrag an einer Präparandenschule um. Nun, da seitdem zwei Jahre vergangen waren, bereitete er sich darauf vor, daß seine Frau mit dem Kind niederkäme. Erschiene aber in ihrem Krankenzimmer ein Bird wieder mit dem Gift des Alkohols im Blut, so würde die Schwiegermutter, daran bestand kein Zweifel, ihre Tochter und das Enkelkind nehmen und mit ihnen, aufgepeitscht von tausend Todesängsten, vor ihm fliehen.

Bird selbst war auf der Hut vor dem auch jetzt noch in ihm lebendigen, dunklen und tief verwurzelten Hang zum Alkohol. Seit jenen vier Wochen in der Whisky-Hölle hatte er wiederholt darüber nachgedacht, warum er eigentlich ununterbrochen siebenhundert Stunden lang getrunken hatte, aber bis zur wirklichen Ursache war er nicht durchgestoßen. Und solange er nicht begriff, warum er in die Whisky-Schlucht hinabgetaucht war, blieb die Gefahr bestehen, daß er plötzlich wieder dorthin zurückkehren würde. Solange er die Bedeutung jener vier Wochen nicht erfaßt hatte, verfügte er auch nicht über die Methode, sich vor neuen erbärmlichen vier Wochen zu schützen.

In einem der Afrikabücher, die er immer mit derselben Begeisterung las, war Bird in einem Forschungsbericht auf die folgende Passage gestoßen: »Zu den tumultuarischen Zechgelagen, von denen die Forschungsreisenden ausnahmslos berichten, kommt es auch heute noch; dies deutet darauf hin, daß auch heute noch in diesem herrlichen Land dem Leben irgend etwas mangelt und daß es eine fundamentale Unzufriedenheit gibt, die die Menschen in eine verzweifelte Selbstaufgabe hineintreibt.« Diese Worte bezogen sich auf die Bewohner von Siedlungen in der sudanesischen Wildnis, aber Bird, als er sie las, begann zu ahnen, daß er einem gründlichen Nachdenken über einen gewissen Mangel und eine fundamentale Unzufriedenheit, wie sie in seinem eigenen Leben vorhanden waren, aus dem Wege ging. Da sie indessen zweifellos existierten, gab er sich alle Mühe, alkoholische Getränke von sich zu weisen.

Bird trat auf den ganz in der Tiefe des Viertels gelegenen Platz hinaus, wo das radial heranbrandende Gedränge auf seinen Brennpunkt traf. Geradeaus am Theaterpalast die Leuchtpunktuhr zeigte eben sieben an. Zeit, die Schwiegermutter in der Klinik anzurufen und sich nach dem Befinden der Kreißenden zu erkundigen. Seit nachmittags drei Uhr hatte er jede Stunde angerufen. Bird sah forschend über den Platz. Ringsum gab es eine Menge öffentlicher Telefone, aber alle waren sie besetzt. Irritiert dachte er nicht so sehr daran, in welchem Zustand seine Frau dem Zeitpunkt der Geburt zutrieb, als vielmehr an die Nervosität seiner Schwiegermutter: wie sie an der Pforte vor dem für die Angehörigen der Patienten reservierten Telefon stünde und auf seinen Anruf wartete. Seit sie ihre Tochter in jene Klinik gebracht hatte, war die Schwiegermutter von der fixen Idee besessen, sie werde dort ungerecht und geringschätzig behandelt. Am besten wäre es, hoffte Bird inständig, die Angehörigen anderer Patienten hätten das Telefon mit Beschlag belegt. Er kehrte um in die Straße zurück und spähte in die Bars und Cafés, in die Spezialitätenrestaurants für Mungosuppen, chinesische Buchweizennudeln, Koteletts, in die westlichen Modeboutiquen und andere Lokale und Geschäfte. Er hatte es in der Hand, er brauchte nur irgendwo einzutreten und um das Telefon zu bitten. Die Bars allerdings wollte er nach Möglichkeit vermeiden, und gegessen hatte er bereits. Ob er sich eine Magenmedizin besorgte?

Auf der Suche nach einer Drogerie ging Bird weiter, als er an der Ecke einer Kreuzung an ein recht sonderbares Lokal geriet. Von der Dachtraufe hing eine riesige Reklametafel herab, bemalt mit einem Cowboy, der, die Knie eingeknickt, schußbereit den Revolver hob. »Gun Corner« las Bird in Zierschriftzeichen, die auf den Kopf eines von den gespornten Cowboy-Stiefeln niedergetretenen Indianers gepinselt waren. Im Inneren des Lokals, unter einer umlaufenden papierenen Draperie mit den Nationalflaggen aus aller Welt und einer gelb und grünen Borte, waren einer neben dem anderen schreiend bunt bemalte, kastenförmige Apparate aufgestellt, vor denen sich Gruppen junger Leute, weit unter Birds Alter, drängten. Mit einem Blick durch die von einem rot und indigofarbenen Band geränderte Glastür vergewisserte sich Bird, daß ganz hinten in einem Winkel ein zinnoberrotes Telefon stand.
Zwischen einer Jukebox, aus der ein längst aus der Mode gekommener Rock 'n Roll brüllte, und einem Coca-Cola-Automaten hindurchgehend, betrat Bird die dreckverkrusteten Dielen des Lokals. Augenblicklich war ihm, als ob in der Tiefe seiner Ohren ein Feuerwerk zu dröhnen begänne. Spielautomaten und Pfeilschußgeräte und dann jene Apparate, bei denen auf eine Miniaturszenerie im Kasten gezielt und geschossen wird: auf einem Laufband bewegten sich durch eine winzige Waldlandschaft braune Hirsche und weiße Kaninchen oder grüne Riesenfrösche, und eben, als Bird vorbeiging, erledigte ein Oberschüler unter den wachsamen Augen seiner fröhlich lachenden Freundinnen einen Frosch, worauf der Anzeiger seitlich am Apparat fünf Punkte registrierte. Zwischen all dem und den Teenagern, die die Spielkästen umlagerten, mußte Bird sich mühsam wie durch ein Labyrinth hindurchwinden, bis er das Telefon erreichte. Er warf eine Münze ein und wählte die Nummer der Klinik; er wußte sie längst auswendig. Mit dem einen Ohr hörte er in der Ferne das Rufzeichen, mit dem anderen Ohr den Rock 'n Roll und ein Schrittgeschlurf, wie wenn zehntausend Krabben auf einmal loskriechen. Das rührte daher, daß die Teenager an den Automaten wie in Trance unablässig mit den

handschuhweichen Sohlen ihrer italienischen Schuhe über die rauhen Dielen schabten. Ob sich die Schwiegermutter verwundert fragen wird, was das denn für ein Lärm sei? Soll ich mich etwa bei ihr entschuldigen, dafür, daß ich später anrufe, und gleich auch für diesen Krach?

Viermal hörte Bird das Rufzeichen, dann war die Schwiegermutter am Apparat: eine Stimme wie die seiner Frau, nur als ob sie wieder jünger geworden wäre. Ohne sich schließlich irgendwie zu entschuldigen, fragte Bird unmittelbar nach dem Befinden seiner Frau.

»Noch nichts, es ist immer noch nicht da, und dabei quält sich die Ärmste so entsetzlich. Wenn es doch endlich käme!«

Bird, für den Augenblick um Worte verlegen, starrte auf die zahllosen Ameisenlöcher, mit denen das Ebonit der Hörmuschel durchbrochen war. Eine Fläche wie der schwarze, mit Sternen besetzte Nachthimmel, bald bewölkt von Birds ausgestoßenem Atem, bald wieder aufklarend.

»Nun ja«, sagte Bird eine Minute später, »um acht ruf' ich noch mal an. Bis dann.« Und mit einem tiefen Seufzer legte er den Hörer auf.

Gleich neben Bird stand ein Apparat, bei dem ein Miniaturauto zu steuern war, und ein Junge, der wie ein Filipino aussah, saß daran und bediente das Lenkrad. In der Mitte des Apparats war ein winziger Jaguar vom Typ E auf einen Zylinder gesetzt, und unmittelbar darunter rotierte pausenlos ein mit einer ländlichen Szenerie bemaltes Band, wodurch der Eindruck entstand, als raste der Jaguar E weiter und weiter über eine herrliche Straße fort von der Stadt. Die Fahrbahn krümmte sich immer wieder zu Schlangenkurven, und immer wieder tauchten Hindernisse auf wie Kühe und Schafe und Kindermädchen und dergleichen, was den Jaguar E in Gefahr brachte. Die Aufgabe des Spielers war es, entsprechend aufmerksam das Lenkrad zu bedienen und dadurch den Zylinder zu bewegen. Der Junge, tief eingeschnittene Falten auf der dunklen, niedrigen Stirn, war in glühendem Eifer über das Rad gebeugt. Als glaubte er, die rotierende Bewegung des Bandes käme irgendwann zu einem Ende oder sein Jaguar vom Typ E könnte ein gestecktes Ziel erreichen, steuerte er ohne Unterbrechung fort, während er durch die dünnen Lippen, in die er seine scharfen Eckzähne hineingebissen hatte, zischte und spie. Indessen, die mit Hindernissen reichlich besetzte Piste dehnte sich immer von neuem vor dem kleinen Wagen in die Ferne. Von Zeit zu Zeit, wenn die Rotationsgeschwindigkeit nachzulassen begann, kramte der Junge hastig eine Münze aus seiner Hosentasche und ließ sie in ein Loch am Apparat fallen, das aussah wie ein eisernes Augenlid. Bird blieb stehen, wo er stand, schräg hinter dem Jungen, und schaute ihm eine Weile zu. Dabei war ihm, als umschliche seine Füße die geradezu unerträgliche Empfindung vergeblicher Anstrengung. Dann mit überstürzten Schritten, als liefe er über glühende Eisenbohlen, wandte er sich dem hinteren Ausgang zu. Und da stieß er auf zwei nun aber wirklich phantastische Apparate.

Um den Apparat auf der rechten Seite stand eine Gruppe von Teenagern, einheitlich gekleidet in mit gold und silbernen Drachenmustern bestickte Blusen, offenbar für Amerikaner bestimmte Hongkong-Ware, und produzierte seltsame Schlaggeräusche. Bird trat an den im Augenblick von niemandem beachteten Apparat auf der linken Seite. Es war eine Eiserne Jungfrau, jenes Folterwerkzeug des europäischen Mittelalters, aber Modell 20. Jahrhundert. Das lebensgroße, hübsche Mädchen, aus gleichmäßig mit rot und schwarzen Streifen bemalten Stahlteilen zusammengesetzt, hatte beide Arme über der bloßen Brust verschränkt. Nun ging es darum, diese Arme unter Einsatz auch der letzten Kraft wegzureißen, damit man einen Blick auf die verborgenen Eisenbrüste werfen konnte, und dabei wurden die Druck- und die Zugkraft des Spielers, der es versuchte, so registriert, daß sie in den beiden Augen der Eisernen Jungfrau als ablesbare Zahlenwerte erschienen. In einer Tabelle über dem Kopf der Jungfrau waren zudem die Durchschnittswerte für Druck- und Zugkraft nach Altersgruppen angegeben.

Bird schob eine Münze in die Lippenöffnung der Eisernen Jungfrau. Dann begann er ihre Arme von den Brüsten wegzureißen. Diese eisernen Arme widersetzten sich hartnäckig, und Bird spannte seine Kräfte stärker an. Dabei wurde sein

Gesicht von dem stählernen Mädchen immer näher herangezogen. Nun war das Gesicht dieser Jungfrau so bemalt, daß es deutlich an den Ausdruck des Gequältseins erinnerte, und wirklich war es Bird zumute, als vergewaltigte er sie. Er zerrte mit solcher Gewalt, daß ihm am ganzen Körper die Muskeln schmerzten. Plötzlich erklang in der Brust der Eisernen Jungfrau das Rattern rotierender Zahnräder und in ihren Augen erschienen blaßblutfarbene, beschriftete Täfelchen. Bird, dem sogleich jeder einzelne Muskel schlaff zusammenfiel, atmete keuchend und verglich die von ihm erreichten Werte mit den Durchschnittswerten in der Tabelle. Es war nicht klar, welche Einheiten hier zugrunde lagen; jedenfalls hatte Bird den Druckwert 70 und den Zugwert 75 erreicht. Und die Tabellenwerte für einen 27jährigen lautete: Druckwert 110, Zugwert 110. Ungläubig sah Bird über die Tabelle hin; schließlich stellte er fest, daß seine Werte den Durchschnittswerten eines 40jährigen entsprachen. Eines 40jährigen! Bird fuhr ein böser Schock in den Magen, er stieß auf. Er, ein Mann von 27 Jahren und vier Monaten, besaß nur eben die Kraft eines 40jährigen! Ja, wie konnte das denn sein? Zu alledem machte sich in den Muskeln an Schultern und Seiten ein stechender Schmerz bemerkbar. Anzeichen dafür, daß sich das zu einem ekelhaften Muskelkater auswachsen sollte. Er mußte versuchen, seine Ehre wiederherzustellen, und dazu ging er an den rechten Apparat hinüber. Zu seiner eigenen Überraschung nahm er inzwischen dieses Spiel eines Kräftetests außerordentlich ernst.

Als Bird sich zwischen sie drängte, hielten die jungen Leute in den Drachenmuster-Blusen, empfindlich wie wilde Tiere, wenn sie auf ihrem Territorium angegriffen werden, alle gleichzeitig mit ihren Bewegungen inne und schlossen ihn mit herausfordernden Blicken ein. Zögernd, aber doch auch wieder gelassen, betrachtete Bird den Apparat im Zentrum des Kreises, den sie bildeten. Es handelte sich um eine Vorrichtung, die an den Galgen in einem Western erinnerte. Nur war dort, wo sonst der arme Sünder baumeln mußte, so etwas wie ein slawischer Reiterhelm aufgehängt, und aus dem Helm sah ein schwarzwildlederner Sandsack hervor. Warf

man eine Münze in das Loch, das sich wie ein Zyklopenauge in der Mitte des Helmes öffnete, so ließ sich der Sandsack herabzerren, und gleichzeitig sprang die Nadel des am Pfahl angebrachten Anzeigers auf Nullstellung. Im Zentrum des Anzeigers befand sich die Karikatur einer Roboter-Maus; die riß ihre gelbe Schnauze auf und schrie: »Vorwärts! Hau zu! Ich meß deinen Punch!«
Als Bird den Apparat weiter nur betrachtete, trat einer der Blusen-Jünglinge vor, halb verlegen, halb strotzend von Selbstvertrauen, und als ob er es demonstrieren wollte, schob er eine Münze in das Loch im Helm und zog den Sandsack herunter. Dann trat er einen Schritt zurück, sprang wie tänzelnd auf und nieder und versetzte dem Sandsack einen Schlag. Ein heftiger Knall, darauf ein rasselndes Geräusch, mit dem die Kette, an der der Sandsack hing, an der Innenseite des Helmes rieb. Die Nadel, die auf dem Zifferblatt des Anzeigers über die Höchstmarke hinausgeschlagen war, zitterte sinnlos weiter. Die Blusen-Jünglinge brachen in ein lautes Gelächter aus. Da die Wucht des Schlages größer gewesen war als die Anzeigerkapazität, fand der paralysierte Mechanismus nicht in den ursprünglichen Zustand zurück. Der junge Mann, Triumph im Gesicht, klopfte nun im Karate-Stil leicht gegen den Sandsack. Da endlich kam die Anzeigernadel, auf 150 weisend, zum Stillstand, und wie ein erschöpfter Einsiedlerkrebs kroch der Sandsack in das Helminnere zurück. Abermals lachten die Teenager laut auf.
Eine ihm selber unbekannte Leidenschaft ergriff Bird. Darum besorgt, die Afrikakarten nicht zu knicken, zog er die Jacke aus und legte sie auf ein Bingo-Spiel. Hierauf warf er eine von den Münzen, die er für Anrufe in der Klinik reichlich in Reserve hielt, in den Helm. Die Teenager in ihren drachenbestickten Blusen verfolgten jede seiner Bewegungen mit starren Blicken. Bird zerrte den Sandsack herunter, trat einen Schritt zurück und stellte sich in Positur. Damals, als Bird sich nach dem Hinauswurf aus der Oberschule in der kleinen Stadt in der Provinz auf den Test vorbereitete, der zum Eintrittsexamen an der Universität qualifiziert, hatte er Woche für Woche mit anderen Halbstarken aus derselben Stadt

Schlägereien gehabt. Man hatte ihn gefürchtet, und stets war er von jüngeren Bewunderern umringt gewesen. Bird vertraute auf die Wucht seines Schlages. Er würde nicht so formlos herumhüpfen wie jener Teenager, sondern aus einer Haltung heraus zuschlagen, wie sie die Regel verlangt. Er trat vor, mit einem lockeren Schritt, und dann feuerte er eine gerade Rechte auf den Sandsack ab. Nun, hatte sein Hieb die Anzeigerhöchstmarke 2500 durchbrochen, hatte er den Anzeiger etwa halbseitig gelähmt? Aber Unsinn! 300 zeigte er an. Gebeugt dastehend, die Faust, mit der er auf den Sandsack geschlagen hatte, an die Brust gezogen, starrte Bird einen Augenblick lang wie betäubt auf die Anzeigerscheibe. Dann schoß ihm das Blut heiß ins Gesicht. Hinter seinem Rücken die Jünglinge in den drachenbestickten Blusen verharrten reglos und stumm. Doch es war sicher, daß sie ihre Aufmerksamkeit ganz auf den Anzeiger und auf Bird konzentrierten; die Erscheinung eines Mannes, der über eine so gering bewertete Schlagkraft verfügte, schien sie aus der Fassung zu bringen.

Wieder und in einer Haltung, als ob er die Anwesenheit der Teenager völlig ignorierte, trat Bird an den Helm heran, der den Sandsack eingezogen hatte, warf eine neue Münze ein und holte den Sandsack abermals herunter. Und diesmal schlug er zu, indem er sein ganzes Körpergewicht in die Faust verlagerte, und ohne Rücksicht auf korrekte Haltung. Sein rechter Arm vom Ellbogen bis zum Handgelenk war taub geworden, dabei wies der Anzeiger gerade eben 500 aus.

Hastig beugte sich Bird nach vorn und hob seinen Rock auf, und dem Bingo-Tisch zugewandt, zog er ihn an. Hierauf drehte er sich zu den ihn schweigend anstarrenden Teenagern um. Er versuchte ein erfahrenes Lächeln aufzusetzen, eines von der Art, wie man es, verständnisvoll und erschreckt, dem jungen Champion gönnt, und das besagt: bin ich auch längst abgetreten, einst war ich der Champion. Aber die Jünglinge in den drachenbestickten Blusen musterten ihn ungerührt mit harten, ausdruckslosen Gesichtern, als ob sie ihn für einen Hund ansähen. Bird, knallrot bis an die Ohren, senkte den Kopf und verließ mit raschen Schritten das Lokal. Ein lautes

Lachen, das von einer doch wohl absichtlich übertriebenen Vitalität überfloß, quoll hinter seinem Rücken auf. Bird spürte, daß es ihm, wie einem beschämten Kind, vor den Augen schwindelte; in großen Sätzen überquerte er den Platz und lief am Theater vorbei immer tiefer in die dunklen Gassen hinein. Sich in belebteren Gegenden in das Gewühl fremder Menschen zu mischen, dazu war ihm der Mut vergangen. In den dunklen Gassen hatten sich Straßendirnen postiert, doch von seinem verschlossenen Gesicht erschreckt, riefen sie Bird nicht an. Schließlich geriet er in eine Passage, in der sich noch nicht einmal mehr Dirnen verborgen hielten, und dann plötzlich versperrte ihm ein hoher Damm den Weg. Ein Grasgeruch stand in der Dunkelheit, und Bird begriff, daß die Hänge des Damms von Sommergräsern dicht bewuchert waren. Bahngleise lagen oben auf dem Damm. Bird sah nach beiden Seiten hin, ob etwa ein Zug käme, aber er vermochte keinerlei Anzeichen dafür auszumachen. Er blickte hinauf in den lackschwarzen Himmel. Was dort tief herabhing wie ein roter Halo, war der diffuse Widerschein der vielen Neonlichter überall. Auf einmal näßten Regentropfen Birds aufgerichtetes Gesicht. Deshalb also, weil es regnen wollte, war der Grasgeruch so stark und schwer. Wie gelangweilt senkte Bird den Kopf und urinierte.

Währenddessen hörte er hinter sich die unregelmäßigen Schritte einer Gruppe von Leuten näherkommen. Als er zu Ende uriniert hatte und sich umwandte, war er von den Teenagern in den drachenbestickten Blusen bereits völlig umzingelt. Den schwachen Lichtschein von der Gegend ums Theater her in ihrem Rücken, wirkten die Kerle wie schwarze Schemen, unmöglich, ihre Mienen zu studieren. Bird indessen erinnerte sich augenblicklich daran, daß zuvor in jenem Lokal in ihren ausdruckslosen Gesichtern etwas wie eine brutale, abgrundtiefe Ablehnung ihm gegenüber gestanden hatte. Beim Anblick eines so schwachen, untüchtigen Wesens waren in ihnen die Raubtierinstinkte wach geworden. Da hatten sie sich, bebend in der Begierde grausamer Kinder, die den Schwächeren sehen und schon ihn peinigen müssen, aufgemacht, um das erbärmliche Lamm mit der Schlagkraft 500 zu jagen und anzufallen. Bird wurde von einer Panik ergriffen, verwirrt suchte er nach einem Fluchtweg. Um in Richtung auf das helle, belebte Viertel davonzulaufen, hätte er den Ring der jungen Leute an der stärksten Stelle durchbrechen müssen; doch mit seiner gerade eben gemessenen Körperkraft (Druck und Zug wie ein 40jähriger!) war das sinnlos, im Nu hätten ihn die Kerle zurückgedrängt. Von Bird aus nach rechts befand sich eine kurze Sackgasse, sie endete an einem Plankenzaun. Nach links zu der schmale dunkle Weg zwischen dem Damm mit den Bahngleisen und der hohen Maschendrahtumzäunung eines Fabrikgeländes stieß weiter drüben auf eine von Autos befahrene Straße. Gelänge es ihm, diese etwa hundert Meter im Laufschritt hinter sich zu bringen, ohne daß die Teenager ihn einholten, dann hätte er gewonnen.

Bird war entschlossen. Plötzlich wandte er sich um und gab sich den Anschein, als wollte er nach rechts in die Sackgasse hineinlaufen; gleich darauf aber machte er eine Kehrtwendung und stürmte nach links los. Die Gegner indessen, genau wie einst der 20jährige Bird in der nächtlichen Welt der Provinzstadt, waren auf diese Art des Angriffs programmiert. Sie hatten seine Taktik sofort durchschaut, und während Bird sich nach rechts wandte, rückten sie bereits nach links, um diese Seite zu verstärken. Im selben Augenblick, als er sich drehte, aufrichtete und nach links losstürmte, sah Bird sich konfrontiert mit einem der schwarzen Kerle, der ihn, zurückgebeugt und mit dem Körper federnd, angriff in der gleichen Haltung wie jener andere zuvor den Sandsack. Eine Möglichkeit auszuweichen blieb ihm nicht mehr. Bird bezog den übelsten K.o.-Schlag seines Lebens, rückwärts flog er in das Grasgestrüpp am Damm. Er stöhnte, er spuckte Blut und Speichel. Wie damals, als sie den Sandsack-Anzeiger paralysiert hatten, brachen die Teenager in ein lautes Gelächter aus. Dann, wieder in völligem Schweigen, schlossen sie einen noch engeren Halbkreis um den am Boden liegenden Bird und sahen auf ihn hinab. Sie warteten.

Bird dachte daran, daß seine Afrikakarten zwischen seinem Körper und der Böschung des Dammes bestimmt Knicke bekommen hatten. Auch der Gedanke, daß in diesem Augen-

blick sein Kind geboren würde, tanzte mit einer Eindringlichkeit wie nie zuvor in die vordersten Linien seines Bewußtseins. Plötzliche Wut und wilde Verzweiflung überfielen ihn. Bis dahin hatte er, erschreckt und verwirrt, nur im Sinn gehabt davonzulaufen. Jetzt aber dachte er nicht mehr an Flucht. Wenn ich jetzt nicht kämpfe, werde ich nicht allein die Chance meiner Afrikareise für immer verlieren; auch mein Kind wird dann nur geboren, um das unglücklichste Leben hinzubringen. Als hätte ihn eine Offenbarung erreicht, so überzeugt war Bird davon. Regentropfen schlugen auf seine zerfetzten Lippen. Er bewegte den Kopf, er stöhnte, und langsam erhob er sich. Raum gebend und Bird anlokkend, wich der Halbkreis der Teenager zurück. Dann trat der stämmigste Kerl aus der Bande einen Schritt vor. Bird ließ beide Arme schlaff herabhängen, schob sein Kinn vor, er stand da und gab sich dümmlich erstaunt wie eine Boxpuppe auf dem Jahrmarkt. Gemächlich zielte der Teenager, hob wie der Pitcher beim Baseball den einen Fuß, beugte den Oberkörper nach hinten, nahm den Arm so weit wie möglich zurück und setzte zum Angriff an. Bird aber senkte den Kopf, duckte sich und schoß wie ein Stier dem Teenager in den Bauch. Der Junge heulte auf und spuckte Magensaft, und plötzlich brach er stumm zusammen. Er rang nach Luft. Bird hob rasch den Kopf und wandte sich der übrigen Bande zu. Das Vergnügen am Kampf war in ihm wieder lebendig. Wieviele Jahre hatte er das nicht mehr empfunden! Bird und die Teenager rührten sich nicht, gespannt behielten sie, durchtriebene Gegner, einander im Auge. Einige Zeit verrann.
Dann auf einmal rief einer von den jungen Leuten den anderen zu: »Lassen wir's! Geben wir's auf! Das ist nicht unser Mann – dieser müde Onkel!«
Sofort darauf verschwand bei den Teenagern die Spannung; ohne den noch immer in Positur dastehenden Bird weiter zu beachten, hoben sie ihren bewußtlosen Gefährten auf und zogen in Richtung auf das Theater ab. Bird, vom Regen durchnäßt, blieb allein zurück. Ein seltsam kitzelndes Gefühl der Komik stieg in ihm auf, und eine Weile lachte er lautlos. Seine Jacke war blutbeschmiert; aber wenn er eine Zeitlang

im Regen liefe, würde keiner das für etwas anderes halten als für Wasserflecken. Bird spürte eine Art prästabilierter Harmonie. Das getroffene Kinn, aber auch die Gegend um die Augen, die Arme und der Rücken schmerzten zwar; doch zum erstenmal, seit bei seiner Frau die Wehen eingesetzt hatten, war Bird wirklich guter Laune. Hinkend ging er den schmalen Weg zwischen Damm und Fabrikgelände entlang zur Straße hinüber. Da schob sich oben auf dem Damm, in einem wilden Funkenwirbel, eine altmodische Dampflokomotive heran. In dem Augenblick, als sie genau über Birds Kopf vorbeifuhr, war sie ein schwarzes Nashorn, das über einen düsteren Himmel galoppierte. An der Straße wartete Bird auf ein Taxi; zwischen Zunge und Zahnfleisch spürte er einen abgebrochenen Zahn und spie ihn aus.

II

Seinen Körper zusammengerollt wie eine erschreckte Assel, schlief Bird unter der Wand, an die er die mit Dreck und Nasenblut und Magensaft beschmierte Westafrikakarte gezweckt hatte. Es war dies im ehelichen Schlafzimmer. Zwischen dem Bett, in dem er schlief, und dem Bett seiner Frau stand, noch mit Plastik-Haut überspannt, wie ein riesiger Grillenkäfig das Bett für das Baby. Während er in der frühmorgendlichen Kälte stöhnte, hatte Bird einen qualvollen Traum.

Er steht auf der ostnigerischen Hochebene am Westufer des Tschadsees. Worauf denn eigentlich könnte er dort warten? Auf einmal hat ein großes Phacochoere Bird entdeckt. Das rasende Tier kommt herangestürmt, Sand spritzt auf. Das ist durchaus nicht übel. Bird ist ja nach Afrika aufgebrochen, um durch Abenteuer und Todesgefahren und das Zusammentreffen mit unbekannten Stämmen einmal einen Blick auf das zu werfen, was jenseits des derzeit ungestörten, chronisch frustrierten Alltagslebens existiert. Allerdings hat Bird keinerlei Waffe bei sich, mit der er das Phacochoere bekämpfen könnte. Ich bin, fällt es Bird mit Schrecken ein, ganz unvorbereitet, ohne jedes Training in Afrika angekommen. Unterdessen jagt das wilde Tier auf ihn zu. Bird erinnert sich, daß er damals als Halbstarker in der Provinzstadt ein Klappmesser, schwer wie ein Senkblei, eingenäht in das Futter des Hosenumschlags bei sich trug. Aber diese Hose hat er ja doch längst abgelegt. Komisch ist das: er kann sich einfach nicht auf das japanische Wort für Phacochoere besinnen. Ein Phacochoere! In einem fort hört Bird seine Begleitung, die ihn im Stich gelassen hat und in eine Sicherheitszone geflüchtet ist, wie sie ihm zuschreit: Paß auf! Lauf weg! Ein Phacochoere! Schon ist das wütende Tier jenseits einer flachen Buschgruppe bis auf zehn Meter heran. Es scheint, Bird hat keine Möglichkeit zu fliehen. Jetzt erst entdeckt er, daß es nach Norden zu eine Stelle gibt, die von hellblauen schrägen Strichen eingeschlossen ist. Bei diesen schrägen Strichen handelt es sich ganz offenbar um Stacheldraht. Wenn er da hineinliefe, wäre er gerettet; die Leute, die ihn im Stich gelassen haben, rufen ihm von dort aus zu. Bird beginnt loszurennen. Doch es ist bereits zu spät, das Phacochoere ist ihm dicht auf den Fersen. Unvorbereitet und ohne Training bin ich nach Afrika gekommen; ich schaffe es einfach nicht, dem Angriff des Phacochoere zu entrinnen, denkt Bird voller Verzweiflung und flieht dennoch weiter, von Furcht gejagt. Die zahllosen Augen der »sicheren Leute« hinter den hellblauen schrägen Strichen starren dem fliehenden Bird entgegen. Scharf und zuverlässig schnappen die mörderischen Zähne des Phacochoere nach Birds Fußgelenk . .

Wieder und wieder klingelte das Telefon. Bird wachte auf. Draußen dämmerte der erste Morgen, der Regen vom Abend zuvor regnete immer noch. Bird kroch aus dem Bett, und wie ein Kaninchen hüpfte er mit nackten Füßen über den von der Kühle feuchten Fußboden bis dorthin, wo das Telefon stand. Als er den Hörer abnahm, fragte, ohne sich selber vorzustellen, eine männliche Stimme nach seinem Namen und sagte dann: »Kommen Sie bitte sofort in die Klinik. Wir müssen mit Ihnen sprechen, denn das Kind weist eine Anomalie auf.«

Auf einmal war Bird verlassen und hilflos. Er hatte das Gefühl, daß er lieber auf die nigerische Hochebene zurückgekehrt wäre, um den Bodensatz des Traumes auszukosten, eines Traumes freilich, der wie ein bösartiger Seeigel über und über bewachsen war mit Stacheln der Furcht. Dann, indem er gegen sein Ich ankämpfte, das in Regressionen auszuweichen versuchte, sagte er mit einer sachlichen Stimme, als wäre es ein Unbeteiligter mit einem eisernen Herzen, der da spräche: »Und die Mutter ist wohlauf?« Ihm war, er hätte schon tausendmal in einer Szene mitgespielt, in der eine solche Stimme einen solchen Satz zu sprechen hat.

»Sie ist wohlauf. Kommen Sie nur bitte gleich.«

Einer Krabbe vergleichbar, die sich in ihr Loch verkriecht, kehrte Bird hastig ins Schlafzimmer zurück. Und als würde, wenn er sie so von sich wiese, die gesamte Realität ausgelöscht wie die nigerische Hochebene des Traums, versuchte er, die Augen geschlossen, in die Wärme des Bettes fortzutauchen. Doch dann schüttelte er resignierend den Kopf und langte nach Hemd und Hose, die, so wie er sie abgestreift hatte, neben dem Bett lagen. Die Schmerzen, die er bei jeder Hüftbeugung am ganzen Körper spürte, erinnerten Bird an den Kampf vom Abend zuvor. Er wollte sich in die Stimmung zurückversetzen, in der er nach durchgestandenem Kampf stolz seine Körperkraft empfunden hatte, aber das war natürlich unmöglich. Während er das Hemd zuknöpfte, blickte er zu der Westafrikakarte hinauf. Jetzt auf der Karte sah er, daß es die Deifa-Ebene gewesen war, auf der er im Traum gestanden hatte. Es war dort ein galoppierendes Warzenschwein eingezeichnet. Phacochoere – ein Warzenschwein also! Und die Gegend in den hellblauen schrägen Strichen unmittelbar darüber bedeutete ein Tierreservat. Selbst wenn es Bird im Traum geschafft hätte, dorthin zu flüchten, gerettet wäre er damit nicht gewesen. Er schüttelte wieder den Kopf, und während er sich die Jacke überzog, trat er aus dem Schlafzimmer und mit behutsamen Schritten stieg er die Treppe hinab. Denn angenommen, die alte Dame, die Hausbesitzerin, die im Erdgeschoß wohnte, wäre wach geworden und aufgestanden, wie hätte er wohl ihre am Wetzstein der Gutmütigkeit und Neugier geschliffenen Fragen beantworten sollen? Noch wußte Bird ja selber nichts. Das Kind weist eine Anomalie auf –, das war der ganze Spruch, der bisher gefällt worden war. Aber der Tatbestand, überlegte Bird, dürfte schlimm genug sein. Am Ausgang auf dem Estrich tastete Bird nach seinen Schuhen, dann drehte er so leise wie möglich den Schlüssel in der Tür herum und trat in das Licht des frühen Morgens hinaus.

Sein Fahrrad lag hinter der Hecke auf den Kieselsteinen und war naß von dem feinen Regen. Bird hob es auf; mit dem Jackenärmel wischte er die hartnäckigen Wassertropfen fort, die am verrotteten Leder des Sattels hafteten. Indessen, ehe er mit Abwischen richtig zu Ende war, hob er seinen Hintern auf den Sattel und fuhr, wie ein wütendes Pferd wild über die Kiesel knirschend, zwischen der Hecke hervor auf die

Straße hinaus. Im Nu war die Haut am Gesäß kalt und unangenehm feucht. Und dazu der Regen; da der Wind aus der Fahrtrichtung blies, hatte er wohl oder übel sofort das Gesicht voller Tropfen. Um die Reifen des Fahrrads nicht in die Schlaglöcher auf der Straße hineinzujagen, riß Bird beim Fahren die Augen weit auf. So trafen die Regentropfen unmittelbar auf die Augäpfel. Nach einer Weile erreichte Bird eine breitere und hellere Straße und bog nach links ein. Nun trieb der Wind den Regen von rechts heran; das ließ sich etwas leichter ertragen. Das Fahrrad dadurch in der Balance haltend, daß er, gegen den Wind gestemmt, den Oberkörper nach rechts neigte, raste Bird dahin. Die Reifen des Fahrrads, die durch den dünnen Wasserfilm auf dem Asphalt der Straße jagten, schlugen winzige Wellen und ließen sie wie feinen Dunst versprühen. Wie er im Fahren, den Körper zur Seite geneigt, darauf hinabsah, spürte Bird einen Schwindel. Er hob den Kopf. So weit das Auge reichte, befand sich sonst keine Menschenseele auf der dämmrigen Straße. Die in Reihen die beiden Ränder säumenden Gingkobäume wucherten mit ihrem dicken, schweren Laub bis hoch hinauf, und alle die unzähligen Blätter sogen sich ausgiebig voll am Regen und schwollen noch dicker an. Schwarze Stämme stützten diese tiefen Ozeane von Grün. Angenommen, diese Ozeane wären auf einen Schlag heruntergebrochen, Bird und sein Fahrrad wären in einer grünsaftig duftenden Sturzflut ertrunken. Bird spürte, wie die Baumgruppen ihn bedrohten. Laubbüschel ganz oben nahe der Wipfel rauschten erregt im Wind. Er sah zu dem von den üppigen Baumreihen eingeengten östlichen Himmel hinauf: eine aschgraue Fläche, aber weit in der Tiefe, wenn auch nur schwach, war pfirsichfarben durchsickernd die Sonne zu ahnen. Ein Himmel, der beschämt schien über seine Erbärmlichkeit. Wolken, die wild darüber hinflatterten wie hetzende Pudel. Einige Elstern, die dreist wie streunende Katzen vor Bird querüber strichen, machten ihn taumeln. Auf ihren blaßblauen Schwänzen sah er silberne Tropfen wimmeln wie Läuse. Bird gewahrte, daß er schreckhaft wurde, daß die Empfindungen seiner Augen, seiner Ohren, seiner Nase überscharf zu werden begannen.

Ein unglückliches Omen, ahnte er dunkel. Damals, während der langen Besäufnis, war es dasselbe gewesen.
Bird schob den Oberkörper vor, hob die Hüften an, senkte den Kopf, und indem er das ganze Gewicht seines Körpers in die Pedalen verlagerte, erhöhte er die Geschwindigkeit. Das Gefühl der vergeblichen Flucht im Traum wurde ihm wieder lebendig. Dennoch raste er weiter. Seine Schulter knickte an einem Gingko einen kleinen, unteren Zweig ab; die federnd zurückschlagende Bruchstelle ritzte sein Ohr. Aber Bird verlangsamte sein Tempo nicht. Pfeifend rauschten die Regentropfen an seinem schmerzenden Ohr entlang. Mit einem Quietschen der Bremsen, als wäre es sein eigener Schrei, schoß er in die Klinikeinfahrt hinein. Er war durchnäßt wie ein Hund, der eben noch geschwommen ist. Während er zitternd die Regentropfen abschüttelte, befiel ihn die Illusion, er hätte tatsächlich eine endlos lange Route durchrast.
Vor dem Sprechzimmer atmete er ein paarmal ruhig durch und spähte dabei in das düstere Innere; dann wandte er sich den Gesichtern mit den undeutlichen Augen und Nasen zu, die dort auf ihn warteten.
»Ich bin der Vater«, sagte er mit heiserer Stimme, wobei er sich mißtrauisch fragte: warum sitzen sie eigentlich hier, ohne Licht anzumachen?
Schließlich entdeckte er seine Schwiegermutter, die, einen Ärmel auf die unter Gesichtshälfte gepreßt, dasaß, als ob sie gegen einen Brechreiz ankämpfte, und er ging auf sie zu. Während er sich auf den Stuhl daneben setzte, spürte er, daß ihm das nasse Zeug an Rücken und Gesäß fest auf der Haut klebte. Ein Zittern befiel ihn, diesmal nicht so heftig wie in der Einfahrt, sondern eher hilflos wie bei einem entkräfteten Küken.
Seine Augen, die sich rasch an die Dunkelheit im Zimmer gewöhnten, machten drei Ärzte aus, die, Vernehmungsbeamten vergleichbar, aufmerksam und schweigend beobachteten, wie er sich auf dem Stuhl niederließ. Wenn bei Gericht über den Köpfen der Vernehmungsbeamten die Wand mit der Nationalflagge geschmückt ist, die die Autorität des Ge-

setzes symbolisieren soll, so war hier bei diesen Vernehmungsbeamten in einem ärztlichen Sprechzimmer die kolorierte Anatomietafel hinter ihrem Rücken die Flagge der Autorität ihres besonderen Gesetzes.

»Ich bin der Vater«, wiederholte Bird erregt mit einer Stimme, aus der deutlich ein Gefühl des Bedrohtseins zu erkennen war.

»Ja, ich weiß«, antwortete der mittlere der drei Ärzte (es war der Chefarzt der Klinik; der, den Bird beobachtet hatte, wie er sich neben seiner stöhnend daliegenden Frau die Hände wusch), und er sagte es in einem wie abwehrenden Ton, als hätte er aus Birds Stimme einen Angriff herausgehört.

Bird starrte den Klinikchef an; er wartete darauf, daß er etwas sagen würde. Doch dieser, statt auf der Stelle mit einer Erläuterung des Sachverhalts zu beginnen, zog eine Tabakspfeife aus der Tasche seines zerknitterten Arztkittels und stopfte sie. Er war untersetzt, dick wie eine Tonne und von kleinem Wuchs; erbärmlich unbeholfen in seiner außerordentlichen Beleibtheit, hatte er doch auch wieder etwas Wichtigtuerisches an sich. Seine Brust, die aus dem offenen Kittel hervorsah, war behaart wie ein Kamelrücken. Auf der Oberlippe und vor den Ohren, aber auch auf dem Fettsack, der an seinem Hals herabhing, saßen dichte Bartstoppeln. Heute morgen war er also noch nicht zum Rasieren gekommen, natürlich, er hatte ja seit dem Nachmittag zuvor ohne Unterbrechung um Birds Kind gekämpft. Bird dachte dies durchaus mit einem Gefühl der Dankbarkeit, und dennoch, es war schwer zu fassen, fand Bird an diesem behaarten Mann in mittleren Jahren etwas Verdächtiges und konnte eine gewisse Besorgnis nicht so ohne weiteres fallen lassen. Er hatte das Gefühl, als ob unter der überall behaarten Haut dieses Chefarztes, der seine Pfeife rauchte, etwas Lauerndes verborgen wäre, das sich herauszuwinden versuchte und nur mühsam zurückgehalten würde.

Endlich legte der Klinikchef aber doch die Pfeife von den feuchten dicken Lippen zurück in die zur Schüssel geformte Handfläche, und indem er mit einem Male Birds Blick erwiderte, sagte er mit einer für diesen Ort unverhältnismäßig

lauten Stimme: »Wollen Sie sich das Ding erst mal ansehen?«
»Ist es denn tot?« fragte Bird stammelnd.
Der Chefarzt hatte zunächst eine mißtrauische Miene aufgesetzt: wie konnte Bird so etwas annehmen? Gleich darauf aber löschte er diese durch ein unbestimmtes Lächeln aus: »Durchaus nicht. Zur Zeit jedenfalls schreit es tüchtig, und seine Körperbewegungen sind kräftig.«
Bird hörte, wie neben ihm seine Schwiegermutter einen geradezu auffällig tiefen Seufzer tat. Hätte sie nicht den Mund mit dem Ärmel verdeckt, es hätte dreist geklungen wie das Aufstoßen, das ein Mann, der zuviel getrunken hat, von sich gibt, und hätte nicht nur Bird, sondern auch die Ärzte aufgeschreckt. War die Schwiegermutter völlig aus der Fassung geraten, oder signalisierte sie Bird im voraus die Tiefe des Morasts von Schwierigkeiten, in den er und seine Frau geraten waren? Das eine oder das andere mußte es sein.
»Nun, wollen Sie das Ding sehen?«
Als der Klinikchef das abermals fragte, erhob sich der junge Arzt zu seiner Rechten. Es war ein langer, hagerer Mann; in dem Gesicht mit den vorstehenden Backenknochen waren die Augen irgendwie aus dem Gleichgewicht geraten. Das eine Auge nervös und ängstlich, das andere Auge reglos und sanft, und erst nachdem Bird sich, von dem Arzt verleitet, halb erhoben, gleich aber erschrocken wieder gesetzt hatte, bemerkte er, daß das schönere Auge des Arztes ein Glasauge war.
»Nein, erklären Sie mir es doch bitte, bevor ich es sehe«, sagte Bird, noch immer Abwehr in den Maschen seines Herzens gegenüber dem vom Arzt gebrauchten Wort vom »Ding«, aber mit einer zunehmend tiefer erschreckten Stimme.
»Es ist wahr, wenn man es unvorbereitet sieht, ist man wirklich entsetzt. Als es ankam, war ja selbst ich erschrocken!«
Völlig unerwartet, während er dies sagte, röteten sich plötzlich die dicken Augenlider des Klinikchefs, und er brach in ein kindisch kicherndes Lachen aus. Dieses Lachen, das war es gewesen, was da eine Weile schon unter der behaarten

Haut des Arztes sich verborgen und den verdächtigen Eindruck erweckt hatte; in Gestalt jenes unbestimmten Lächelns war es allmählich hervorgesickert. Einen Augenblick lang starrte Bird wütend auf den noch immer kichernden zottelhaarigen Klinikchef, dann erst wurde ihm klar, daß es ein Lachen aus Verlegenheit war. Dieser Arzt hatte zwischen den Beinen der Frau eines Fremden ein einfach nicht zu beschreibendes Monster hervorgeholt. Ein Monster etwa mit einem Katzenkopf und einem Schwellbauch wie ein Luftballon? Beschämt über sich selbst, daß er ein solches Wesen ins Leben befördert hatte, lachte und kicherte er. Er hatte etwas getan, was sich mit der beruflichen Würde eines erfahrenen Chefarztes an einer gynäkologischen Klinik nicht vereinbaren ließ, was eher der Rolle eines Quacksalbers in einer Slapstick-Komödie entsprach. Er war erschrocken gewesen und verwirrt, und nun wurde er von einem Gefühl der Schande gequält. Reglos wartete Bird, bis sich der Klinikchef von seinem Lachanfall erholt hatte. Ein Monster, was denn aber für ein Monster? »Das Ding« hatte der Klinikchef gesagt, und ein Echo in Bird rief »Monster«. Und die Dornen, die sich um dieses Wort Monster rankten, drangen tief in seine Brusthöhle ein und verwundeten ihn. Als er vorhin, sich vorstellend, sagte: »Ich bin der Vater«, und die Ärzte zuckten zusammen, war es weil in ihren Ohren das widerhallte als: »Ich bin der Vater des Monsters« –?

Bald hatte der Klinikchef das kichernde Lachen unterdrückt und seine traurige Würde zurückerlangt. Nur der rosige Glanz auf seinen Augenlidern und Wangen verschwand nicht. Bird wandte den Blick von ihm ab, und während er die wilden Wirbel von Zorn und Grauen in seinem Inneren unter Kontrolle hielt, fragte er: »Man erschrickt, sagen Sie; aber wie sieht es denn aus?«

»Sie meinen, äußerlich betrachtet? Man möchte glauben, es hätte zwei Köpfe. Es gibt da ja so ein Stück von Josef Wagner ›Unterm Doppeladler‹. Wirklich entsetzlich.« Der Klinikchef wäre beinahe abermals in das kichernde Lachen ausgebrochen, doch diesmal konnte er gerade noch an sich halten.

»Ist es etwa wie bei siamesischen Zwillingen?« fragte Bird mit verzagter Stimme.
»Nein, es sieht nur so aus, als ob es zwei Köpfe wären. Wollen Sie nun das Ding sehen?«
»Und medizinisch . . .?« Bird zögerte.
»Es ist eine Gehirnhernie. An einer defekten Stelle des Schädelknochens hat sich Gehirninhalt herausgedrückt. Seit ich geheiratet und die Klinik eingerichtet habe, ist das mein erster Fall dieser Art. Ein ganz ungewöhnlich seltener Fall. War ich erschrocken!«
Gehirnhernie. Bird versuchte es sich vorzustellen, aber er vermochte sich durchaus kein konkretes Bild davon zu machen.
»Besteht denn Hoffnung, daß ein Kind mit einer – wie sagen Sie? – Gehirnhernie – – – daß so ein Kind ganz normal heranwächst?« fragte Bird, noch immer wie benommen und eigentlich ohne Zusammenhang.
»Hoffnung, daß es normal heranwächst!« rief der Klinikchef plötzlich lauter und heftiger und mit einem Ton der Erregung in der Stimme. »Es ist eine Gehirnhernie, verstehen Sie? Selbst wenn man die Schädeldecke auftrennte und das hervorgequollene Gehirn zurückpreßte, käme dadurch auch nur ein menschliches Wesen von pflanzenhafter Funktion zustande, könnte man schon von Glück sagen. Normal heranwachsen – sagen Sie: ja, was verstehen Sie eigentlich darunter?«
Er wandte sich kopfschüttelnd, wie erstaunt über Birds Unverstand, an die jungen Ärzte, die neben ihm saßen. Und beide, sowohl der Arzt mit dem Glasauge wie auch der andere, ein offenbar schweigsamer Mann, von der hohen Stirn bis zum Halsansatz verhüllt von der gleichen ausdruckslosen, braunen Haut, beeilten sich, zurückzunicken und starrten Bird dann mit dem strengen Blick von Prüfern an, die im mündlichen Examen einen fehlerhaft antwortenden Studenten zurechtweisen.
»Das heißt also, es wird bald sterben?« fragte Bird.
»Wohl nicht sofort. Bis morgen wird es vielleicht noch am Leben bleiben, vielleicht auch noch länger. Es ist ein recht

vitales Kind«, sagte der Klinikchef sehr sachlich. »Nun, was wollen Sie tun?«
Bird, verwirrt wie ein garstiger Zwerg, der Prügel bezogen hat, erwiderte nichts. Was hätte er denn aber auch tun können? Erst trieb ihn der Klinikchef wie ein heimtückischer Schachspieler in eine Sackgasse, und dann fragte er: Was wollen Sie tun? Was soll ich denn tun? Mich auf die Knie werfen und weinend losbrüllen?
»Falls Sie es wünschen«, sagte der Arzt in einem Tonfall, als legte er ihm eine Rätselfrage vor, »ich kann Sie an die Universität N. weiterempfehlen, an die Klinik der medizinischen Fakultät; vorausgesetzt, Sie wünschen das.«
»Wenn es sonst keinen anderen Weg gibt ...«, sagte Bird aus bloßer Vorsicht, nachdem er versucht hatte, durch einen Nebel des Verdachts zu stoßen, ohne aber einen einzigen Anhaltspunkt ausmachen zu können.
»Es gibt keinen anderen Weg«, sagte der Arzt bestimmt, und er setzte hinzu: »Jedenfalls haben wir so die Befriedigung, daß getan wurde, was möglich war.«
»Und wenn wir es weiter hier lassen, so wie es ist, geht das nicht?« fragte die Schwiegermutter.
Nicht nur Bird, auch die drei Ärzte starrten die plötzliche Fragerin erschrocken an. Die Schwiegermutter saß unbewegt wie zuvor, als hätte der melancholischste Bauchredner dieses Erdkreises gesprochen. Der Klinikchef betrachtete sie eindringlich, als taxierte er sie. Dann sagte er mit einem geradezu unangenehm offenen Ton der Selbstverteidigung: »Ausgeschlossen. Das geht nicht, es handelt sich schließlich um einen Fall von Gehirnhernie.«
Die Schwiegermutter hörte sich das an, und auch jetzt, noch immer den Ärmel vor dem Mund, machte sie nicht die kleinste Bewegung.
»Bringen wir es also in die Universitätsklinik«, sagte Bird entschlossen.
Der zottelig behaarte Klinikchef stürzte sich auf Birds Bescheid und begann sogleich sein lebhaftes Temperament zu entfalten. Den beiden Ärzten neben ihm erteilte er nach Art eines umsichtigen Geschäftsmannes Anweisungen, sich mit

der Universitätsklinik in Verbindung zu setzen und den Ambulanzwagen vorzubereiten.
»Ich lasse einen unserer Ärzte im Krankenauto mitfahren, es ist also für diese Zeit absolut keine Gefahr«, sagte er, nachdem die beiden von ihm instruierten Ärzte hinausgegangen waren, offensichtlich tief erleichtert darüber, daß er die zweifelhafte Last los wurde, und stopfte sich abermals die Pfeife.
»Ich danke Ihnen.«
»Die Frau Schwiegermutter wird wohl der jungen Wöchnerin Gesellschaft leisten. Aber Sie, wollen Sie nicht die nassen Kleider wechseln? Bis der Ambulanzwagen vorbereitet ist, wird es zwanzig Minuten dauern.«
»Ja, das werde ich tun«, sagte Bird.
Der Klinikchef trat nun ganz dicht an Bird heran, und mit einer übertriebenen Vertraulichkeit, als ob er einen schmutzigen Witz erzählte, flüsterte er: »Natürlich können Sie eine Operation verweigern, verstehen Sie?«
Armes, bedauernswertes Kind, dachte Bird. Der erste Mensch, dem mein Baby in dieser Welt der Realitäten begegnet ist, war also dieser feiste, haarige, kleine Mann. Da Bird indessen noch immer wie benommen war, hatte sich ein Gefühl aus Unwille und Gram kaum kristallisiert, als es auch schon wie eine Blase wieder zerplatzte.
Bis zum Wartezimmer für die ambulanten Patienten in der Vorhalle gingen Bird und seine Schwiegermutter und der Klinikchef, ohne sich anzusehen und schweigend, nebeneinander her. Dort, weil er sich verabschieden wollte, wandte sich Bird zu seiner Schwiegermutter um. Sie blickte ihn mit Augen an, die denen seiner Frau glichen, wie sich die Augen von Schwestern gleichen, und versuchte etwas zu sagen. Doch sah sie ihn, diese dunklen Augen zusammengezogen bis zur Ausdruckslosigkeit, nur unverwandt an und schwieg. Bird spürte, daß sie sich, als stünde sie nackt da vor den Blicken der Öffentlichkeit, tatsächlich und in einem ganz konkreten Sinne schämte. Aber worüber empfand sie denn solche Scham, daß nicht nur ihre Augen, sondern selbst die Haut ihres Gesichts erstarrt war in einer Apathie? Noch ehe die Schwie-

germutter den Blick senkte, wandte Bird den seinen von ihr ab und fragte den Klinikchef: »Ist das Baby eigentlich ein Junge, oder ist es ein Mädchen?«
Überrascht davon, stieß der Arzt wieder jenes seltsame, kichernde Lachen hervor, und im Tonfall eines Studenten im Praktikum sagte er: »Ja, wie war das doch? Sollte ich das vergessen haben? Dabei ist mir wirklich, als hätte ich ihn gesehen, den Penis – aber ja!«
Bird ging allein zur Einfahrt hinaus. Der Regen hatte aufgehört, auch der Wind hatte nachgelassen. Selbst die Wolken, die aufgelöst über den Himmel trieben, waren hell und trokken. Ein funkelnder Morgen, der aus dem düsteren Kokon der Dämmerung geschlüpft war. Der angenehme Geruch nach Sommeranfang in der Luft ließ am Körper jeden Muskel, ließ auch die Eingeweide erschlaffen. In Birds Pupillen, die innerhalb des Gebäudes verwöhnt worden waren von einem Rest nächtlicher Milde, begann nun das Licht des Morgens, von der nassen Straßendecke und den üppig belaubten Alleebäumen reflektiert, hart und grellweiß wie Reifnadeln hereinzubrechen. Während Bird, ankämpfend gegen dieses Licht, in die Pedalen trat, wurde er von einem Gefühl erfaßt, als ob er auf dem Sprungbrett stünde. Von dem Schwindelgefühl, isoliert und losgerissen zu sein vom sicheren Grund. Er war gelähmt wie ein von der Spinne eingefangenes, schwaches Insekt. Du kannst ja auch, hörte Bird die Stimme einer dubiosen Offenbarung, dein Fahrrad so immer weiter sausen lassen bis hin in ein unbekanntes Land und untertauchen in einen Whisky-Taumel von Hunderten von Tagen. Bird, auf dem unsicher schwankenden Fahrrad unterm Anprall der Morgensonne, schauderte es, und er wartete, daß die Stimme weiter spräche. Aber sie kam nicht ein zweites Mal. Er riß sich zusammen; schwerfällig wie ein Faultier, das seinen Platz wechselt, trat er das Fahrrad vorwärts.
... Später dann, als er mitten in der Wohnküche splitternackt dastand, den einen Arm ausgestreckt nach dem frischen Unterzeug, das auf dem Fernseher lag, mit dem Anblick des bloßen Arms fing es an, daß Bird in seinem Bewußtsein registrierte: dies ist meine Nacktheit. Hierauf, wie man eine

flüchtende Maus mit den Augen verfolgt, warf er einen Blick auf seine Genitalien, und eine Flamme des Schamgefühls versengte ihn. Wie eine Bohne, die auf der Pfanne geröstet wird, sprang er auf, streifte das Unterzeug über, fuhr in die Hosen, schlüpfte in den Rock. Jetzt war er mit dem Klinikchef und der Schwiegermutter an die gleiche Kette des Schamgefühls gefesselt. Unvollkommener Menschenleib, so voller Gefahren, so leicht zerbrechlich, was für ein Gegenstand der Scham! Zitternd wie ein junges Mädchen, das sich auf dem Fußballplatz in die Kabinen gedrängt hat, floh Bird mit gesenktem Kopf aus der Wohnung, floh er die Treppe hinab, floh er durch die Vorhalle, bestieg er sein Fahrrad und floh vor all dem, was in seinem Rücken war. Er wünschte, er könnte, wäre das möglich, auch vor seinem eigenen Körper fliehen; und er hatte das Gefühl, mit dem Fahrrad floh er, verglich er es mit dem Gehen zu Fuß, ein klein wenig erfolgreicher doch immerhin ...

Als Bird auf seinem Fahrrad herankam, sah er, wie ein Mann in Weiß, der ein Ding in einem Heukorb schleppte, mit schnellen Schritten aus der Vorhalle der Klinik trat, sich durch den Besucherstrom drängte und in einem hinten geöffneten Ambulanzwagen verschwand. Der sanfte, schwache Teil in Birds Innerem, der so gern geflohen wäre, versuchte diese Szene wie einen zehntausend Meter weit entfernten Vorfall zu empfinden. Etwa in der Weise, als wäre Bird selbst ein daran völlig unbeteiligter Liebhaber frühmorgendlicher Spaziergänge. Und doch blieb ihm, wenn er auch wie der Maulwurf, der sich durch eine imaginäre Erdwand vorwärtswühlt, einen schweren und zähen Widerstand spürte, nichts anderes übrig, als sich dem Schauplatz zu nähern.

Er fuhr um die Menschenmenge herum nach hinten und brachte sein Fahrrad zum Stehen. Als er hierauf abgestiegen war und sich eben bückte, um eine Kette um den nassen, dreckverkrusteten Reifen einmal herumzuwinden und mit einem Schloß zu verschließen, fuhr ihn vom Rücken her eine polternd vorwurfsvolle Stimme an: »An dieser Stelle können Sie aber Ihr Fahrrad nicht abstellen!«

Sich erschrocken umwendend, blickte Bird in die tadelnden

Augen des Klinikchefs. Er hob das Fahrrad also auf die Schulter, um es in einem Gebüsch unterzustellen. Dabei spritzte das Regenwasser, das sich auf den Fatsia-Blättern angesammelt hatte, in Güssen über ihn und rann ihm vom Hals den Rücken hinab. Bird, der sonst bei jeder Gelegenheit ungeduldig, wütend und beleidigt war, nahm jetzt alles wie ganz selbstverständlich hin, ohne auf solche Art von Mißgeschick auch nur zu reagieren. Er schnalzte noch nicht einmal ärgerlich mit der Zunge.

Als er mit lehmigen Schuhen aus dem Gebüsch zurückkehrte, schien es der Klinikchef ein wenig zu bedauern, daß er Bird in so hochfahrender Weise gescholten hatte. Er legte ihm seinen kurzen, fleischigen Arm um die Schulter, und während er ihn zum Ambulanzwagen begleitete, sagte er mit Emphase, als habe er ein Geheimnis zu offenbaren: »Es ist ein Junge! Ich bin ganz sicher, daß ich den Penis gesehen habe.«

Im Ambulanzwagen, den Korb und eine Sauerstoffflasche zwischen sich, saßen der Arzt mit dem Glasauge und der weiß gekleidete Rettungshelfer von der Feuerwehr, ein Mann auffällig dunkler Haut. Was sich im Korb befand, war, weil es der Helfer mit seinem Rücken verdeckte, nicht zu erkennen. Lediglich kleine Knallgeräusche, verursacht von den Sauerstoffblasen in dem wassergefüllten Glaskolben, waren hörbar wie geheime Signale. Bird ließ sich auf einer zweiten Bank, der jener anderen bereits besetzten gegenüber stand, nieder. Ein unsicherer Sitz. Bird hatte sich auf eine Segeltuchtrage gesetzt, die auf der Bank lag. Während er mit seinem Gesäß hin- und herrutschte, sah er durch das Glasfenster hinaus, und im selben Augenblick überfiel ihn ein Zittern. Alle Fenster im ersten Stock des Klinikgebäudes, selbst der Balkon, waren dicht mit schwangeren Frauen besetzt, die – sie waren offenbar eben erst aufgestanden und hatten sich gewaschen – mit ihren in der Morgensonne bleichen Gesichtern und Händen herabstarrten auf den Wagen. Und dann die Morgenmäntel, die sie, eine wie die andere, trugen: weite, kimonoartige Gewänder aus roter, dunkel- oder hellblauer Kunstfaser. Besonders die Schwangeren auf dem Balkon, um die sie, knöchellang, im leichten Wind flatterten,

wirkten so wie eine Schar in der Luft tanzender Engel. Bird entdeckte in ihren Mienen Unruhe und Erwartung, ja auch ein Frohlocken, und er senkte den Blick. Mit aufheulender Sirene fuhr der Ambulanzwagen los. Vom Rütteln des Wagens herumgestoßen, so daß er fast von der Bank gerutscht wäre, dann sich unter Aufbietung aller Kräfte festklammernd mit gespreizten Beinen, dachte Bird: Ah, diese Sirene! Bis dahin war sie für ihn stets nicht mehr gewesen als ein Objekt der Bewegung, das aus der Ferne näherkam, sich vorbeidrängte an ihm und wieder sich in der Ferne verlor. Jetzt aber setzte sich die Sirene in ihm fest wie eine innere Krankheit. Und niemals würde sie sich entfernen.
Der junge Arzt mit dem Glasauge wandte sich um zu Bird und sagte: »Na, es dürfte alles in Ordnung sein.«
»Vielen Dank auch.«
Von der offenkundigen, wenngleich nur zarten Glut der Autorität in der Haltung des Arztes begann Bird sich aufzulösen wie ein süßer Gelee. Seine außerordentlich passive Reaktion, vergleichbar der eines geprügelten Hundes, wischte aus dem Auge des Arztes den Schatten des Zauderns fort. Fester packte dieser seine Autorität und kehrte sie denn auch hervor.
»Dies ist in der Tat ein sehr ungewöhnlicher Fall, selbst ich erlebe so etwas zum erstenmal«, sagte er mit großem Nachdruck und so, als ob er sich selber zunickte; dann, indem er eine Pause im Gerüttel des Wagens gewandt ausnutzte, wechselte er an Birds Seite herüber. Daß es sich auf dieser Bank, auf der die Segeltuchtrage lag, nicht gut saß, machte ihm wohl nichts aus.
»Sind Sie Gehirnspezialist?« fragte Bird.
»Nein nein, ich bin Gynäkologe«, stellte der Arzt mit dem Glasauge richtig, aber seine Autorität wurde von einer Fehleinschätzung solchen Ausmaßes bereits nicht mehr verletzt. »In unserer Klinik haben wir keinen Gehirnspezialisten. Aber die Symptome sind ja ganz deutlich! Kein Zweifel, daß es sich um eine Gehirnhernie handelt. Gewiß würde der Sachverhalt noch klarer, wenn man versuchte, durch einen Einstich an dem vom Gehirn ausgetretenen, beulenartig großen

Teil etwas Spinalflüssigkeit zu entnehmen; ginge man dabei indessen unvorsichtig vor und stäche in die eigentliche Gehirnsubstanz, wäre das natürlich furchtbar. Deshalb lassen wir es so, wie es ist, und bringen es in die Spezialklinik. Wissen Sie, ich bin zwar Gynäkologe, aber daß ich auf ein Neugeborenes stoßen durfte, das mit einer Gehirnhernie behaftet ist, bedeutet für mich einen unerwarteten Glücksfall, und ich hoffe sehr, daß man mich zur Autopsie zulassen wird. Sie werden ja doch wohl einer Autopsie zustimmen, oder? Mag sein, Sie sind unangenehm berührt davon, daß ich in der gegenwärtigen Phase so rückhaltlos auch darüber rede; ist es denn aber nicht so, daß erst das sogenannte Akkumulieren den medizinischen Fortschritt unterstützt? Wer weiß, ob nicht die Autopsie Ihres Kindes uns die Möglichkeit eröffnet, das nächste Kind mit einer Gehirnhernie zu retten! Und davon abgesehen, ich will Ihnen ganz offen sagen: es wäre für das Kind selbst, und auch für Sie und Ihre Frau, das beste, es stürbe rasch. Es gibt zwar Leute, die bei solchen Kindern einen seltsamen Optimismus entwickeln; ich hingegen meine, in einem solchen Falle ist das Glück um so größer, je früher der Tod eintritt. Vermutlich ist das eine Frage der Generation. Ich bin 1935 geboren. Und Sie?«

»Auch etwa um diese Zeit«, sagte Bird, unfähig, so schnell auf den westlichen Kalender umzurechnen. »Ist es aber nicht eine rechte Qual?«

»Für unsere Generation?«

»Nein, ich meine für das Baby.«

»Es ist die Frage, was Sie unter Qual verstehen. Dieses Baby wird, nehme ich an, weder das Sehvermögen haben noch den Gehör- und Geruchsinn, und bestimmt sind auch die schmerzempfindenden Nervenpartien außer Funktion. Wie sagte unser Chef? Ein Wesen wie eine Pflanze! Nun, sind Sie etwa der Ansicht, eine Pflanze empfindet Qualen?«

Bird schwieg und versuchte zu überlegen: Bin ich der Ansicht, daß Pflanzen Qualen empfinden? Habe ich jemals gemeint, ein Kohlkopf litte unter Schmerzen, wenn ihn die Ziege frißt?

»Ja wie? Meinen Sie wirklich, ein pflanzenhaftes Baby litte

unter Qualen?« wiederholte der Arzt gelassen und würdevoll seine Frage.
Mit einem gehorsamen Kopfschütteln zeigte Bird an, daß diese Frage die Urteilskraft seines im Augenblick brennenden Kopfes überstieg. Und dabei war er doch wahrhaftig nicht der Kerl, sich widerstandslos einem Fremden zu unterwerfen, dem er eben zum erstenmal begegnet war.
Da meldete der Rettungshelfer, indem er sich umwandte: »Die Sauerstoffzufuhr scheint nicht richtig zu klappen.« Sofort erhob sich der Arzt, um den Zustand des Gummischlauchs zu kontrollieren.
In diesem Augenblick sah Bird zum erstenmal seinen Sohn. Ein häßliches Baby, mit einem faltenübersäten, fettglänzenden winzigen, roten Gesicht; die Augen wie Muschelspalten fest geschlossen, Gummiröhrchen in den Nasenlöchern, die Mundhöhle mit ihrem rosafarbenen Perlschimmer weit geöffnet, schrie es einen tonlosen Schrei. Bird, er hatte sich unwillkürlich halb erhoben, streckte sich vor und starrte auf den mit Binden umwickelten Kopf des Kindes. Unterhalb der Binden war der Schädel in einen Berg blutbefleckter Verbandwatte begraben, und daß dort etwas befremdlich Großes vorhanden war, daran bestand kein Zweifel.
Bird wandte den Blick ab und setzte sich, und die Stirn an die Fensterscheibe gepreßt, sah er auf die vorbeifliegenden Straßen hinaus. Die Passanten, von der Sirene aufgeschreckt, blickten wie die zurückgebliebene Schar der Schwangeren mit unverhüllter Neugier und einer seltsamen Erwartung auf den Ambulanzwagen. Sie machten den Eindruck, als seien ihre Bewegungen wie in einer Filmszene, wenn der Streifen abrupt zum Stillstand kommt, auf unnatürliche Weise unterbrochen worden. Als blickten sie jetzt in einen unendlich kleinen Riß im gleichmäßigen Alltagsleben. Wiederum zeigten sie aber auch eine naive Pietät. Mein Sohn, dachte Bird, hat den Kopf mit Binden umwickelt wie der in der Schlacht verwundete Apollinaire. Auf einem düsteren und einsamen Kriegsschauplatz, den ich nicht kenne, wurde er am Kopf verwundet, und mit einem Verband umwickelt wie Apollinaire, schreit er seinen tonlosen Schrei ...

Auf einmal begannen Bird die Tränen zu rinnen. Den Kopf mit Binden umwickelt wie Apollinaire: dieses Bild vereinfachte plötzlich Birds Gefühle und gab ihnen eine Richtung. Er spürte, sein haltlos sentimentales Ich wurde entschuldigt, wurde gerechtfertigt, ja er schmeckte etwas Süßes in seinen Tränen. Mein Sohn ist angekommen mit einem Verband um den Kopf wie Apollinaire, verwundet auf einem düsteren und einsamen Schlachtfeld, das ich nicht kenne. Ich werde meinen Sohn begraben müssen wie einen Gefallenen. Noch immer liefen Bird die Tränen.

III

Bird saß auf den blanken Stufen vor der Spezialkinderstation, hielt mit seinen schmutzigen Händen beide Knie umklammert und kämpfte gegen eine hartnäckige Müdigkeit an, die ihn nach den Tränen zu überwältigen drohte, als der Arzt mit dem Glasauge, offensichtlich völlig ratlos, aus der Station heraustrat. In einem Tonfall, der ganz anders war als zuvor im Ambulanzwagen, sagte er zu dem sich erhebenden Bird: »Ist das ein bürokratisches Krankenhaus, noch nicht einmal die Schwestern hören sich an, was unsereins vorzubringen hat. Da habe ich einen Empfehlungsbrief an einen Professor, einen Verwandten unseres Chefs, aber wo dieser Professor steckt, weiß auch keiner.«
Nun begriff Bird, warum der Arzt so plötzlich in sich zusammengefallen war. Da sogar er hier wie ein Säugling behandelt wurde, hatte dieser junge Mann mit dem Glasauge an seiner eigenen Autorität zu zweifeln begonnen.
»Und das Baby?« fragte Bird, wobei er unwillkürlich einen Tonfall annahm, als wollte er den Arzt darüber hinwegtrösten.
»Das Baby? Nun, sobald der Gehirnchirurg Visite gemacht hat, werden wir den Sachverhalt genauer kennen. Falls das Kind bis dahin überhaupt am Leben bleibt, und das ist die Frage. Sollte es dann nicht mehr leben, werden wir es bei der Autopsie noch zuverlässiger erfahren. Ich vermute, bis morgen wird es nicht durchhalten. Wie wäre es, wenn Sie morgen, etwa um drei Uhr, einmal hier vorbeikämen? Aber vergessen Sie nicht: in diesem Krankenhaus ist alles bürokratisch, sogar die Schwestern!«
Damit begann der Arzt, als hätte er sich entschlossen, von Bird keine weiteren Fragen mehr anzunehmen, davonzugehen, nun auch mit dem gesunden Auge so ausdruckslos in die Luft starrend wie mit dem Glasauge, und Bird, den jetzt leeren Babykorb nach Waschfrauenart unter den Arm geklemmt, folgte ihm. Als sie den Verbindungsgang erreichten,

der vom Patientenflügel zum Hauptgebäude führte, warteten dort, Zigaretten rauchend, die beiden Feuerwehrmänner auf sie, der Fahrer des Ambulanzwagens und der Rettungshelfer, und schlossen sich ihnen an. Der Arzt mit dem Glasauge an der Spitze, die Feuerwehrmänner und Bird mit dem Korb in einem Trupp hinterher, so marschierten sie den Gang entlang zum Hauptgebäude.
Daß dem Arzt mit dem Glasauge die Aufgeräumtheit, die er im Ambulanzwagen gezeigt hatte, abhanden gekommen war, schienen die beiden Feuerwehrmänner sofort bemerkt zu haben. Übrigens hatten auch sie jetzt nichts mehr von der Würde und dem Glanz, die, solange sie mit imponierendem Sirenengeheul und unter Mißachtung der Verkehrssignale einer braven Bürgerschaft ihren Ambulanzwagen durch die City der Großstadt gejagt hatten wie einen Jeep über die Steppe, von ihren asketischen Uniformen ausgegangen waren. Bird sah vor sich auf die mageren, kahler werdenden Hinterköpfe der beiden und bemerkte, daß diese Feuerwehrmänner einander wie Zwillinge glichen. Einer wie der andere bereits nicht mehr jung, waren sie von der gleichen mittleren Größe und Statur und begannen auf die gleiche Weise kahl zu werden.
»Wenn man an einem Tag beim ersten Fall die Sauerstoffflasche braucht, braucht man sie bis in den Abend hinein, das ist nun mal so«, sagte der für die Sauerstoffversorgung zuständige Feuerwehrmann mit einiger Emphase.
»O ja, das hast du schon immer gesagt«, antwortete ebenso emphatisch der Fahrer des Ambulanzwagens.
Der Arzt mit dem Glasauge überhörte diesen kurzen Dialog, und auch Bird war nicht eben beeindruckt davon, immerhin begriff er, daß diese beiden Feuerwehrmänner im Augenblick dabei waren, sich gegenseitig in ihrer mutlosen Stimmung zu stützen. Als er sich daher an den für die Sauerstoffversorgung zuständigen Feuerwehrmann wandte und ihm zunickte, drängte dieser, als hätte Bird ihn irgend etwas gefragt, mit einem ernsthaft angespannten »Ha?« zum Weiterreden.
Verwirrt sagte Bird: »Wie ist das eigentlich, darf ein Am-

bulanzwagen, wenn er auf der Rückfahrt ist, auch unter Sirenengeheul die Verkehrsschilder überfahren?«

»Wenn er auf der Rückfahrt ist?« wiederholten die beiden Feuerwehrmänner wie zwei aus dem Chor der Löschbrigaden die Frage im singenden Unisono, verstummten gleichzeitig, wechselten dann, rot anlaufend, als hätten sie zuviel getrunken, einen Blick miteinander und prusteten plötzlich mit geblähten Nasenflügeln los.

Bird war zornig, sowohl über das Törichte seiner Frage wie auch über die Reaktion der Feuerwehrmänner. Dieser Zorn war durch enge Röhren mit einem unter hohem Druck stehenden Tank voll riesiger, dunkler Wut in seinem Inneren verbunden. Seit dem Morgengrauen hatte die Wut in ihm, die er nicht ablassen konnte, unablässig zugenommen und hatte den Druck ebenso unablässig gesteigert. Da aber die beiden Feuerwehrmänner, bereuend, daß sie, wenn auch unbedacht, über den unglücklichen jungen Vater gelacht hatten, inzwischen geradezu mitleiderregend in sich zusammengeschrumpft waren, so schlossen sich an den Zornrohren Birds die Ventile wieder. Ja, Bird empfand sogar ein schlechtes Gewissen gegenüber den Feuerwehrmännern. War er es denn nicht selbst gewesen, der zuerst diese banalisierende, alberne Frage gestellt hatte? Und war denn die Ursache dafür nicht letztlich darin zu suchen, daß in seinem eigenen, vom Essig des Grams und der Unausgeschlafenheit durchsäuerten Kopf eine so schlaffe, dumpfe Zerstreutheit entstanden war? Bird spähte in den Babykorb, den er seitlich an sich gepreßt hielt. Das Innere des Korbes machte jetzt den Eindruck einer leeren, völlig umsonst ausgehobenen Grube. Nur eine mehrfach zusammengefaltete Wolldecke und auf der Verbandwatte ein Knäuel Mull waren auf dem Boden zurückgeblieben. Das Blut, das Watte und Mull befleckt hatte, war noch nicht ausgeblichen, aber Bird vermochte sich schon nicht mehr recht vorzustellen, wie sein Baby, den Verband um den Kopf gewickelt, durch die in die Nase geschobenen Gummiröhrchen in kleinen Mengen den Sauerstoff atmend, in diesem Korb gelegen hatte. Selbst an die abnorme Form des Kopfes und an den auf der roten Haut klebenden zitternden Fett-

film konnte er sich nicht mit zuverlässiger Deutlichkeit erinnern. Im Augenblick entfernte sich das Kind mit voller Geschwindigkeit immer weiter fort von ihm. Bird empfand wechselweise eine verdächtige Erleichterung und dann wieder eine abgrundtiefe Furcht. Über kurz oder lang werde ich das Baby vergessen haben: eine Existenz, die auftauchte aus einem unendlichen Dunkel, neun Monate im Zustand eines Embryo verbrachte und, kaum daß sie einige Stunden lang ein schier unerträgliches Gefühl des Mißbehagens geschmeckt, wieder hinabsteigt in das dann für immer unendliche Dunkel. Ja, wahrscheinlich werde ich es sofort vergessen haben. Vielleicht, daß ich mich im Augenblick meines Todes daran erinnere. Dann, wenn angesichts des Todes meine Qual und Furcht sich verdoppeln, wird es dies sein, womit ich meine Vaterpflichten wenigstens einigermaßen erfülle.
Bird und die anderen hatten die Vorhalle des Hauptgebäudes erreicht. Die beiden Feuerwehrmänner eilten zum Parkplatz. Da sie beruflich in der Regel ständig mit außergewöhnlichen Tatbeständen zu tun hatten, schien das atemlose Herumlaufen allerdings so etwas wie ihre gewöhnliche Lebensweise zu sein. Ihre Arme hin- und herschwingend, überquerten sie den lichtgleißenden, weiten, betonierten Platz in einer Gangart, als ob sie der Teufel in den Hintern bisse. In der Zwischenzeit rief der Arzt mit dem Glasauge von einem öffentlichen Telefon aus den Chef seiner Klinik an. In wenigen Worten erläuterte er den Stand der Dinge. Berichtenswerte Neuigkeiten gab es ja kaum. Dann kam Birds Schwiegermutter an den Apparat. Der Arzt wandte sich um: »Es ist die Mutter Ihrer Frau, sie fragt, wie man derzeit mit dem Baby verfährt. Darf ich Ihnen den Hörer überlassen?«
Nein doch! hätte Bird am liebsten protestiert. Seit den wiederholten Anrufen am Abend zuvor war die durch das Telefonkabel übermittelte schwiegermütterliche Stimme zu einer Zwangsvorstellung geworden, die Bird in Unruhe versetzte. Sie ähnelte der Stimme seiner Frau, nur klang sie noch jünger, wie das Sirren einer hilflosen Mücke. Schließlich stellte er den Babykorb auf den Betonboden und griff mit unglücklicher Miene nach dem Telefonhörer.

»Ich gehe morgen nachmittag wieder hierher. Dann werde ich hören, wie die Diagnose des Spezialisten von der Gehirnchirurgie ausgefallen ist«, sagte Bird.

»Aber wozu denn? Was für einen Zweck soll das haben?« examinierte ihn die Schwiegermutter in einem Ton, dem Bird nur allzu gern ausgewichen wäre, so als machte sie unmittelbar ihm einen Vorwurf.

»Was für einen Zweck? Nun, im Augenblick ist das Kind ja jedenfalls noch am Leben«, erwiderte Bird, und mit einem aufkommenden Widerwillen wartete er darauf, was die Schwiegermutter weiter zu sagen hätte; aber sie verfiel in ein beharrliches Schweigen, nur ihr besorgter Atem, schwach und stoßweise, war zu hören. Deshalb setzte Bird hinzu: »Ich komme jetzt gleich einmal hin, und wir reden darüber.« Damit wollte er auflegen.

»O nein, komme bitte nicht hierher!« rief die Schwiegermutter hastig. »Ich habe ihr nämlich gesagt, du hättest das Baby in eine Spezialherzklinik gebracht. Wenn du herkommst, wird sie Verdacht schöpfen. Es wäre viel natürlicher, du bliebst einige Tage fort, und wenn sie sich dann beruhigt hat, erscheinst du wieder hier und sagst, das Baby sei an einem Herzfehler gestorben. Solange wollen wir nur telefonisch in Verbindung bleiben, ja?«

Bird war einverstanden. Ehe er ihr noch sagen konnte, daß er dann also jetzt zum Schwiegervater gehen werde, um ihm die Situation zu erläutern, vernahm er das harte Klicken, mit dem am anderen Ende die Verbindung absichtlich unterbrochen wurde. Vermutlich hatte auch die Schwiegermutter Birds Stimme mit einigem Widerwillen nur gerade eben ertragen. Er legte den Telefonhörer auf die Gabel zurück und nahm den Babykorb wieder auf. Der Arzt mit dem Glasauge war bereits in den vom Parkplatz herangefahrenen Ambulanzwagen eingestiegen. Bird, statt ihm zu folgen, stellte nur den Babykorb auf die Segeltuchtrage.

»Haben Sie vielen Dank für Ihre Bemühungen. Ich gehe allein«, rief er dem Arzt und den beiden Feuerwehrmännern zu.

»Allein zurück?« fragte der Arzt.

»Ja«, sagte Bird, aber in Wahrheit hatte er sagen wollen: Ich gehe allein aus! Er mußte den Schwiegervater von den näheren Umständen der Geburt berichten, aber danach würde sich gewiß einige Freizeit ergeben. Zudem empfand er einen Besuch bei seinem Schwiegervater, verglichen mit einer Rückkehr in die Klinik zu Frau und Schwiegermutter, geradezu als eine Art der Selbstbefreiung.

Nachdem der Arzt die Tür von innen geschlossen hatte, fuhr der Ambulanzwagen stumm und unter Einhaltung der Geschwindigkeitsbegrenzung davon, wie ein einstiges Monster, das seine Stimme und Kraft verloren hat. Hinter demselben Fenster, durch das er selbst eine Stunde zuvor auf die Fremden in den Straßen gestarrt hatte, während ihm die Tränen rannen, sah Bird jetzt den Arzt und den Rettungshelfer sich mit schwankenden Schritten zu dem Feuerwehrmann auf dem Fahrersitz hin bewegen. Mochten diese drei nun auch über ihn und sein Baby reden, es kümmerte ihn nicht. Der Gedanke an mögliche Freizeit, die ihm als Folge des Telefonats mit seiner Schwiegermutter unerwartet zugefallen war, an Stunden, die er für sich nach eigenem Belieben verwenden konnte, trieb frisches Blut in seinen Kopf. Hinter dem Ambulanzwagen her überquerte Bird den gewiß fußballfeldgroßen Krankenhausvorplatz. In der Mitte des Platzes wandte er sich um und sah an dem Gebäude hinauf, aus dem er soeben gekommen war und in dem er nun seinen erstgeborenen Sohn, ein Baby am Ufer des Todes, zurückließ. Es war eine gigantische Architektur, wie eine Burg Ausdruck einer gebieterischen Gegenwart. Ein Riesenbauwerk, das, blitzend in dem Licht der Frühsommersonne, ein irgendwo in einem Winkel des Gebäudes aus seiner perlschimmernden, kleinen roten Mundhöhle undeutlich schreiendes Baby als eine kaum sandkorngroße ärmliche Existenz empfinden ließ. Wenn ich morgen wieder hierher komme, dachte Bird, und ich verirre mich auch nur im Labyrinth dieser modernen Festung und finde mich nicht durch, so wird es mir wahrscheinlich nicht gelingen, mein entweder schon totes oder doch mit dem Tode ringendes Kind noch einmal zu sehen. Diese Vorstellung entfernte Bird einen weiteren Schritt von dem Mißgeschick, in

das er geraten war. Kräftig ausschreitend passierte er das äußere Tor des Krankenhauses und trat auf die Straße hinaus.
Bird ging zu Fuß weiter. Die leichte Brise, die, in diesen angenehmsten Vormittagsstunden eines Frühsommertags, nach Erinnerungen an Volksschulausflüge schmeckte, ließ über Birds glühende, unausgeschlafene Wangen und Ohren die Würmchen eines kribbelnd schaudernden Lustgefühls hingleiten. Je weiter sein Hautsensorium und seine Nervenzellen von der Kontrolle des Bewußtseins entfernt waren, desto bestimmter erlebten sie die bezaubernde Klarheit dieser Jahreszeit und dieser Stunden, genossen sie das unbändige Gefühl des Befreitseins. Und bald hatte sich dies ausgebreitet bis an die Oberfläche des Bewußtseins.
Bevor ich aber den Schwiegervater aufsuche, will ich mich erst frisch machen und rasieren lassen, überlegte Bird. Und sobald er das Schild eines Barbiergeschäfts entdeckte, trat er dort ein. In einer Haltung, als ob er einen Stammkunden begrüßte, führte der Friseur, ein Mann in den Vierzigern, Bird zu einem Stuhl. Und ohne daß er dabei an Bird äußere Anzeichen seines Mißgeschicks bemerkte. Bird hatte also jetzt die Möglichkeit, sich aus allem Jammer und aller Unruhe dadurch zu befreien, daß er sich ganz in jenen Bird verwandelte, als der er sich in den Augen eines Fremden, hier des Friseurs, abspiegelte. Er schloß die Augen. Heiß und schwer dampfte ein nach Desinfektionsmitteln riechendes Handtuch auf seinen Wangen und seinem Kinn. Als er noch Kind war, hatte er einmal einen komischen Sketch erlebt, der in einem Barbierladen spielte: Mit einem wahnsinnig heißen Handtuch nähert sich der Lehrling dem Gesicht des Kunden, aber das Tuch ist viel zu heiß, als daß er es in der Hand auskühlen könnte, und er wirft es einfach so, wie es ist, dem Kunden aufs Gesicht. Seitdem mußte Bird jedesmal lachen, wenn ihm das heiße Handtuch auf das Gesicht gelegt wurde. Selbst jetzt spürte er, wie er lächelte. Das ging nun allerdings zu weit. Schaudernd verjagte er das Lächeln und begann über das Elend seines Babys nachzudenken.
Das Sterben eines pflanzenhaften Kindes – setzte Bird seine

Überlegungen an mit der ihm eigenen Schärfe – angenommen, das Sterben eines Kindes, das nur über die funktionalen Fähigkeiten einer Pflanze verfügt, wäre ein Sterben ohne Qualen und ohne Schmerzen: was ist dann der Tod eines solchen Kindes überhaupt? Und was eigentlich ist sein Leben? Aus der sich über Jahrmillionen erstreckenden Brachebene des Nichts treibt ein Schößling Dasein hervor und wächst innerhalb einer Zeitspanne von neun Monaten allmählich heran. Ein Fötus hat natürlich sicher kein Bewußtsein, und er existiert, indem er sich einkrümmt in die Geschlossenheit einer warmen und feuchten, weichen, dunklen Welt. Dann unter Gefahren hinaus in die äußere Welt. Da ist alles kalt und hart und trocken und wahnsinnig hell. Und diese Welt ist nicht von der Größe, daß er ganz allein sie ausfüllte. Das Geborene lebt mit einer riesigen Anzahl anderer Menschen zusammen. Handelt es sich nun um ein pflanzenhaftes Kind, so wird sein Aufenthalt in dieser äußeren Welt über einige Stunden voller unbegriffener, dunkler Leiden nicht hinausgehen. Es kommt der Augenblick, in dem der Atem stillsteht, und wieder ist es über Jahrmillionen hin ein bloßes Sandkorn des Nichts, eine Winzigkeit in der unendlichen Brachebene des Nichts. Angenommen, es gäbe ein Jüngstes Gericht, unter welchen Toten könnte ein Kind mit den funktionalen Fähigkeiten einer Pflanze, geboren, um sogleich wieder zu sterben, aufgerufen, angeklagt und verurteilt werden? Ein irdischer Aufenthalt von einigen Stunden, in denen es, die perlschimmernde rote Mundhöhle weit geöffnet, mit flatternder Zunge schrie, welcher Richter würde da nicht auf Beweismangel erkennen? Und gewiß ist das ein Fall von Beweismangel, dachte Bird, während ihm vor allmählich ärger werdender abgrundtiefer Furcht keuchend der Atem ging. Wenn ich aber dort als Zeuge aufgerufen würde, ich könnte noch nicht einmal das Gesicht meines Sohnes identifizieren, hätte ich nicht als Anhaltspunkt die Beule am Kopf des Babys. Plötzlich spürte Bird auf seiner Oberlippe einen stechenden Schmerz.

»Bitte, sitzen Sie doch still! Jetzt habe ich Sie wirklich ein bißchen geritzt«, murmelte der Friseur mit einer wie drohen-

den, strengen Stimme, während er das Rasiermesser auf Birds Nase stemmte und ihn scharf ansah.
Bird tastete mit der Fingerspitze an die Oberlippe, dann hielt er sie sich vor die Augen. Ein wenig Blut klebte am Finger. Wie er den Blutfleck anstarrte, spürte Bird in der Tiefe seines Magens eine leichte Übelkeit. Er und seine Frau, beide hatten sie die Blutgruppe A. Das Blut, ein Liter ungefähr, das durch den Körper des nun im Sterben liegenden armen Kindes kreiste, war wohl ebenfalls von der Gruppe A. Bird zog den blutbefleckten Finger unter das weiße Tuch zurück, und während er sich den Magen hielt, schloß er wieder die Augen. Vorsichtig entfernte der Friseur um die kleine Wunde herum die Bartstoppeln, dann rasierte er Wangen und Kinn mit einer geradezu wilden Hurtigkeit, als wollte er die verlorene Zeit wieder einholen.
»Auch den Kopf waschen?«
»Danke, nein.«
»Da klebt einiges an Schmutz und Erde in Ihrem Haar«, sagte der Friseur unwillig.
»Ich bin gestürzt gestern abend«, erwiderte Bird, und während er vom Stuhl herabkletterte, blickte er in den Spiegel, in dem sein glattrasiertes Gesicht wie an einem Mittag der Meeresstrand leuchtete und glänzte. Sein Haar war tatsächlich starr vor Schmutz und knisterte wie verdorrtes Gras; dafür war sein Gesicht von den spitzen Backenknochen bis zum Kinn von einem Rosa wie der Bauch einer Regenbogenforelle. Nun fehlte nur noch, daß in die leimfarbenen Augen ein kräftiges Leuchten träte, die verkrampften Augenlider sich sanft entspannten und schließlich die dünnen Lippen das Zucken verlören, und dies wäre, verglichen mit dem Selbstporträt, das er am Abend zuvor im Schaufenster der Buchhandlung gesehen hatte, ein Bird gewesen von weit jugendlicherem, frischerem Aussehen. Wie gut, dachte Bird, daß ich zum Rasieren gegangen bin, bevor ich meinen Schwiegervater besuche; und er empfand eine tiefe Zufriedenheit. Wenigstens war es ihm doch gelungen, in die seit dem Morgengrauen unentwegt zur Baisse abfallenden psychologischen Bilanz einen positiven Faktor einzuführen. Nachdem er noch

kurz das einem Muttermal gleichende, dreieckige Blutklümpchen rechts unter der Nase inspiziert hatte, verließ er das Friseurgeschäft. Bis er die Universität des Schwiegervaters erreichte, würde freilich die von Rasiermesser und Handtuch bewirkte Frische auf den Wangen verblaßt sein. Andererseits könnte er bis dahin auch dieses Muttermal von einem Blutklümpchen mit dem Fingernagel abgekratzt haben, so daß er jedenfalls dem Schwiegervater nicht wie ein komisch trauriger geprügelter Hund unter die Augen treten würde. Während er mit großen Schritten die Gegend ablief, um nach einer Bushaltestelle zu suchen, erinnerte sich Bird, daß er vom Abend zuvor noch einiges von dem Reservefonds an Münzgeld in der Tasche hatte, und er winkte einem Taxi, das eben in diesem Augenblick heranfuhr.

Mitten in dem Gedränge vor dem Haupttor der Universität, aus dem die Studenten zur Mittagspause herausströmten, stieg Bird aus dem Taxi; es war jetzt fünf Minuten nach zwölf. Er betrat den Innenhof der Universität und rief im Weitergehen einen großgewachsenen Studenten an, um sich bei ihm nach dem Weg zum Seminar für englische Literatur zu erkundigen. Der Student jedoch setzte ein Lächeln auf: »Ah, Sensei! Lange her, daß wir uns gesehen haben!« sagte er freundschaftlich in einem singenden Tonfall, und weil Bird vor Schreck erstarrt war: »Wirklich, Sie haben sich damals in der Klasse solche Mühe mit mir gegeben. Bloß war's dann mit den staatlichen Universitäten doch nichts. Na, mein Vater hat eben für die hier was gestiftet, und da bin ich durch die Hintertür herein.«

»So? Studierst du also jetzt hier?« sagte Bird erleichtert; er erinnerte sich nun an diesen Schüler: knuppelige Augen und Nase wie die deutschen Bauern in den Illustrationen zu Grimms Märchen und dabei durchaus nicht häßlich. »Da war aber doch die ganze Präparandenschule umsonst, oder?«

»Gar nicht, Sensei, beim Studium ist nichts umsonst. Auch wenn man überhaupt nichts behält. Man hat's auf jeden Fall studiert.«

Bird, mit einem Gefühl, als würde er verspottet, sah den Studenten aus finsteren Augen an. Der Student indessen bemühte sich, so lang er war, Bird seinen guten Willen zu zeigen. Selbst in der hundertköpfigen Klasse, Bird erinnerte sich deutlich, war dieser junge Mann als ein besonders dümmlicher Schüler aufgefallen. Und gerade weil er so war, brachte er es jetzt fertig, Bird in aller Naivität und freudestrahlend zu berichten, wie er durch die Hintertür in eine zweitklassige Privatuniversität gekommen war, und sich dann auch noch für den erfolglosen Unterricht an der Präparandenschule zu bedanken. Von den übrigen neunundneunzig Schülern hätte wohl jeder versucht, Bird, ihrem Präparandenschullehrer, aus dem Wege zu gehen.

»Na, wenn du das sagst, bin ich ja erleichtert«, meinte Bird. »Schließlich ist das Unterrichtsgeld an der Präparandenschule ziemlich hoch.«

»Ach wo, gar nicht. Da haben Sie wohl jetzt eine Stelle an unserer Universität, Sensei?«

Bird schüttelte den Kopf.

»So? Ja, also dann –«, sagte der Student, und indem er das Gesprächsthema geschickt erweiterte: »Ich werde mitkommen bis zum Seminar. Es geht hier entlang, bitte! Wirklich, Sensei, was wir an der Penne gelernt haben, umsonst war's nicht. Irgendwo habe ich das in meinem Kopf als Vorrat aufgespeichert, und eines Tages werde ich es brauchen können. Es kommt eben nur darauf an, daß ich bis dahin warte. Letzten Endes ist es doch mit dem ganzen Studieren so, nicht wahr, Sensei?«

Von seinem früheren Schüler geführt, diesem aufklärerisch eifernden Optimisten, ging Bird einen von üppig belaubten alten Bäumen gesäumten Fußweg entlang und erreichte schließlich die Front eines Gebäudes, das aus Ziegeln von einem dunkelroten Ocker errichtet war.

»Das englische Seminar ist hier im zweiten Stock ganz hinten, Sensei. Ich war damals so froh, daß ich wenigstens in so eine Universität hereingekommen war, und da habe ich erst mal den ganzen Campus durchforscht. Heute kenne ich mich in sämtlichen Gebäuden genauestens aus«, sagte der Student voller Stolz, und dann, während er für einen Augenblick – Bird meinte seinen Augen nicht zu trauen – ein reifes, selbst-

ironisches Lächeln aufblitzen ließ: »Naives Geschwätz, nicht wahr?«
»Nein nein, ich finde das gar nicht so naiv«, sagte Bird.
»Das freut mich, Sensei, wenn Sie das sagen. Dann also – bis bald mal wieder. Und achten Sie auf Ihre Gesundheit, Sensei, Sie sehen irgendwie gar nicht gut aus.«
Während Bird die Treppen hinaufstieg, waren seine Gedanken noch immer bei dem früheren Schüler, von dem er sich eben getrennt hatte. Der wird gewiß tausendmal besser mit dem realen Leben zurechtkommen als ich, mindestens würde es ihm nicht passieren, daß sein Kind an einer Gehirnhernie stirbt. Im übrigen: was habe ich da doch für einen eigentümlichen Moralisten unterrichtet!
Am Seminar für englische Literatur sah sich Bird durch den Türspalt nach seinem Schwiegervater um. Der alte Herr saß auf einem von der jenseitigen Ecke des Raumes aus balkonartig vorgebauten Platz, tief zusammengesunken in einem eichenen Rocking Chair, wie man ihn vom amerikanischen Präsidenten her kannte, und blickte zu dem halbgeöffneten Oberlichtfenster hinauf. Der Raum selbst, weit größer und heller als die Seminarräume an jener Universität, an der Bird graduiert hatte, machte eher den Eindruck eines Konferenzzimmers. Bird erkannte, daß es nicht ein bloßer Scherz, einer von den etwas selbstquälerischen Lieblingsscherzen seines Schwiegervaters war, sondern sich tatsächlich so verhielt, wenn dieser erzählte, er werde, nachdem er bei Erreichen der Altersgrenze an diese private Universität überwechselte, hier unvergleichlich besser behandelt als in seinen Jahren an der staatlichen Universität, sogar einen Schaukelstuhl habe man eigens für ihn aufgestellt. Allerdings würde man wohl, sobald die Sonne noch stärker schiene, diesen Rocking Chair zurückschieben oder über dem ganzen Balkon ein Sonnendach anbringen müssen. Vorn im Raum an einem riesigen Tisch waren drei junge Assistenzprofessoren, eine Spur Fettglanz auf den geröteten Stirnen, offensichtlich nach eben beendetem Mittagessen dabei, ihren Kaffee zu trinken. Bird kannte sie alle drei vom Sehen. Sie hatten an seiner Universität in den Kursen über ihm glänzend bestanden. Wäre die Geschichte

damals nichts passiert mit dem Absturz in die wochenlange Besäufnis und Bird im Studienoberkurs geblieben, hätte auch er über kurz oder lang auf den Spuren dieser drei Senioren Karriere machen können.
Bird klopfte an der offenstehenden Tür noch einmal an, und mit einer Verbeugung zu den drei Senioren hin betrat er den Seminarraum. Dann ging er weiter auf seinen Schwiegervater zu, der sich, seinen Körper auf dem Rocking Chair balanzierend, mit zurückgebeugtem Kopf nach ihm umgewandt hatte. Die Senioren, alle drei mit dem gleichen unverbindlichen Lächeln, sahen Bird nach. Für sie war Bird eine irgendwie etwas ungewöhnliche, abnorme Existenz. Gleichzeitig aber war er ein Außenstehender, der eines wirklich ernsthaften Interesses nicht würdig war. Er galt ihnen als ein komischer, exzentrischer Kerl, der grundlos Wochen hindurch in einem fort getrunken und dann den Oberkurs verlassen hatte.
Als Bird näher kam, richtete sein Schwiegervater sich im Rocking Chair auf und drehte sich mitsamt dem Stuhl unter einem unangenehmen Knirschen der hölzernen Kufen zu ihm um. Wie er es aus seiner Studentenzeit, bevor er die Tochter des Professors geheiratet hatte, gewohnt war, redete Bird ihn an mit: »Sensei –!«
»Na, ist das Kind da?« fragte der Professor, während er mit dem Finger auf einen Drehstuhl mit langen Armlehnen wies.
»Ja, es ist da, es ist geboren, aber –« sagte Bird und stockte, da es ihm unangenehm in den Ohren klang, wie seine eigene Stimme sich so schüchtern zusammenzog; und dann, indem er sich dazu zwang, als wollte er das alles in einem Zuge hinter sich bringen: »Das Kind hat eine Gehirnhernie, und der Arzt sagt, es wird morgen oder vielleicht übermorgen sterben. Der Mutter geht es gut.«
Der Professor, ganz konnte er den Rocking Chair, der hinten schon an die Wand anstieß, nicht herumdrehen, beugte sich ein wenig schräg zu Bird vor. Die bernsteinfarbene Haut seines löwenmäßig von weißem Haar umrahmten, großen und schönen Gesichts begann sich langsam, aber zusehends rot zu verfärben. Die Unterlider mit den herabhängenden

Hautsäcken leuchteten so rot, als sickerte Blut aus ihnen hervor. Bird spürte, daß auch sein Gesicht sich rötete. Von neuem wurde ihm klar, wie sehr verloren und hilflos er seit dem Morgengrauen war.

»Gehirnhernie ... Hast du das Kleine gesehen?« fragte der Professor mit einer heiseren, dünnen Stimme, und auch in dieser Stimme entdeckte Bird einen verborgenen Hinweis auf die Stimme seiner Frau, und er empfand so etwas wie Sehnsucht.

»Ja, ich habe es gesehen. Es hat den Kopf mit einem Verband umwickelt wie Apollinaire.«

»Wie Apollinaire ... den Kopf mit einem Verband umwickelt ...«, wiederholte der Professor, als hätte er einen hübschen Scherz gehört, und dann sagte er, nicht so sehr zu Bird als vielmehr zu den drei Assistenzprofessoren: »Ah, das ist eine Zeit, in der man wirklich nicht genau weiß, ob es besser ist zu leben als gar nicht erst geboren zu werden.«

Bird hörte, wie die drei Senioren zwar bescheiden, aber doch vernehmlich lachten, und er wandte sich um und starrte sie an. Und sie starrten auf ihn zurück. In ihren Augen war eine Art von Gelassenheit, als wollten sie sagen: Daß einem schon immer so exzentrischen Menschen wie diesem Bird ein solch außergewöhnlicher Zwischenfall begegnen konnte, überrascht uns nicht im mindesten. In Bird erregte das ein Gefühl trotziger Feindschaft. Er blickte auf seine schmutzigen Schuhe hinab: »Wenn alles vorbei ist, rufe ich dich an.«

Der Professor schwieg, fast unmerklich wippte er mit dem Schaukelstuhl. Bird schien es, als habe der Professor zu spüren begonnen, daß seine übliche Zufriedenheit mit dem Rocking Chair irgendwie etwas Albernes an sich hatte. Auch Bird verfiel in ein leeres Schweigen. Er meinte dem Schwiegervater alles Nötige gesagt zu haben. Ob er wohl, wenn es einmal so weit wäre, seiner Frau den Sachverhalt zu offenbaren, es dann auf eben die gleiche Weise einfach und klar würde hinter sich bringen können? Nein, das war wohl unmöglich. Da wird es Tränen, Hunderte von Fragen geben und das Gefühl, daß alle noch so große Beredtheit nichts hilft; da wird die Kehle schmerzen und der Kopf glühen, und

schließlich werden sie beide, Bird und seine Frau, gefangen sein in den Fesseln ihrer Neurosen.
»Entschuldige«, sagte Bird nach einer Weile, »ich gehe jetzt; es sind da noch einige Formalitäten in der Klinik zu regeln.«
»Dank dir, daß du dich herbemüht hast«, sagte der Professor, ohne eine Andeutung, daß er sich aus dem Schaukelstuhl erheben wollte. Froh darüber, nicht zurückgehalten zu werden, stand Bird auf, als sich der Professor noch einmal an ihn wandte: »Im Pult ist eine Flasche Whisky, nimm sie dir mit.«
Bird erstarrte, und er spürte, wie die drei jungen Assistenzprofessoren gleichfalls wieder mit starren Blicken und großer Aufmerksamkeit den Fortgang der Dinge verfolgten. Zweifellos, die drei wußten so gut wie sein Schwiegervater sehr genau von seiner wilden Besäufnis in jenen langen Wochen. Während er einen Augenblick lang zögerte, entsann er sich einer Zeile aus einem Text, den er an der Präparandenschule las; es waren die Worte eines aufgebrachten jungen Amerikaners: ›Are you kidding me, kidding me?‹ – willst du mich verspotten, willst du Streit anfangen mit mir?
Aber Bird beugte sich vor, öffnete am Pult des Professors den Deckel und entdeckte eine Flasche Johnny Walker, die er mit beiden Händen heraushob. Er wurde rot bis in die Augenbälle, spürte eine unbestimmte, fiebrige Freude: Das heißt mich auf die Probe stellen, doch da wanke ich nicht!
»Ich bedanke mich«, sagte Bird.
Die Anspannung, mit der die drei Senioren Bird beobachtet hatten, flaute ab. Der Professor, das noch immer gerötete, würdevolle Gesicht geradeaus gerichtet, versuchte den Rocking Chair allmählich wieder in seine frühere Position zu bringen. Mit einem flüchtigen Blick auf die anderen verbeugte sich Bird und verließ den Raum.
Während er die Treppe hinabstieg und sich dann über den mit Steinen ausgelegten Innenhof entfernte, trug Bird den Johnny Walker so vorsichtig, als habe er es mit einer Handgranate zu tun. Die Vorstellung von Stunden, die er allein und nach freiem Belieben würde verbringen können, steigerte sich, nun verbunden mit dieser einen Flasche Johnny Walker,

in Birds Kopf zur Vorahnung einer abenteuerlichen Trunkenheit. Morgen oder übermorgen, wenn es hochkommt nach einem Aufschub von einer Woche werden wir, ich und meine Frau, die bis dahin von Elend und Tod des Kleinen wissen wird, eingeschlossen sein in den unterirdischen Kerker erbarmungsloser Neurosen. Also habe ich, widersprach er der blasenartigen Stimme der Angst in seinem Inneren, ein legitimes Recht auf eine Flasche Whisky heute und auf eine Zeit der Freiheit. Gleich fiel die Blase in sich zusammen. Ja, breche ich dem Johnny Walker den Hals! Es war freilich erst halb eins. Zunächst dachte Bird daran, in seine Wohnung zurückzukehren und dort im Arbeitszimmer zu trinken; doch das war selbstverständlich ein Minimalprogramm. Denn wäre er daheim, sie würden ihn alle überfallen, die alte Hausbesitzerin, die Freunde, unmittelbar oder per Telefon, um ja nur jede Einzelheit über die Geburt und das Kind aus ihm herauszufragen, und wenn er ins Schlafzimmer hineinsähe, würde das weißgestrichene Babybett nach seinen Nerven schnappen wie ein Hai. Mit einem heftigen Kopfschütteln verjagte Bird solche Vorstellungen. Und wie wäre es, wenn ich mich zum Trinken in ein billiges Hotel verkröche, wo keiner mich kennt? Doch sich auszumalen, wie er in einem abgeriegelten Hotelzimmer sich vollaufen läßt – ein entsetzlicher Gedanke! Mit einem Gefühl des Neids starrte Bird auf den mit rotem Rock bekleideten, kräftig ausschreitenden, fröhlichen Europäer auf dem Whisky-Etikett. Wohin eigentlich mochte dieser Kerl unterwegs sein? Und dann auf einmal erinnerte sich Bird an eine Freundin. Ob es Sommer war oder Winter, den ganzen Tag über pflegte diese Freundin in ihrem düsteren Schlafzimmer herumzuliegen und über irgendwelche wahnsinnig geheimnisvollen Dinge nachzudenken. Und dabei eine Navycut nach der anderen zu qualmen, so daß das Zimmer schließlich in einem künstlichen Nebel schwamm. Aus dem Haus ging sie immer erst nach Einbruch der Abenddämmerung.

Sowie er aus dem Haupttor heraus war, wartete Bird auf ein Taxi. Hinter der großen Fensterscheibe des Cafés auf der anderen Straßenseite saß mit einigen Kommilitonen sein früherer Schüler. Der bemerkte Bird sofort, und wie ein zutraulicher junger Hund sandte er herzlich gemeinte, aber unbeholfene Signale herüber. Auch seine Freunde blickten auf Bird, wobei sie eine schwerfällig unbestimmte Neugier zeigten. Wie mag wohl dieser Mensch die anderen über mich aufklären? Etwa so, daß er ihnen sagt: Der da draußen hat mal ganze Wochen hindurch gesoffen, dann war's aus mit dem Oberkurs an der Uni, und er ist Lehrer geworden an einer Präparandenschule; na ja, entweder hat ihn eine schwer erklärbare Leidenschaft gepackt, oder aber er leidet an Angstzuständen ... –? Jedenfalls behielt sein früherer Schüler ihn mit einem beharrlichen Lächeln solange im Auge, bis er in ein Taxi eingestiegen war. Nachdem der Wagen losgefahren war, bemerkte Bird, daß er in einen Gemütszustand geraten war, als ob er Barmherzigkeit erfahren hätte. Barmherzigkeit ausgerechnet von diesem früheren Schüler, der nur eben über ein Katzenhirn verfügte und bis zuletzt nicht fähig gewesen war, das Partizip Präsens vom Gerundium zu unterscheiden. Bird erläuterte dem Fahrer die Lage der Gegend, in der seine Freundin wohnte. Es war dies ein Stadtteil jenseits eines großen Viadukts auf einer von zahlreichen Tempeln und Friedhöfen umgebenen Anhöhe. Die Freundin lebte allein in einem kleinen Haus am Ende einer Gasse. Kennengelernt hatte Bird sie im Mai des Jahres, in dem er in die Universität eingetreten war, auf der Einstandsparty. Als sie sich vorzustellen hatte, hatte sie an die anderen die Frage gerichtet, ob wohl jemand die literarische Quelle für ihren Namen Himiko – die das Feuer Erblickende – erraten könne. Und Bird hatte richtig geantwortet, dieser Name sei der im Original nicht überlieferten alten Beschreibung des Landes Higo im südlichen Kyūshū entnommen: »Es geruhte der Kaiser zu den Ruderern zu sprechen: ›Voraus, wohin wir fahren, ist ein Feuer zu erblicken. Geradeaus darauf gerichtet rudert los!‹ « Damit waren Bird und die aus Kyūshū stammende Studentin Himiko Freunde geworden.

Die wenigen Studentinnen an Birds Universität, zumal die aus der Provinz stammenden Angehörigen der literarischen Fakultät, hatten sich, jedenfalls nach Birds Kenntnis, angesichts des Examens in ihrer ganzen Art in rätselhafte, phantastische Monstren verwandelt. Einige Prozent ihrer Körperzellen entwickelten sich im Übermaß und verdarben, so daß sie in ihrer Haltung erschlafften und ihr Gesichtsausdruck stumpf und melancholisch wurde. Es endete damit, daß sie für das Alltagsleben nach dem Examen unheilbar untauglich waren. Heirateten sie, so wurden sie wieder geschieden, fanden sie eine Anstellung, so wurden sie bald wieder entlassen, und diejenigen unter ihnen, die gar nichts taten und nur herumreisten, wurden in komische, zugleich aber düster tragische Karambolagen verwickelt. Wie das nur kam? Andere, die an einer der üblichen Mädchenuniversitäten studiert hatten, paßten sich an ihrem Platz in dem neuen Leben rasch an, wurden dort zu den Tonangebenden; waren denn im Gegensatz zu ihnen nur die Studentinnen von Birds Universität so? Was Himiko anging, sie hatte kurz vor dem Examen einen Studenten aus dem Oberkurs geheiratet, und zu einer Scheidung war es zwar nicht gekommen, doch schlimmer: ein Jahr nach der Hochzeit hatte ihr Mann Selbstmord begangen. Der Vater des Mannes hatte ihr daraufhin das Haus überlassen, in dem das Paar bis dahin gelebt hatte, zudem zahlte er ihr monatlich einen Zuschuß zu ihrem Lebensunterhalt. Und er hoffte zwar darauf, daß sie wieder heiratete, sie aber verbrachte die Zeit damit, daß sie tagsüber in endlose, tiefgründige Meditationen versank und, wenn es Abend wurde, mit ihrem Sportwagen ziellos in der Stadt herumfuhr. Bird hatte von vielen Seiten gerüchtweise gehört, Himiko sei zu einer exzentrischen sexuellen Abenteurerin geworden. Manche wollten sogar wissen, der Selbstmord ihres Mannes sei damit in Verbindung zu bringen. Bird hatte es nur ein einziges Mal mit Himiko gehabt, und da sie damals beide schrecklich betrunken gewesen waren, wußte er nicht einmal mit Sicherheit, ob es tatsächlich zu einem wirklichen Geschlechtsverkehr gekommen war; zudem hatte sich ähnliches danach nicht wiederholt. Im übrigen war das lange vor der unglücklichen Ehe Himikos gewesen und sie noch eine unerfahrene Studentin, die, von heftigen Begierden aufgepeitscht, mit Eifer nach dem Vergnügen strebte.

Am Eingang der Gasse, in der Himiko wohnte, verließ Bird das Taxi. Rasch zählte er, was er noch an Bargeld besaß. Es würde nicht schwierig sein, nach dem Unterricht am folgenden Tag einen Vorschuß auf das Gehalt des laufenden Monats zu erhalten. Die Flasche Johnny Walker in der Rocktasche, den herausragenden Teil mit der Handfläche bedeckt, ging Bird mit schnellen Schritten in die Gasse hinein. Denn natürlich war man in dieser Gegend bemüht, mehr über Himikos seltsame Lebensweise zu erfahren, und so mußte jeder, der Himiko besuchte, damit rechnen, daß er von diesem oder jenem Fenster aus beobachtet würde.

An der Vorhalle drückte Bird auf die Klingel. Nichts rührte sich. Zwei-, dreimal rüttelte er an der Tür und rief leise: »Himiko-san! Himiko-san!« Dies nur, weil es sich so gehörte. Dann ging er um das Haus herum an die rückwärtige Seite und sah unter Himikos Schlafzimmerfenster den leicht verstaubten, nicht mehr ganz neuen MG-Zweisitzer stehen. Der karmesinrote MG mit seinen leeren, unverdeckten Sitzen machte den Eindruck, als wäre er schon lange hier abgestellt, jedenfalls deutete das daraufhin, daß Himiko zu Hause war. Bird setzte seinen schmutzigen Schuh auf die völlig verbeulte Stoßstange und drückte mit seinem ganzen Körpergewicht. Wie er so auf und nieder schaukelte, glich der MG einem Boot. Bird sah zu dem Schlafzimmerfenster hinauf, an dem der Vorhang vorgezogen war, und rief noch einmal. Da wurde von innen der Vorhangsaum angehoben und aus dem so entstehenden Guckloch blickte ein einzelnes Auge auf Bird herab. Bird hörte auf, den MG zu schaukeln, und lächelte. Es war immer so gewesen, daß Bird sich vor dieser Freundin frei und ungezwungen benehmen konnte.

»Ja, Bird –!« Ihre durch Vorhang und Glasscheibe gedämpfte Stimme hörte sich an wie ein törichter schwacher Seufzer.

Bird hatte das Gefühl, er habe den optimalen Schauplatz gefunden, um einer Flasche Johnny Walker bereits am hellen Tag den Hals zu brechen. In dem Bewußtsein, der psychologischen Bilanz dieses Tages eine weitere Plus-Ziffer eingefügt zu haben, ging er zur Vorhalle zurück.

IV

»Du hast nicht etwa geschlafen, oder?« fragte Bird, als ihm Himiko die Tür öffnete.
»Geschlafen? Um diese Zeit?« Die Freundin sagte es leichthin, als ob sie spottete.
Heftig warf sich über Bird hinweg das Licht des Mittags auf Himikos Hals, den sie, um der Helle mit erhobener Hand auszuweichen, ein wenig zur Seite gedreht hatte, und weiter hinab auf die aus dem dick baumwollenen, violetten Hauskittel hervortretenden, ihrem Alter entsprechend kräftigen Schultern. Himikos Großvater, ein Fischereibesitzer aus Kyūshū, hatte eine junge Russin geheiratet, die er aus Wladiwostok entführt hatte. Himikos Haut war deshalb von einem so außerordentlichen Weiß, daß darunter die Blutäderchen deutlich sichtbar wurden, und auch in ihren Bewegungen war noch immer eine Spur jener Verwirrung, wie Fremde sie haben, die sich an das neue Land nicht gewöhnen können. Zurückschreckend vor dem auf sie einstürmenden Licht, trat Himiko gleich darauf mit überstürzter Hast wie ein Huhn rückwärts in den Schatten der halbgeöffneten Tür. Die verletzliche Schönheit des jungen Mädchens hatte Himiko längst verloren, die reife Fülle des nächsten Lebensalters aber noch nicht erworben, vielmehr befand sie sich auf halbem Wege dorthin in einem recht kläglichen Zustand. Vermutlich gehörte Himiko zu jenen, die besonders lange in dieser labilen Phase leben müssen. Bird, um die von solchem Handicap belastete Freundin vor dem Außenlicht zu schützen, trat in den engen Vorplatz hinein und schloß rasch die Tür. Im Augenblick darauf empfand er, halb erblindet, den bedrückend engen Raum wie einen verhängten Tiertransportkäfig. Noch während er die Schuhe auszog, blinzelte er in einem fort, um seine Augen an das Dunkel zu gewöhnen. Verborgen in der Tiefe dieses Dunkels beobachtete ihn Himiko schweigend.
»Ich jage nicht gern jemanden hoch, wenn er schläft«, sagte Bird.

»Was bist du heute so furchtsam, Bird! Ich habe aber wirklich nicht geschlafen. Wenn ich nämlich am Tag schlafe, kann ich nachts dann überhaupt nicht schlafen. Ich habe über das pluralistische Universum nachgedacht.«
Das pluralistische Universum? Na schön, während wir darüber reden, können wir ja mit dem Whisky-Trinken anfangen, dachte Bird. Seine Pupillenweite hatte sich mit zunehmender Geschwindigkeit angepaßt. Wie ein Jagdhund auf der Fährte um sich blickend ging er seiner Freundin nach ins Wohnzimmer. Dort herrschte ein gleichsam abendliches Zwielicht, und ein feucht schwüler, stockiger Geruch stieg auf wie von der Streu kranker Stalltiere. Bird blickte angestrengt auf den alten, aber stabilen Korbsessel hinab, in dem er auch sonst bei seinen Besuchen hier gesessen hatte, räumte irgendwelchen Zeitschriftenkram daraus fort und ließ sich vorsichtig nieder. Bevor Himiko sich nicht geduscht und umgezogen und sich ein klein wenig auch geschminkt hatte, würde sie die Zimmerlampe nicht anknipsen, geschweige denn die Vorhänge zurückziehen. Der Gast hatte solange geduldig im Dunkeln zu warten. Als Bird im Jahr zuvor das letztemal hier gewesen war, hatte er ein auf dem dunklen Fußboden liegendes Glasgefäß zertreten und sich dabei in das Gelenk des großen Zehs geschnitten. Er erinnerte sich an jenen Schmerz und an seine Bestürzung und kroch in sich zusammen.
In Himikos Wohnzimmer, auf dem Fußboden wie auf dem Tisch, von dem niedrigen Bücherbord unterm Fenster nicht zu reden, ja sogar auf der Lautsprechertruhe und dem Fernsehapparat, herrschte eine solche wirre Überschwemmung von Büchern und Zeitschriften, von leeren Schachteln, Flaschen, Muschelschalen, Messern und Scheren, von präparierten Insekten und in winterlichen Buschwäldern gesammelten dürren Blumen, von alten Briefen, von neuen Briefen und dergleichen, daß Bird zunächst unschlüssig gewesen war, wohin er den Whisky stellen sollte. Schließlich scharrte er sich mit den Füßen einen kleinen freien Raum und ließ den Johnny Walker zwischen seinen beiden Fersen untertauchen.
Während sie Birds Bewegungen mit den Augen verfolgte,

sagte Himiko wie zur Begrüßung: »Es ist immer noch so, an Ordnung kann ich mich nun mal nicht gewöhnen, Bird. Als du das vorige Mal kamst, war es da nicht das gleiche?«
»Und ob es das war! In den großen Zeh habe ich mich geschnitten.«
»Ja, richtig, und alles war mit Blut beschmiert, die ganze Stelle dort«, sagte Himiko, während sie an jenen Tag zurückdachte. »Wie lange das her ist, Bird! Aber ich habe mich nicht verändert. Und du, Bird?«
»Bei mir hat sich ein Zwischenfall ereignet.«
»Ein Zwischenfall?«
Bird zögerte; denn daß er so bald in die Lage kommen würde, von seinem Unglück zu sprechen, hatte er nicht gedacht. Dann, um es mit so wenigen Worten wie möglich zu erklären, sagte er unter Vereinfachung des Sachverhaltes: »Wir hatten ein Kind, aber es ist gleich wieder gestorben.«
»Da ist es dir also auch so ergangen? Unter meinen Bekannten war es dasselbe, und nicht nur in einem Fall, in zweien sogar. Deinen eingerechnet, sind es nun schon drei. Ob das nicht eine Folge des nuklear verseuchten Regens ist?«
Bird versuchte, sein Kind, das aussah, als ob es zwei Köpfe hätte, mit irgendwo wiedergegebenen Fotos solcher Babys zu vergleichen, die aufgrund einer Strahlenschädigung mißgestaltet geboren worden waren. Indessen, mit anderen Menschen darüber zu reden, daß sein Kind mißgestaltet war – nein, das ging nicht an; es war dies Birds persönliches Unglück, ein Unglück, das ihn mit dem Gefühl ganz persönlicher, heißer Scham in der Kehle würgte und über das nur er allein wieder und wieder zu grübeln hatte. Ihm schien, dies konnte unmöglich ein Problem sein, das er mit all den anderen Menschen auf dem Erdball teilte, das die Menschheit insgesamt betraf.
»Bei meinem Sohn war es wohl ein reiner Zufall«, sagte Bird.
»Das war gewiß eine bittere Erfahrung, Bird.« Himiko sah ihn ruhig an mit einem verschwommenen Ausdruck in den Augen, als ob etwas Nachtschwarzes ihre Lidränder färbte. Ohne der Bedeutung dieses Blicks nachzuforschen, holte Bird

den Johnny Walker zwischen seinen Füßen hervor und sagte: »Eigentlich bin ich zu dir gekommen, weil ich dachte, bei dir könnte man auch schon am hellen Tag einer Flasche Whisky den Hals brechen. Was meinst du, wollen wir sie zusammen trinken?«

Bird spürte wohl, daß er sich mit seinem Verlangen so benahm, als wollte er von ihr verwöhnt werden wie ein aufdringlicher junger Liebhaber von einer älteren Frau. Aber fast alle ihre Freunde hatten sich Himiko gegenüber so benommen. Ja, der Mann, mit dem sie verheiratet gewesen war, hatte sich in ihrem gemeinsamen Leben noch deutlicher als ihre sonstigen Freunde, Bird eingeschlossen, in der Haltung eines jüngeren Bruders an sie angelehnt. Und dann eines Morgens hatte er sich plötzlich erhängt.

»Mir scheint, Bird, das Unglück mit dem Baby liegt noch nicht weit genug hinter dir. Richtig erholt hast du dich offensichtlich davon noch nicht. Na, ich will dir da auch weiter keine Fragen stellen.«

»Ah, das ist nett von dir. Außerdem, auch wenn du mich fragtest, zu erzählen gibt es da kaum etwas.«

»Trinken wir also, oder?«

»Wenn du meinst ...«

»Ich gehe nur eben mal unter die Brause. Hol doch inzwischen die Gläser und einen Krug Wasser und schenke dir ruhig schon ein, Bird.«

Nachdem Himiko ins Bad verschwunden war, erhob sich Bird. Küche und Bad lagen nebeneinander im hintersten Winkel, wohin vom Wohnzimmer aus das eng wie ein Schlafwagenabteil dazwischengequetschte Schlafzimmer zu passieren war. Man hatte dafür den unregelmäßigen Raum am Ende des kleinen Hauses unterteilt. Mit einem Sprung über Himikos Hauskittel und Unterwäsche, die wie eine zusammengekrümmte Katze aufgehäuft dalagen, gelangte Bird in die Küche.

Als er mit dem gefüllten Wasserkrug und in den Taschen je zwei gespülten Gläsern und Bechern zurückkam, erblickte er wie von ungefähr durch die angelehnte Glastür in der Tiefe des noch dunkleren Badezimmers seine Freundin, ihren vom

Wasser übergossenen Rücken, ihr Gesäß, ihre Schenkel. Himiko hatte wie zum Schutz gegen die aus der Finsternis über ihrem Kopf herabregnenden schwarzen Wasserfäden die linke Hand hochgereckt, und während sie ihre rechte Hand auf den Bauch preßte, sah sie über die rechte Schulter auf ihre Hinterbacken und die ein wenig krumme rechte Wade hinab. Bird, unfähig, den kalten Schauder, der ihn überlief, zu unterdrücken, spürte einen heftigen Ekel in sich aufsteigen. Als flüchtete er aus einem von Gespenstern erfüllten Dunkel, lief er auf Zehenspitzen und bebend am Schlafzimmer vorbei und eilte zurück in den altvertrauten Korbsessel. Sein Puls raste. Der in seiner Jugend bis zur Panik gesteigerte Ekel vor dem nackten Körper, von dem er nicht wußte, ob er ihn jemals wirklich überwunden hatte, war in ihm wieder lebendig geworden. Ihm war, als dehnte dieser Polyp des Ekels seine Saugarme aus bis hin zu seiner Frau, der Wöchnerin, die in der Klinik im Bett lag und über ihr Kind nachdachte, von dem sie meinte, er, der Vater, sei mit ihm ›wegen einer Herzerkrankung‹ in ein anderes Krankenhaus gegangen. Würde dieser Ekel für immer anhalten? Würde er sich etwa verschlimmern? Bird riß mit dem Fingernagel das Siegel von der Flasche, zog den Pfropfen heraus und ließ den Whisky in sein Glas rinnen. Da sein Arm noch immer zitterte, gab das Glas einen schrillen, zornig erregten Ton von sich, wie wenn eine wütende Ratte mit den Zähnen knirscht. Mit struppig zusammengezogenen Brauen nach Art starrsinniger, in sich verschlossener alter Männer goß Bird den puren Whisky durch seine Kehle. Wie sie brannte, die Kehle! Er hustete, Tränen schossen ihm in die Augen. Doch plötzlich durchbohrte ein lustvoller Fieberpfeil seinen Magen, und das Zittern verlor sich. Bird gab ein kindliches Aufstoßen von sich, das nach wilden Erdbeeren schmeckte, er wischte sich mit dem Handrücken die feuchten Lippen ab und goß sich dann mit ruhiger, sicherer Hand das Glas von neuem voll. Wieviel tausend Stunden habe ich, überlegte Bird, bis heute wohl zurückgelegt, in denen ich dem Alkohol ausgewichen bin? Er empfand dabei so etwas wie einen Groll, ohne zu wissen, gegen wen, und hastig wie eine Meise, die Hirsekörnchen pickt, trank er das zweite Glas Whisky aus. Diesmal schmerzte die Kehle nicht mehr, er mußte nicht husten, auch kamen ihm keine Tränen. Er hob die Flasche und starrte eine Weile auf das Bild auf dem Etikett, dann trank er unter entrücktem Seufzen ein drittes Glas.

Als Himiko zurückkam, fing Bird bereits an betrunken zu werden. Die Anwesenheit ihres Körpers durchaus mit Spürsinn registrierend, war seine Fähigkeit der Ekelempfindung doch schon vom Gift des Alkohols halb paralysiert. Zudem gab ihr das schwarze Jerseykleid, das sie jetzt trug, und das den Eindruck eines dicken Fellbündels erweckte, das Aussehen eines drollig karikierten Bären, und die Folge war, daß sich die Wirkung des davon bedeckten Körpers verflüchtigte. Nachdem Himiko ihr Haar einigermaßen in Ordnung gebracht hatte, machte sie die Zimmerlampe an. Bird räumte auf dem Tisch ein wenig auf, schob Himiko ein Glas und einen Becher hin und goß ihr Whisky und Wasser ein. Himiko setzte sich auf einen großen, mit Schnitzereien verzierten Holzstuhl, sorgfältig darauf bedacht, nicht allzu viel von der frisch gewaschenen Haut unter dem Saum des Kleides hervorsehen zu lassen. Und Bird war ihr dankbar dafür. Zwar hatte er das Ekelgefühl bezwungen, aber mit der Wurzel ausgerottet war es doch längst noch nicht.

»Nichts für ungut!« sagte Bird und trank sein Glas Whisky aus.

»Nichts für ungut!« sagte auch Himiko; dann schob sie wie ein Orang-Utan, der auf den Geschmack zu kommen sucht, die Unterlippe vor und schlürfte von dem Whisky einen winzigen Schluck.

Bird und Himiko, mit ruhigem Atem eine Wolke von Alkoholdunst um sich verbreitend, sahen einander zum erstenmal in die Augen. Nun, nachdem sie geduscht und sich frisch gemacht hatte von Kopf bis Fuß, sah Himiko nicht häßlich aus, und verglichen mit jenem Augenblick, in dem sie von dem Sonnenlicht erschreckt worden war, schien sie jetzt wie ihre eigene Tochter. Bird war zufrieden. Es gab eben in ihrem Alter doch immer wieder noch Zeiten, in denen sie so deutlich aufleben konnte.

»Als ich mich wusch, fiel es mir ein, ich weiß nicht, ob du dich auf dieses Gedicht besinnst«, sagte Himiko, und undeutlich wie einen Zauberspruch rezitierte sie eine Zeile aus einem englischen Gedicht. Bird hörte zu, dann bat er sie, diese Zeile zu wiederholen.

»›Sooner murder an infant in it's cradle than nurse unacted desires . . .‹ Was soviel heißt, wie: besser ist's, ein Kind in der Wiege zu töten, als noch nicht sich regende Wünsche zu nähren.«

»Es geht aber doch nicht an, alle Babys in ihrer Wiege umzubringen«, sagte Bird. »Und von wem ist das Gedicht?«

»Von William Blake. Ich habe ja damals meine Examensarbeit über Blake gemacht; erinnerst du dich?«

»Richtig, du hattest Blake.« Und während Bird das sagte, wandte er suchend den Kopf herum, bis er die an der holzgetäfelten Trennwand zwischen Schlafzimmer und Wohnzimmer aufgehängte Reproduktion nach einem Bild von Blake entdeckte. Bird hatte sie oft gesehen, nie aber besondere Aufmerksamkeit auf sie verwandt. Wie er allerdings jetzt seinen Blick darauf heftete, schien es ihm ein höchst rätselhaftes Bild. Es machte den Eindruck einer Lithographie, war jedoch wohl in Wahrheit ein Aquarell. Und gewiß wies das Original kräftige Farben auf, nur der hier zum Schmuck in einen breiten Holzrahmen eingefügte Druck war insgesamt von einem blassen Tuschschwarz. Ein von Gebäuden im orientalischen Stil umgebener Platz. Da im Hintergrund zwei stilisierte Pyramiden aufragten, mochte es sich um Ägypten handeln. Nächtliches Dunkel, vielleicht ein schwacher Schimmer von Morgengrauen beherrschte die Szene. Auf dem Platz der Leichnam eines jungen Mannes, hingestreckt wie ein Fisch mit aufgeschlitztem Bauch, und im Kreis um die schmerzlich trauernde Mutter alte Männer mit Laternen sowie junge Frauen, ihre Kinder auf dem Arm. Die Hauptfigur aber war ein riesiges Wesen, das über diese Gruppe von Leuten hinweg mit ausgebreiteten Armen wie im Sprung den Platz überquerte. War das ein Mensch? Der schöne muskulöse Körper war über und über von Schuppen bewachsen. Die Augen waren erfüllt von einer unheildrohenden, fanatisch schmerzlichen Bitternis, und der so tief eingefallene Mund, daß auch die Nase in ihn hineingezogen war, ließ an einen Riesensalamander denken. Oder war das ein Dämon? Ein Gott? Es schien, als ob der Mann, während aus den Schuppen Flammen züngelten, in den dunklen, chaotischen Nachthimmel davonschweben wollte ...

»Was stellt der wohl vor? Sind das Fischschuppen, die seinen Körper bedecken, oder soll das das Kettenhemd eines mittelalterlichen Ritters sein?«

»Ich glaube, es sind Schuppen. Auf Farbdrucken dieses Bildes sind sie grün und sehen deshalb noch mehr wie Schuppen aus. Jedenfalls ist es die Pest, die darauf aus ist, alle Erstgeborenen der Ägypter zu töten.«

Bird kannte sich in der Bibel so gut wie gar nicht aus. Vielleicht hat das mit dem Auszug aus Ägypten zu tun, dachte er. Die Augen und diese Mißgestalt von einem Mund jedenfalls waren schrecklich. Gespenstisch dunkle Augen und ein Salamandermaul, aus denen Trauer und Panik und Schrekken, Erschöpfung auch und Verlassenheit, ja der Anflug eines Lächelns heraufquollen ohne Unterlaß.

»Ist er nicht hinreißend?«

»Gefällt dir denn dieser Schuppenmann?«

»Ja, ich mag ihn«, sagte Himiko. »Außerdem mag ich es, mir vorzustellen, wie einem selber wohl zumute wäre als Geist der Pest.«

»Als Geist der Pest? Man hätte wahrscheinlich das Gefühl, daß man schließlich auch solche Augen und einen solchen Mund bekommt wie dieser Schuppenmann«, sagte Bird und sah flüchtig auf Himikos Mund.

»Schrecklich, nicht wahr?«

»Ah ja, das wäre schrecklich.«

»Jedesmal wenn mir etwas Schreckliches zustößt, stellte ich mir vor, wieviel schrecklicher es wäre, wenn umgekehrt ich diejenige wäre, die irgendeinen anderen Menschen Schreckliches erleben ließe; auf diese Weise schaffe ich mir eine seelische Kompensation. Glaubst du, du hast schon einmal einem anderen ein Entsetzen eingeflößt, wie du selber es nur jemals empfunden hast?«

»Ja, wie denn?« sagte Bird, »da muß ich in Ruhe überlegen.«
»Ich weiß nicht, ob das zu den Dingen gehört, die man dadurch begreift, daß man über sie nachdenkt.«
»Dann habe ich wohl tatsächlich noch nie einen anderen Schreckliches erleben lassen.«
»Sicherlich nicht. Dergleichen hast du noch nie getan. Ob du aber nicht eines Tages auch diese Erfahrung machen wirst?« sagte, obschon vorsichtig, Himiko im Tonfall des Propheten.
»Ein Kind in der Wiege zu ermorden, wäre allerdings eine schreckliche Erfahrung für einen selbst und den anderen«, sagte Bird.
Hierauf schenkte er, beide hatten sie ihre Gläser geleert, sich und Himiko von neuem Whisky ein. Er selber trank ihn in einem Zug und füllte sich wieder das Glas. Himiko dagegen hatte ein langsameres Tempo beim Trinken.
»Du hältst dich so sehr zurück?«
»Ich fahre doch noch«, sagte Himiko. »Habe ich dich eigentlich schon mal mitgenommen?«
»Noch nicht. Aber irgendwann wirst du es ja wohl tun.«
»Wenn du mich einmal nachts besuchst. Am Tage ist es mir nämlich zu gefährlich, wegen der vielen Menschen, die da unterwegs sind. Außerdem, mein Reaktionsvermögen ist auf die Nacht geeicht, am Tage funktioniert es nicht richtig.«
»Deshalb also vergräbst du dich tagsüber und sinnierst vor dich hin? Ein philosophisches Leben! Die Philosophin, die mit ihrem roten MG herumrast, wenn es Nacht geworden ist, wie? Du hast etwas gesagt vom pluralistischen Universum; was heißt das eigentlich?«
Mit einer gewissen Befriedigung beobachtete Bird, wie Himiko vor Begeisterung in Anspannung geriet. Nun gab er ihr Genugtuung dafür, daß er so unhöflich gewesen war, sie zu überfallen und bei ihr mit dem Trinken anzufangen. Tatsächlich dürften es nicht eben viele gewesen sein, die sich mit so großer Aufmerksamkeit wie Bird Himikos Phantasien anhörten.
»Sieh mal, Bird, da sitzen wir beide jetzt hier und reden mit-

einander. Es existiert also für uns zunächst diese eine reale Welt«, begann Himiko, während Bird, das abermals mit Whisky gefüllte Glas vorsichtig auf dem Handteller haltend wie ein Kinderspielzeug, die Rolle des Zuhörers übernahm. »Indessen, es gibt zahllose andere, von dieser augenblicklichen Welt verschiedene Welten, in denen wir als dem Wesen nach verschiedene Existenzen leben, sowohl ich als auch du. Nun ist es doch so: jeder von uns erinnert sich an bestimmte Zeiten in der Vergangenheit, in denen es mit dem Leben oder Sterben fifty-fifty stand. Ich zum Beispiel war als Kind einmal nahe daran, an Flecktyphus zu sterben. Ganz deutlich erinnere ich mich, wie das war, als ich am Kreuzweg stand: gehe ich abwärts dem Tod entgegen, oder steige ich den Hang hinauf auf die Genesung zu? Mein hier und jetzt gegenwärtiges Ich, das sich mit dir zusammen in dieser einen Welt befindet, wählte also die Richtung zurück ins Leben. Aber ein anderes Ich wählte in jenem Augenblick den Tod. Und um den von roten Flecken übersäten kindlichen Leichnam jener Himiko begann sich eine Welt derjenigen Menschen zu bewegen, denen eine leise Erinnerung blieb an mein gestorbenes Ich. Verstehst du, Bird? Immer wenn er an einem Punkt steht, an dem die Wege in den Tod und in das Leben sich trennen, hat der Mensch zwei Welten vor sich: eine Welt, in der er stirbt und die dann keine Beziehung mehr zu ihm hat, und eine andere Welt, in der er fortlebt und mit der er verbunden bleibt. Und so läßt er dann, gleichsam als ob er seine Kleider abstreifte, jene Welt hinter sich, in der er lediglich als Toter existiert, und tritt ein in die andere Welt, um in ihr weiterzuleben. Auf diese Weise kommt es dahin, daß um jeden einzelnen Menschen, wie sich der Baum vom Stamm aus in Zweige und Blätter gliedert, immer neue, verschiedene Welten hervorbrechen. Auch als mein Mann Selbstmord beging, geschah eine solche Zellteilung der Welten. Dieses mein Ich blieb in der Welt, in der mein Mann starb; aber in einer anderen Welt, in der er fortlebt, ohne Selbstmord zu begehen, lebt mit ihm ein anderes Himiko-Ich. So, nämlich dergestalt, daß sie uns mit Welten umgibt, die ein Frühverstorbener hinter sich läßt, und mit anderen Welten, in denen er ohne zu sterben weiterlebt, wuchert die faktische, äußere Welt unendlich fort. Das ist es, was ich meine, wenn ich vom pluralistischen Universum spreche. Selbst du mußt den Tod deines Kindes nicht allzusehr beklagen. Schließlich hat sich in einer anderen Welt, die sich von dem Kind aus verzweigte, ein Raum entfaltet, in dem das Kind dennoch lebt und heranwächst. Dort aber sitzen auch wir, du, der glückliche junge Vater, und ich, die ich mit Freuden die gute Nachricht höre, und prosten uns zu. Ist es nicht so, Bird?«

Bird, er hatte weitergetrunken, lächelte sanft. Bis in die letzten Verästelungen der Blutgefäße in seinem Körper hatte sich der Alkohol nun verteilt und begann deutlich zu wirken. Im Druckverhältnis zwischen dem hellrosa Dunkel in Birds Innerem und der Außenwelt war ein Gleichgewicht eingetreten. Allerdings wußte er selbst: lange anhalten würde das nicht.

»Mag sein, du hast es nicht ganz erfaßt, Bird, aber in groben Zügen ist es dir doch klar, oder? Wie oft hast wohl auch du in deinem siebenundzwanzigjährigen Leben an Kreuzwegen gestanden, unsicher, ob du weiterlebst oder ob du stirbst. Und jedesmal in solchen Augenblicken hast du in einer Welt weitergelebt, in der Welt, die sich fortsetzte bis zu dieser gegenwärtigen Welt, während du jeweils zur gleichen Zeit in einer anderen Welt deinen Leichnam zurückließest. Kannst du dich nicht an solche Augenblicke erinnern, Bird?«

»Ja, schon. Ich bin oft genug dem Tod um Haaresbreite entgangen, das ist wahr. Sollte ich aber dabei wirklich jedesmal meinen jeweiligen Leichnam hinter mir gelassen haben, um davonzukommen bis in diese jetzige Welt?«

»Es ist so, Bird.«

»Na, allerdings gab es auch Augenblicke, in denen es so schlimm war, daß ich einfach nicht begriff, warum ich denn weiterleben konnte«, gestand Bird mit einer so undeutlichen Stimme, als ob er eben einschlafen wollte, während weit in der Ferne ein Rufen ihn in die Erinnerung entführte. Hätte sie also recht? Hätte ich demnach in solchen kritischen Situationen jeweils einen anderen Bird als Leichnam hinter mir gelassen? Gäbe es mithin in unterschiedlichsten Welten, die alle nichts zu tun haben mit dieser jetzigen, gegenwärtigen

Welt, ebenso viele tote Birds, etwa den schüchternen, feigen Volksschüler Bird, oder den Oberschüler Bird, jenen naiven Burschen, der aber wenigstens physisch mehr aushielt als mein jetziges Ich? Ah, dieses jetzige Ich in dieser gegenwärtigen Welt ist wirklich nicht das erfreulichste, und doch, welches unter den toten Ichs wäre es denn gewesen?

»Gibt es dann aber für mich überhaupt einen letzten Tod? Einen Tod, meine ich, den ich, wenn mir schließlich doch einmal der Ausbruch in eine andere Welt mißlänge, hier in dieser Welt stürbe und der zugleich mein Tod in allen jenen Welten wäre?«

»Gäbe es ihn nicht, müßtest du in einer Welt unbegrenzt fortleben. Ich glaube schon, daß es ihn gibt«, sagte Himiko. »Wahrscheinlich ist dies der Tod aus Altersschwäche, wenn man einmal das neunzigste Lebensjahr erreicht hat. Bis dahin, bis er in seiner allerletzten Welt an Altersschwäche stirbt, durchläuft zwar jeder Mensch in vielerlei Welten vielerlei zufällige Tode, aber immer lebt er doch in einer anderen Welt weiter. Angenommen, es käme dahin, daß jeder Mensch in seiner letzten Welt an Altersschwäche stürbe – das wäre doch die wirkliche Gleichheit, Bird, oder?«

Plötzlich fiel Bird etwas auf, und er unterbrach Himiko und sagte: »Du hast eben die Tatsache, daß dein Mann Selbstmord beging, innerlich noch immer nicht überwunden. Deshalb baust du dir, um den Tod nicht für etwas Endgültiges zu nehmen, aus dem es keine Rückkehr gibt, solche psychologischen Fiktionen auf. Ist es nicht so?«

»Jedenfalls habe ich, nachdem ich in dieser Welt hier zurückgeblieben bin, die schwere Pflicht auf mich genommen, immer besorgt zu sein um ihn, der Selbstmord beging«, erwiderte Himiko, und dabei begann sich die graue Haut um ihre schon matteren Augen mit einer geradezu häßlich wirkenden Plötzlichkeit rot zu verfärben. »Das wenigstens werde ich nicht tun: mich in dieser Welt hier meiner Verantwortung zu entziehen.«

»Du mußt nicht glauben, Himiko, ich wollte dir Vorwürfe machen; aber es ist doch so, nicht wahr?« beharrte Bird, wenn er sich auch bemühte, das Gift in seinen Worten durch ein

Lächeln abzuschwächen. »Dadurch, daß du die Hypothese aufstellst, er lebe in einer anderen Welt weiter, versuchst du die Tatsache zu relativieren, daß für einen, der wie er in dieser Welt gestorben ist, eine Rückkehr absolut unmöglich ist. Doch was du auch für psychologische Tricks anwendest, du kannst die Absolutheit des menschlichen Todes nicht auf einen stufenweisen Vorgang relativieren, oder?«

»Vielleicht ist es so, wie du sagst, Bird. Schenkst du mir nicht noch einen Whisky ein?« sagte Himiko ernüchtert, jedenfalls in einem Ton, als ob sie plötzlich alles Interesse am pluralistischen Universum verloren hätte.

Bird schenkte Himiko und sich von neuem Whisky ein; er hoffte, Himiko würde sich so wild betrinken, daß sie seine spontane Kritik völlig vergäße, und am nächsten Tag könnte sie ja dann wieder ihren Phantasien von einem pluralistischen Universum nachhängen. Wie der Reisende, der mit der Zeitmaschine eine zehntausend Jahre zurückliegende Welt aufsucht, hatte er die tiefe Furcht, durch seinen Einfluß eine auch noch so winzige Katastrophe in der realen Welt bewirkt zu haben. Es war dies ein Gefühl, das sich seit dem Augenblick, in dem er von der Anomalie des Kindes benachrichtigt worden war, allmählich in ihm ausgebildet hatte. Gern wäre er, wie man aus einer Bridgepartie eben mal aussteigt, weil man ein schlechtes Spiel nach dem anderen bekommt, aus dieser Welt für eine Weile ausgestiegen. Bird und Himiko schwiegen, und während sie unbewußt einander voller Nachsicht zulächelten, tranken sie ihren Whisky mit einem Eifer, wie Käfer den Saft der Bäume saugen. Die vielfältigen Straßengeräusche eines Nachmittags im Frühsommer vernahm Bird wie aus weiter Ferne herkommende, letzten Endes doch vergebliche und nicht beachtete Signale. Er bewegte sich ein wenig und gähnte und vergoß eine einzelne Träne, wie die Speichelsekretion ohne irgendwelche Bedeutung; und schenkte sich abermals das Glas voll und trank einen kräftigen Zug. Um desto leichter aus dieser Welt aussteigen zu können ...

»Sag mal, Bird –«

Bird war, das Whisky-Glas noch zwischen den Fingern, in ein süßes Dämmern davongesunken und zuckte nun, unangenehm aufgeschreckt, mit den Schultern zusammen, verschüttete Whisky auf sein Knie und öffnete die Augen. Er spürte, daß er in das zweite Stadium des Betrunkenseins eingetreten war.

»Was ist?«

»Da war doch einmal ein Wildledermantel, du hattest ihn von deinem Onkel bekommen – was ist eigentlich daraus geworden?« Himiko, auch sie nun vom Whisky überwältigt, das Gesicht hochrot wie eine große Tomate, bewegte ihre Zunge absichtlich langsam, um ihre Frage korrekt zu artikulieren.

»Ja, was ist mit dem geworden? Es war in meinem ersten Uni-Jahr, als ich ihn trug.«

»Noch im zweiten Winter hast du ihn getragen, Bird!«

Winter: dieses Wort verursachte im Teich seines vom Trinken schwerfälligen Erinnerungsvermögens einen wilden Wellenschlag.

»Du hast recht. Und als ich mich mit dir hinlegte, damals auf dem Holzhof, breitete ich ihn auf die Erde, weil die naß war vom Regen. Am anderen Morgen sah ich ihn mir an; da war er total verdreckt und mit winzigen Holzspänchen bedeckt. Nichts mehr zu machen. Denn damals nahmen sie ja keine Wildledermäntel zum Reinigen an. Ich stopfte ihn, wie er war, in den Wandschrank, und irgendwann habe ich ihn dann weggeworfen.« Dabei erinnerte er sich an jene Nacht mitten im Winter, und es schien ihm nun schon wie ein Vorfall aus tiefer Vergangenheit.

Aus welchem Anlaß sie zusammengewesen waren, hatte er vergessen, aber jedenfalls waren sie, beide damals in ihrem zweiten Universitätsjahr, in jener Nacht schrecklich betrunken. Und Bird, nachdem er Himiko heimbegleitet hatte, riß sie schließlich hinter dem Haus des Holzhändlers, bei dem Himiko im Obergeschoß zur Untermiete wohnte, auf dem Hof an sich. Das war zunächst nicht mehr als eine naive Zärtlichkeit zwischen zwei Menschen, die einander fröstelnd gegenüberstanden. Dann aber berührte Bird mit seiner Hand wie zufällig Himikos Vagina. Und erregt preßte er Himiko gegen einen Balken, der am Plankenzaun lehnte, und versuchte sein Glied einzuführen. Himiko half ihm, so gut sie konnte, dennoch lachte sie dabei unbewußt mit gedämpfter Stimme. So erregt sie beide waren, hatten sie doch den Bereich des Spiels noch nicht verlassen. Als ihm aber klarwurde, daß er im Stehen unmöglich in sie eindringen konnte, fühlte Bird sich unverdient als Kind behandelt und wurde hartnäckig. Er breitete den Wildledermantel über die blanke Erde und legte die noch immer lachende Himiko darauf. Himiko war großgewachsen, so daß ihr Kopf und ihre Beine unterhalb der Knie, ohne vom Mantel geschützt zu sein, unmittelbar den Erdboden berührten. Da Himiko schließlich zu lachen aufhörte, meinte Bird schon, sie sei dem Orgasmus nahe. Doch nachdem er eine Zeitlang weitergemacht hatte und sich dann vergewissern wollte, antwortete Himiko, ihr sei nur einfach kalt. Hierauf brach Bird den Kampf ab.

»Damals war ich ein rechter Barbar«, sagte Bird, zurückblickend wie ein hundertjähriger Greis.

»Und auch ich war eine Wilde.«

»Warum haben wir es eigentlich nicht woanders und besser wiederholt? Daß wir danach nicht noch einmal miteinander geschlafen haben . . .«

»Ich hatte das starke Gefühl, die Sache auf dem Holzplatz wäre ein reiner Zufall gewesen, und als ich am nächsten Tag darüber nachdachte, schien mir eine Wiederholung unmöglich.«

»Freilich, das war durchaus nicht von der gewöhnlichen Art, eher so etwas wie ein Zwischenfall. Im Stil einer Vergewaltigung«, sagte Bird beschämt.

»Nicht nur das, es war tatsächlich eine Vergewaltigung«, korrigierte ihn Himiko.

»Aber hast du nicht wenigstens doch ein klein bißchen Vergnügen empfunden?« fragte Bird vorwurfsvoll. »Warst du denn noch weit weg davon?«

»Da verlangst du zuviel. Es war ja für mich das erstemal überhaupt.«

Bird starrte Himiko erstaunt an. Er wußte, daß Himiko nicht der Mensch war, so etwas zu erfinden oder im Scherz zu behaupten. Eine Weile war er sprachlos; dann, gepreßt von einer Empfindung des Komischen, die ihn zu quälen begann, als unterschiede sie sich nur um Haaresbreite von der des Entsetzens, lachte er kurz auf. Und das Lachen steckte auch Himiko an.

»Wirklich, das Leben ist seltsam, voller Wunder«, sagte Bird, während er heftig errötete, und das nicht nur, weil er betrunken war.

»Laß die ergreifenden Reden, Bird. Denn falls die Tatsache, daß das damals für mich der erste Geschlechtsverkehr überhaupt war, irgendeinen Sinn hat, so geht das nur mich etwas an, und du hast nichts zu tun damit«, sagte Himiko.

Statt das Glas goß Bird sich den Becher voll Whisky und trank ihn auf einen Zug aus. Er spürte, er müßte sich noch genauer an jenes Ereignis auf dem Holzhof erinnern. Fest stand, daß sein Penis damals immer wieder auf eine Abwehr gestoßen war wie von hart zusammengepreßten, aufgeworfenen Lippen. Er hatte geglaubt, das liege daran, daß Himiko sich in der Kälte verkrampft habe. Aber die Blutflecken am anderen Morgen an meinem Hemdsaum! Warum ist mir da kein Verdacht gekommen? Und während er so überlegte, erfaßte Bird eine sinnverwirrende Begierde. Als habe er einen Schmerz zu bezwingen, biß er die Zähne aufeinander, schloß er die Hand fest um das Whiskyglas. Tief unten im Zentrum seines Körpers trieb etwas wie eine Geschwulst, ein Gewucher aus wilden Qualen und Ängsten, und dies war unverkennbar die Begierde selbst. Eine Begierde, die den Qualen und Ängsten ähnelte, wie sie einen Patienten mit Herzinfarkt innen hinter seinen Rippen befallen. Nein, diese Begierde war eine andere als jene zahme Begierde, die sich sonst, extremer Kontrast zu dem auf dem Gipfel seines Bewußtseins blitzenden Traum von der Afrikareise, matt und kaum eine Warze im ruhigen Alltagsleben, durch wöchentlich mehrmaligen Geschlechtsverkehr mit seiner Frau erledigen ließ; eine andere als jene domestizierte Begierde, die mit einem entnervten, schamlosen Stöhnen im Sumpf eines kläglichen Schwächegefühls versank. Im Gegenteil, dies war eine Begierde, die auch durch den tausendfach wiederholten Akt nicht zu erledigen war. Eine Begierde, völlig verschieden von jener Begierde, die einem abgenommen wird wie das Billett auf der Affenbahn im Zoo nach einer einzigen Runde. Unter den Begierden die wildeste Begierde, nie wieder exakt so nachvollziehbar und in solchem Maße gefährlich, daß einer sich im Augenblick der Erfüllung bange fragt, ob sich nicht hinter seinem nackten, verschwitzten Rücken der Tod heranschleicht. Es war die Begierde, die Bird vielleicht vor Jahren in jener Winternacht auf dem Holzhof erfüllt worden wäre, hätte er zuverlässig gewußt, daß er in diesem Augenblick eine Jungfrau vergewaltigte.

Bird, seine vom Whisky fiebrigen, klopfenden Augäpfel bemeisternd, sah Himiko mit einem flinken Wieselblick lauernd an. Das Blut drängte in sein Gehirn, das anschwoll wie ein Luftballon. Da der Zigarettenqualm keinen Abzug fand und wie Schwärme von Sardinen im Zimmer kreiste, schien es ihm, als ob Himiko in einem Nebel triebe. Sie beobachtete Bird mit einem vom Rausch entrückten, allzu naiven, fragenden Lächeln, aber in Wahrheit erfaßten ihre Augen nichts. Die ihren Träumen nachhängende Himiko machte so den Eindruck, als wäre gewissermaßen ihr ganzer Körper weich und rund geworden, vor allem für ihr rot glühendes Gesicht traf das zu.

Könnte ich doch, dachte Bird mit einem Gefühl des Bedauerns, die Vergewaltigungsszene aus jener Winternacht nur noch einmal mit Himiko wiederholen! Aber das war natürlich ausgeschlossen. Und gesetzt den Fall, es käme künftig zu einem Verkehr zwischen ihnen, immer würde sich ihm der Akt verbinden mit dem an diesem Morgen beim Umziehen flüchtig an sich erblickten mageren Spatz von einem Penis und würde sich ihm verbinden mit dem Geschlechtsteil seiner Frau, das sich nach der verzweifelten Erweiterung im Augenblick der Niederkunft langsam wieder zusammenzieht. Würde sich ihm aber auch verbinden mit dem Kind auf der Schwelle des Todes und mit der verworrenen Tragik des Menschen überhaupt, daß in dieser realen Welt jede Erwartung zuschanden wird und daß immer die anderen dann ihre Haltung, angeblich nichts davon zu wissen, als Humanismus bezeichnen. All das sublimierte die Begierde nicht, eher verwandelte es sie zu Schrott. Bird schüttete den Whisky hinunter, daß seine lauwarmen Eingeweide erschrocken bebten. Wenn ich mit Himiko als Partnerin den abgebrochenen, zu solcher Spannung gesteigerten Akt aus jener Winternacht noch einmal realisieren will, wird mir, dachte Bird, wohl kein anderer Weg bleiben, als daß ich sie erwürge. Aus dem Nest der Begierde in seinem tiefsten Inneren flog flügelschlagend eine Stimme auf: Mach sie nieder, schände den Leichnam! Andererseits wußte Bird, daß er, dieser gegenwärtige Bird, ein solches Risiko nie eingehen würde. Ich bin ganz einfach vor Verlangen wütend über mich, jetzt, nachdem ich erfahren habe, daß Himiko damals in jener Nacht noch unberührt war. Bird versuchte, dieses Ich von sich zu weisen, indem er das Chaotische darin verächtlich machte. Nur löste sich der stachelbesetzte Seeigel dunkelroter Begierde und Unruhe nicht auf. Bringst du es nicht fertig, sie niederzumachen und zu schänden, so finde doch wenigstens etwas heraus, das eine Szene bewirkt, die dem gleichkommt in Gespanntheit und Explosivität! Aber Bird wußte sich nicht zu helfen, er war geradezu verblüfft über seine Ignoranz gegenüber dem Abnormen, dem Gewagten. Wie ein Baseball-Spieler, der, wegen fortgesetzter Fehler zur Ablösung befohlen, auf die Bank zurückkehrt und einen Becher Wasser trinkt, schlürfte er völlig erschöpft, sich selbst verspottend und offensichtlich appetitlos seinen Whisky. Dieser tat schon keine Wirkung mehr und hatte den Duft und selbst das Bittere verloren.

»Sag mal, Bird, trinkst du den Whisky immer so schnell und in solchen Mengen? Als wäre es schwarzer Tee. Und nicht einmal schwarzen Tee kann ich so trinken, wenn er heiß ist.«

»Ich mach das immer so. Wenn ich mal trinke, immer nur so«, sagte Bird beschämt.

»Auch dann, wenn du mit deiner Frau zusammen bist?«

»Warum fragst du das?«

»Wenn du so trinkst, bist du bald in einem Zustand, daß du eine Frau nicht mehr befriedigen kannst. Und mehr noch: du selber wirst auch nur immer unterwegs sein zum Orgasmus und nie ankommen. Schließlich sinkst du erschöpft und ausgepumpt wie ein Langstreckenschwimmer mit bedenklichem Herzen hin und hauchst einen Regenbogen von Alkohol um den Kopf der Frau.«

»Hast du etwa die Absicht, jetzt mit mir zu schlafen?«

»Ich schlafe doch nicht mit dir, wenn du dich so betrunken hast; das wäre sinnlos für uns beide, denke ich.«

Bird schob einen Finger durch das Loch in der Tiefe seiner Hosentasche und spürte etwas Warmes und Weiches: eine törichte, schlafende Maus. Im Gegensatz zu dem Seeigel, der in seinem Innern aufgeflammt war, war diese völlig in sich zusammengeschrumpft.

»Na, da ist wohl nichts zu machen, Bird, wie?« sagte Himiko triumphierend; sie hatte seine Geste genau beobachtet.

»Wenn ich auch nicht ankäme, dich jedenfalls würde ich schon hochjagen, und müßte ich loslegen wie der sagenhafte Affe Sun Wu-k'ung.«

»So einfach ist das nicht – mit meinem Orgasmus. Du scheinst dich nicht sonderlich genau an die Geschichte von damals, als wir mitten im Winter auf der blanken Erde auf dem Holzhof lagen, zu erinnern, und warum solltest du auch. Für mich aber waren das die Initiationsriten. Und ich sage dir, eisige und dreckige, komische und zugleich traurige Riten waren das. Seither habe ich unter wilden Kämpfen ein regelrechtes Langstreckenrennen gelaufen, Bird.«

»Habe ich dich etwa frigide gemacht?«

»Ach, was den herkömmlichen Orgasmus angeht, mit dem wußte ich bald Bescheid. Da half mir ein anderer aus unserem Kursus, und der Dreck unter meinen Fingernägeln, die ich auf dem Holzhof in die Erde gekrallt hatte, war noch nicht trocken. Aber dennoch bin ich wie eine Treppe aufwärts einem immer besseren Orgasmus nachgejagt.«

»Und das war alles, was du seit dem Examen an der Uni bis heute getrieben hast, wie?«

»Seit dem Examen? Nein, wenn ich zurückdenke, war das schon während des Studiums meine eigentliche Beschäftigung.«

»Allmählich mußt du es doch leid sein!«

»Nein, Bird, im Gegenteil. Und irgendwann werde ich es

auch dir begreiflich machen. Vorausgesetzt, Bird, du willst nicht, daß der Zwischenfall im Holzhof deine einzige sexuelle Erinnerung an mich bleibt.«

»Dann werde auch ich dir beibringen, was ich mir angeeignet habe auf meinem Langstreckenlauf«, sagte Bird. »So laß uns doch aufhören mit diesem Herumtappen umeinander wie die frustrierten Küken und auf der Stelle miteinander schlafen!«

»Du hast zuviel getrunken, Bird.«

»Meinst du etwa, der Penis sei das einzige Organ, das mit Sex zu tun hat? Für jemanden, der wie du den optimalen Orgasmus ergründen will, ist das reichlich naiv gedacht.«

»Also mit den Fingern, mit den Lippen? Oder gar mit einem so wahnsinnig komischen Organ wie dem Blinddarm? Nein, so etwas mag ich nicht. Das käme mir vor wie Onanie.«

»Jedenfalls bist du ehrlich, viel zu ehrlich, um verdorben zu sein, wie?« sagte Bird erschreckt.

»Außerdem, Bird, so wie du heute bist, verlangt es dich gar nicht danach. Eher siehst du mir aus, als ob du dich vor allem Sexuellen ekeltest. Nehmen wir doch einmal an, wir schliefen miteinander – das äußerste, was du zustande brächtest, wäre, daß du zwischen meinen Beinen in die Knie gehst und dich erbrichst. Du könntest dein Ekelgefühl nicht verwinden und würdest meinen Bauch mit braunem Whisky und gelbem Magensaft besudeln. Ja, Bird, einmal ist mir tatsächlich so etwas Schreckliches schon zugestoßen.«

»Die Empirie – es ist wahr, irgendwas lernt der Mensch immer daraus. Und was deine Beobachtungen betrifft – na ja, du hast ganz recht«, sagte Bird niedergeschlagen.

Himiko beruhigte ihn: »Es hat doch keine Eile.«

»Nein, eilig ist es nicht. Mir ist wirklich zumute, als wäre es endlos lange her, daß ich mich mit irgendeiner Sache beeilen mußte. In meiner Kinderzeit hatte ich es jahraus, jahrein immerzu eilig. Warum nur war das so?«

»Vielleicht, weil man so bald aufhört, ein Kind zu sein.«

»Und ich habe sehr bald aufgehört, ein Kind zu sein, das ist wahr. Jetzt bin ich nun schon im Alter der Väter. Aber ich war als Vater nicht richtig vorbereitet, deshalb hatte ich keine Chance, ein gesundes Kind in die Welt zu setzen. Ob ich jemals Vater eines Kindes werde, das der Durchschnittsnorm entspricht? Ich traue es mir nicht zu«, sagte Bird mit einem Anflug von Sentimentalität.

»Da hilft keinem sein Selbstvertrauen, Bird. Sobald das nächste ein gesundes Kind ist, wird damit auch bestätigt, daß der Vater in Ordnung ist. Und dann ist das Selbstvertrauen da und gilt zugleich für das Vergangene.«

»Erstaunlich, wie du so weise über das menschliche Leben reden kannst«, sagte Bird begeistert. »Ich meine, wenn ich dich ...«

Auf einmal spürte Bird, daß er den Seenesselfühlern des Schlafs, ihren wellenförmigen Attacken keine Minute länger Widerstand zu leisten vermochte. Angestrengt starrte er auf den leeren Becher, der vor seinen Augen schwankte, und den Kopf hin und her bewegend, überlegte er, ob er etwa noch einen Whisky trinken sollte, erkannte aber schließlich, daß er bereits in einem Zustand war, in dem er sich keinen einzigen Milliliter mehr erlauben durfte. Der Becher, Birds Fingern entgleitend, prallte auf sein Knie und rollte von dort aus auf den von wüster Unordnung bedeckten Fußboden.

»Ich meine, wenn ich dich das eine noch fragen darf: die Welt, in die ein Mensch hinübergeht, der als Baby gestorben ist – was für eine Welt mag das sein?« Und während Bird diese Frage herausbrachte, stampfte er mit den Füßen auf, als ob er prüfen wollte, ob er sich überhaupt erheben könnte.

»Falls es eine solche Welt gibt, ist sie wahrscheinlich sehr unkompliziert, Bird. Aber habe ich dich denn mit meiner Theorie vom pluralistischen Universum gar nicht überzeugt? Danach wird auch dein Baby in seiner letzten Welt weiterleben bis in sein neunzigstes Jahr, das ist ganz sicher!«

»Nun ja«, sagte Bird, »ich gehe jetzt schlafen, Himiko. Ist es schon Nacht draußen? Schau doch mal durch den Vorhang!«

»Es ist noch Tag, Bird. Wenn du schlafen willst, kannst du dich in mein Bett legen. Sobald es dunkel wird, gehe ich ja aus.«

»Läßt einen armen Freund im Stich und fährst davon in deinem roten Sportwagen?«
»Wenn der arme Freund total betrunken ist, wird es wohl am besten sein, ihn allein zu lassen. Sonst könnten Dinge geschehen, die wir beide später zu bedauern hätten.«
»Wieder hast du recht! Das Größte an menschlicher Weisheit hast du dir zu eigen gemacht. Also wirst du bis zum Morgengrauen in deinem MG herumrasen?«
»Manchmal schon, Bird. Rase herum und suche die Kinder, die nicht schlafen können. Wie der Sandmann!«
Schließlich schaffte es Bird eben noch, seinen schlaffen Körper, der schwer war wie der eines Fremden, aus dem Korbsessel hochzuzerren; dann schlang er seinen Arm um Himikos kräftige Schultern und wankte zum Schlafzimmer. Das Innere seines Kopfes, der rot war und heiß wie die Sonne, beherrschte ein spaßiger Zwerg, schimmernden Lichtstaub ausstreuend wie die Fee, die er in dem Disney-Film ›Peter Pan‹ gesehen hatte. Diese Halluzination reizte ihn so, daß er lachen mußte.
»Du bist wie eine liebe Großtante!« schrie Bird, und mit diesem Ausdruck seiner Dankbarkeit fiel er aufs Bett.
Bird schlief. Über den im Abenddämmern versunkenen Platz in seinem Traum lief querüber ein grüngeschuppter Mann mit traurig düsteren Augen und einem schrecklich gespaltenen Salamandermaul, bis auch dies alles in den Strudel eines tiefroten Sonnenuntergangs hineingerissen wurde. Einmal das Geknatter eines startenden Sportwagens, und danach tiefer umhüllender Schlaf. Zweimal während der Nacht erwachte Bird. Beide Male war Himiko noch nicht zurück. Was ihn geweckt hatte, waren Stimmen draußen vor dem Schlafzimmerfenster. Leise Stimmen, die aber mit geduldiger Hartnäckigkeit riefen: »Himiko-san! Himiko-san!«
Die erste war eine noch jugendlich klingende Stimme. Als Bird das nächste Mal aufwachte, war es die Sitmme eines Mannes in mittleren Jahren, die da rief. Bird stand auf, und so wie vermutlich Himiko auf ihn hinausgeschaut hatte, hob er den Vorhangsaum in die Höhe und spähte zu dem Besucher hinab. Im schwachen Licht des Mondes erkannte er einen

kleinen vornehmen Herrn, der einen engen, wie eingelaufen erscheinenden, sonst aber ordentlichen Leinentuxedo trug, seinen eiförmig runden Kopf zurückgebogen hatte und mit einem gehemmten Gesichtsausdruck – war es vor Beschämung oder in einer leichten Selbstverachtung? – nach Himiko rief. Bird ließ den Vorhang wieder fallen und ging ins Nachbarzimmer, um die Whiskyflasche zu suchen. Und nachdem er von dem Rest einen Schluck getrunken hatte, verkroch er sich abermals in das Bett seiner Freundin und schlief.

V

Von einem Stöhnen wieder und wieder attackiert, erwachte Bird schließlich widerwillig. Zuerst meinte er, es wäre seine eigene Stimme gewesen, die da gestöhnt hätte. Und tatsächlich, im Augenblick des Erwachens ließen ihn die unzähligen, in seinem Magen tobenden Teufel, ringsum ihre kleinen Pfeile verschießend, einmal laut aufstöhnen. Dann aber drang abermals ein Stöhnen an sein Ohr, das nicht sein eigenes war. Ohne seine Lage zu verändern, hob er vorsichtig den Kopf ein wenig und sah über den Rand des Bettes hinab. Auf dem blanken Fußboden, eingeengt zwischen Bett und Fernseher, lag Himiko und schlief. Und wie ein Tier gab sie dabei ein kräftiges Stöhnen von sich. Ein Stöhnen, das ihn erreichte wie eine Nachricht aus der Welt ihrer Träume. Die gestöhnte Nachricht einer Furcht. Durch die dämmrigen Maschen der Luft im Zimmer beobachtete Bird, wie Himikos jugendlich rundes, jetzt aber eisenfarben angelaufenes und schlecht durchblutetes, ungeschminktes Gesicht bald in einem Schmerz sich zusammenkrampfte, bald wieder sich ausdruckslos entspannte. Wenn das Stöhnen anschwoll, bewegte sich Himiko und kratzte sich mit dem Daumen Kehle und Brust. Und dann studierte Bird in aller Ausführlichkeit den von der Wolldecke nicht bedeckten Oberkörper Himikos. Die als regelmäßige Halbkugeln geformten Brüste, die sich, unnatürlich nach beiden Seiten geneigt, voneinander entfernten. Den flachen, breiten Raum zwischen ihnen, der irgendwie stumpf wirkte. Bird glaubte diese noch nicht ausgereifte Brust wiederzuerkennen. Möglich, daß er sie damals nachts auf dem Holzhof mitten im Winter gesehen hatte. Die Flanken indessen und die Wölbung des großenteils von der Decke verhüllten Bauches weckten in ihm nicht die geringste Erinnerung. Hier zeigten sich Spuren eines Fettansatzes, den die Jahre auszubilden begonnen hatten: Teil eines neuen Lebens Himikos, das Bird nicht kannte. Und plötzlich würden sich die Fettwurzeln ausbreiten überall unter der Haut und Himikos

Körper völlig umformen. Dann müßten auch die Brüste die jetzt noch gerade eben spürbare Frische verlieren.
Abermals stöhnte Himiko heftig, als hätte man sie überraschend bedroht, und schlug plötzlich die Augen auf. Bird stellte sich schlafend. Als er eine Minute darauf von neuem auf sie hinuntersah, schlief Himiko schon wieder und diesmal einen todähnlichen Schlaf, ohne Stöhnen, ohne den Ausdruck eines Schmerzes, bis zum Halsansatz fest eingewickelt in die Wolldecke, so daß sie an eine Mumie erinnerte. Irgendwie schien sie sich mit den Geistern in ihrem Traum verständigt zu haben. Erleichtert schloß Bird die Augen und stellte sich dem Problem seines Magens. Eines Magens, der bedrohlich wurde, der ins Schwanken geriet. Der auf einmal immer größer anschwoll, bis er Birds körperliches Innere und die Welt seines Bewußtseins völlig ausfüllte. Ankämpfend gegen den Druck des Magens versuchten Gedankenfetzen in das Zentrum seines Kopfes vorzudringen: Wann mochte Himiko zurückgekommen sein? Ob das Baby, noch immer den Kopf mit Binden umwickelt wie der verwundete Soldat Apollinaire, etwa schon auf dem Obduktionstisch liegt? Werde ich den Unterricht heute an der Präparandenschule durchstehen können? Aber alle diese Vorstellungen wurden abgeschlagen. Gleich werde ich mich übergeben müssen, dachte Bird. Ein Angstgefühl fröstelte über die Haut seines Gesichts. Was würde Himiko von mir halten, wenn ich ihr Bett beschmutzte? Einmal draußen in einer Winternacht, als ich betrunken war, raubte ich ihr im Stil einer Vergewaltigung die Unschuld, ohne daß ich es wirklich begriff. Nun, Jahre danach, verbringen wir wieder die Nacht im selben Zimmer, und betrunken schlafe ich ein, und schließlich wird es mir speiübel. Was bin ich doch für ein Mann, daß ich solche schrecklichen Dinge anstelle! An die zehnmal hintereinander stieß er auf, stinkende Rülpser, dann, stöhnend vor Kopfschmerz, erhob er sich, tat einen mühsamen, von einem Gefühl des Widerstrebens begleiteten ersten Schritt aus dem Bett auf den Boden und wankte schwerfällig zum Bad hinüber. Jetzt erst bemerkte er, daß er bis auf das Unterhemd völlig nackt war. Sobald er die schlecht gefugte Glastür geöffnet und sich

dann schwer atmend, aber ohne Zwischenfall im Bad eingeschlossen hatte, überkam ihn ganz unerwartet ein freudiges Gefühl: die Hoffnung, er könnte das Erbrechen hinter sich bringen, ohne daß Himiko irgend etwas davon bemerkte. Das hieße freilich, er müßte es in einer so manierlichen Weise erledigen, wie ein Heimchen sich übergibt.

Kniend, die beiden Ellbogen auf die Gesäßstützen der Klosettschüssel westlichen Stils gestemmt, den Kopf gesenkt, wartete er in der Haltung eines andächtigen Beters auf den Augenblick, daß sich die Anspannung in seinem Magen in einer Explosion entlüde. Die eisig erstarrte Haut seines Gesichts loderte nun auf einmal auf von einem unnatürlichen Fieber, begann zu schwitzen, und plötzlich wieder spürte er auf ihr weder Hitze noch Schweiß. Dem, der so in sie hineinstarrt, erscheint die Klosettschüssel wie ein großer weißer Schlund, ja, sie ist ein Schlund, eingerechnet auch das klare Wasser, das in der sich verengenden Tiefe steht. Die erste Woge Übelkeit brach herauf. Bird gab einen Laut von sich, als ob er bellte, und, die gedehnte Halsmuskulatur steif erstarrt, übergab er sich mit Ungestüm. Eine stechende Flut drang ihm in die Nase. Bird keuchte. Tränen rannen ihm die Backen herab und liefen in das Erbrochene, das an seinen Lippen klebte. Erschlafft spuckte er aus, was in der Speiseröhre zurückgeblieben war. Gelbe Funken sprühten durch seinen Kopf, dann eine kurze Pause. Wie ein Installateur, der mit der Arbeit fertig ist, richtete Bird langsam den Oberkörper auf, wischte sich mit dem bereitliegenden Papier das Gesicht ab und schneuzte sich mehrmals laut die Nase. Tief seufzte er. Aber nicht daß damit der Fall erledigt gewesen wäre. Das war so Birds Gewohnheit. Hatte er erst angefangen sich zu übergeben, erbrach er sich wenigstens zweimal. Und beim zweitenmal konnte er nicht alles dem Magen überlassen. Da mußte er es dadurch herbeiführen, daß er den Finger in den Hals steckte. Im Vorgefühl dieser Quälerei atmete er schwer. Wieder senkte er den Kopf. Das Innere der Klosettschüssel, über und über beschmutzt, sah wüst aus. Angewidert schloß er die Augen, langte mit der Hand über seinen Kopf und zog an der Kette. Geräuschvoll schoß eine Flut von

Wasser vorbei, und ein kleiner Wirbelwind streifte plötzlich seine Stirn. Als er die Augen öffnete, gähnte vor ihm, wieder sauber wie zuvor, der große weiße Schlund. Bird schob den Finger in seinen kleinen roten Schlund und zwang sich so zu einem abermaligen Erbrechen. Und wieder das Stöhnen, die sinnlosen Tränen, im Kopf die gelben Funken, das Stechen der Schleimhäute in den Nasenlöchern. Dann war es vorbei, und gegen die Klosettschüssel gelehnt, wischte er sich die beschmierten Finger ab und die Gegend um den Mund, schließlich auch die tränennassen Wangen. Ob ich damit wohl die Leiden des Babys ein wenig wettgemacht habe? dachte Bird, und seine Selbstsucht trieb ihm die Röte ins Gesicht. Nein, die Qualen, die einer am Tag nach einer Besäufnis auszustehen hat, das sind nun wirklich völlig unfruchtbare Qualen, durch die keine anderen Qualen sonst aufgewogen werden. Du kannst nicht so schamlos sein, und wäre es nur für ein kurzes Aufblitzen im Kopf, daß du meinst, mit solcher angeblichen Sühne dich aus der Affäre zu ziehen, tadelte Bird sich selbst im Tonfall des Moralisten. Immerhin aber erlebte er jetzt, erleichtert, nachdem er sich entleert hatte und die Teufel in seinem Magen vorläufig still waren – obwohl das freilich nicht lange anhalten würde, zum erstenmal seit dem Erwachen einigermaßen erträgliche Minuten. Heute muß ich, überlegte er, in der Präparandenschule unterrichten, muß wegen des vermutlich inzwischen bereits gestorbenen Kindes in der Klinik allerlei Formalitäten erledigen. Dann muß ich die Schwiegermutter anrufen, ihr den Todesfall melden und mit ihr beraten, wann ich es meiner Frau beibringen soll. Alles wichtige Unternehmungen. Und da knie ich hier im Haus einer Freundin, die ich mal wieder besucht habe, im Badezimmer und habe mich erbrochen und lehne mich erschöpft und hilflos gegen die Klosettschüssel. Wenn das nicht verrückt ist! War es etwa so, daß Bird sich über den Zustand entsetzte, in den er auf diese Weise geraten war? Durchaus nicht. Im Gegenteil, in diesen zehn oder zwanzig Minuten, während der er, alle Verantwortlichkeit beiseite schiebend, in seiner hilflosen Lage verharrte, meinte er an sich eine Art Selbstheilung zu verspüren. So wie ich jetzt bin, völlig ausgepumpt, nur den stechenden Schmerz auf den Schleimhäuten in Nase und Rachen, gleiche ich dem Kind am Rande des Todes wie ein Bruder. Mein Vorzug ist, daß ich nicht wie das Baby schreie, in Wahrheit aber bin ich um viele Grade widerlicher als ein schreiendes Baby ...

Wäre es möglich gewesen, Bird hätte es vorgezogen, sich in die WC-Schüssel zu stürzen und mit einem Zug an der Kette unter lautem Getöse in die Unterwelt des Kanalisationssystems fortzuspülen. Indessen, wie zum Abschied spuckte er noch einmal aus, riß sich von der Klosettschüssel los, und die Glastür öffnend, machte er sich auf den Weg zurück ins Schlafzimmer. Bis zu diesem Augenblick hatte er Himikos Gegenwart völlig vergessen, aber schon als er den ersten Schritt mit nackten Füßen ins Schlafzimmer hinein getan hatte, wurde er sich klar: Himiko mußte, nun völlig wach geworden, sein Benehmen während des Erbrechens und auch die seltsam verdächtige Stille danach sehr wohl mitbekommen haben. Himiko lag noch immer in der gleichen Haltung da wie zuvor, als sie schlief, doch in dem winzig feinen Lichtstaub vom Spalt im Vorhang her erkannte Bird, daß ihre Stirn, ihre Lider, ihr Nasenrücken, auch die Konturen ihrer Oberlippe goldfarben heraufgetaucht waren und ihre Augen, zwar dunkel von einem Winkel zum anderen, weit offenstanden. Es blieb ihm nichts übrig, als wie eine Maus um ihre Füße herumzuhuschen und sich nach Hemd und Hose auf dem Bettrand zu strecken, und vermutlich hatte Himiko auch währenddessen ihre Augen, von dieser Farbe wie eine Kameralinse bei geöffneter Dauerblende, unentwegt auf Bird gerichtet, auf seine sehnigen, behaarten Oberschenkel und den ein wenig anschwellenden Bauch.

»Hast du etwa gehört, daß ich getobt habe wie ein Hund?« fragte Bird mit einem Zaudern in der Stimme.

»Wie ein Hund? Dann aber ein Hund mit einer ziemlich vollen Stimme«, sagte Himiko in einem Tonfall, in dem ein Rest von Schlaf mitschwang, während sie weiter mit großen ruhigen Augen Bird wie abschätzend beobachtete.

»Du hast recht. Das war ein Bernhardiner vom Format einer Kuh«, sagte Bird niedergeschlagen.

»Qualvoll, wie? Und ist es jetzt vorbei?«

»Ja, für den Augenblick wenigstens.« Damit endlich bekam Bird, nachdem er, entkräftet wie er war, hin und her taumelnd auch noch Himiko durch die Wolldecke hindurch auf den Fuß getreten war, daß sie aufschrie, seine Hose zu fassen, und während er hastig mit den Beinen hineinfuhr, sagte er: »Aber ich fürchte, im Laufe des Vormittags wird es noch einmal losgehen. Das ist bei mir immer so. Und dann – ich habe ja lange Zeit keinen Alkohol mehr angerührt – bin ich an einen Kater überhaupt nicht mehr gewöhnt, deshalb hat es mich wahrscheinlich heute so schlimm erwischt wie nie in meinem Leben. Wenn ich jetzt daran zurückdenke, wie ich damals wochenlang getrunken habe: um den Kater irgendwie loszuwerden, fing ich wieder zu trinken an, und so bin ich schließlich auf die endlose Kreisbahn des Alkohols geraten.« Er versuchte, durch einen übertrieben melancholischen Akzent eine komische Wirkung zu erzielen, dabei verfiel er am Ende doch in einen eher mürrischen, selbstkritischen Ton.

»Und wenn du es wieder so machtest?«

»Ausgeschlossen. Heute kann ich mich nicht betrinken.«

»Dann nimm dir eine Zitrone. Da fühlst du dich bestimmt wohler. In der Küche liegen welche.«

Gehorsam schaute Bird in die Küche. Im Spülstein, auf den durch eine geschliffene Glasscheibe die Sonnenstrahlen fielen wie auf einem Bild aus der flämischen Schule, lagen etwa zehn Zitronen; die leuchteten in einem so frischen Gelb, daß die Nerven seines geschwächten Magens augenblicklich reagierten.

»Kaufst du immer soviel Zitronen?« fragte Bird. Nachdem er die Hosen angezogen und auch das Hemd sorgfältig bis zum Hals zugeknöpft hatte, fand er zu einer gewissen Gelassenheit zurück.

»Das kommt auf die Gelegenheit an, Bird«, erwiderte Himiko mit einer schrecklichen Gleichgültigkeit, als wollte sie ihn die Lästigkeit seiner Frage spüren lassen.

Bird verlor seine Gelassenheit schon wieder. »Wann bist du eigentlich nach Hause gekommen? Bist du etwa bis zum Morgengrauen mit deinem MG herumgerast?« Und weil ihn

Himiko nur spöttisch ansah, fügte er, als wäre dies tatsächlich eine sehr wichtige Mitteilung, hinzu: »Spät in der Nacht kamen zwei von deinen Freunden. Der eine schien noch ein Junge zu sein, der andere – ich habe ihn durch den Spalt im Vorhang gesehen – war ein eierköpfiger Gentleman im mittleren Alter. Ich habe mich aber nicht gerührt.«
»Natürlich nicht, wozu auch?« Himiko zeigte nicht die geringste Empfindung.
Bird zog die Armbanduhr aus seiner Rocktasche und warf einen Blick darauf. Neun Uhr. Um zehn begann sein Unterricht. Ein Lehrer an einer Präparandenschule mit dem Mut, entweder die Stunden ohne Entschuldigung ausfallen zu lassen oder aber zu spät zu kommen, das müßte schon ein Mann sein. Bird war dazu weder mutig noch entschlossen genug, noch war er ein so sturer Lehrer. Ohne hinzusehen, band er sich die Krawatte nach dem Gefühl.
»Mit beiden habe ich ein paarmal geschlafen. Deshalb glauben sie, sie hätten ein Recht darauf, mich mitten in der Nacht heimzusuchen. Der Junge ist ein komischer Typ. Es geht ihm gar nicht so sehr darum, daß er mit mir schlafen kann. Er träumt davon, dabei zu sein, wenn ein anderer Mann mit mir schläft, und möglichst noch mitzumachen. Immer paßt er die Zeit ab, wenn ich einen Besuch habe, und dann kommt er auch; zu allem übrigen ist er nämlich schrecklich eifersüchtig!«
»Na und? Hast du ihm einmal eine Chance geboten?«
»Ich denke doch nicht daran!« sagte Himiko geradeheraus, und sie setzte hinzu: »Wenn du mal mit ihm zusammenwärst, dir würde dieser Knabe bestimmt gern zu Diensten stehen, denn er mag Erwachsene von deiner Art. Sag mal, Bird, hast du solchen Service nicht schon oft genug erhalten? Hast du nicht früher an der Schule jüngere Verehrer gehabt, und wie ist es jetzt an der Präparandenschule? Ich kann mir vorstellen, daß sie dich anhimmeln. In ihrer kleinen Welt bist du sozusagen der Typ des Helden.«
Bird schüttelte verneinend den Kopf, dann ging er hinaus in die Küche. Als er die kalten Dielen mit den bloßen Fußsohlen berührte, bemerkte er erst, daß er keine Socken an-

hatte. Ah! peinigte ihn die Angst, das fehlte mir noch! Wenn ich mich jetzt abquälte und bückte mich, um die Socken zu suchen, ich brauchte nur den Magen zusammenzupressen, schon käme es mir wieder hoch. Andererseits war es ein angenehmes Gefühl, barfuß über die Dielen zu gehen, und genußvoll war es auch, die Hände unter den aus dem Hahn spritzenden Wasserstrahl zu halten und mit nassen Fingern nach einer Zitrone zu greifen. Bird wählte eine große Zitrone aus, zerteilte sie und drückte sie in seinem Mund aus. Kühl und prickelnd rann mit dem Saft der Zitrone die Empfindung ersehnter Regeneration durch seine Kehle hinab in den gequälten Magen.

»Die Zitrone scheint ihre gute Wirkung zu tun«, sagte Bird ins Schlafzimmer zurückgekehrt, voller Dankbarkeit zu Himiko, und mit sorgsam aufgerichtetem Oberkörper suchte er nach seinen Socken.

»Angenommen, du mußt dich wieder übergeben, so schmeckt es diesmal nach Zitrone, doch ganz angenehm, denke ich.«

»Du nimmst mir auch die armseligste Hoffnung.« Bird sah die Erleichterung, die ihm der Zitronensaft verschafft hatte, verschwinden, wie Wolken sich zerstreuen und Nebel sich auflöst.

»Was suchst du eigentlich? Du siehst aus wie ein Bär, der nach einem Steinkrebs herumtappst.«

»Meine Socken«, sagte Bird leise und in dem Gefühl, daß seine nackten Füße lächerlich wirkten.

»Die habe ich in deine Schuhe gesteckt, damit du sie beide anziehen kannst, wenn du gehst.«

Bird blickte unsicher auf die noch immer in die Wolldecke eingerollt daliegende Himiko. Wahrscheinlich, so mutmaßte er, tat sie dies immer, wenn einer ihrer Liebhaber hier in dem Bett unterkroch. Erschiene dann ein anderer, größerer und wilderer Liebhaber, standen die Schuhe und die Socken griffbereit, und der erste brauchte sie nur in die Hand zu nehmen und konnte barfuß davonlaufen.

»Dann gehe ich jetzt also. Ich habe am Vormittag zwei Stunden zu geben«, sagte Bird. »Dank dir jedenfalls für gestern abend und heute morgen.«

»Kommst du mal wieder, Bird? Wer weiß, ob wir einander nicht brauchen.«
Bird spürte einen Schock, als hätte er einen Stummen plötzlich aufschreien hören. Himiko, Falten an der Nasenwurzel, sah unter ihren halb geschlossenen, dicken, runden Augenlidern hervor zu ihm auf.
»Vielleicht hast du recht. Vielleicht brauchen wir einander«, sagte Bird.
Dann durchquerte er, an den nackten Fußsohlen des stechende Gefühl von grannigen Gräsern und Drahtfetzen, die Düsternis des Wohnzimmers vorsichtig wie ein Forschungsreisender, der durch ein Sumpfgelände marschiert, und bückte sich in dem engen Vorraum und zog in großer Hast, als fürchtete er, der Brechreiz könnte wiederkommen, Socken und Schuhe an.
»Bis bald! Und schlaf du noch!« rief er.
Die Freundin erwiderte kein Wort. Bird trat hinaus vor die Tür. Es war ein Sommermorgen, strotzend von einem Licht, das wie Säure brannte. Als er an dem knallroten MG vorbeigehen wollte, bemerkte er, daß im Anlasser noch der Schlüssel steckte. Einmal, dachte er bekümmert, wird ein Dieb kommen und es leicht haben, diesen Sportwagen zu stehlen. Was eigentlich war es nur, daß sich jene fleißige, aufmerksame und intelligente Studentin in eine so zersplitterte Persönlichkeit verwandelt hatte? Da hatte sie geheiratet, aber der junge Ehemann beging Selbstmord; da tobt sie ihre Leidenschaften aus, indem sie mit ihrem Wagen durch die Nacht rast, und träumt dann so schrecklich, daß sie stöhnt.
Schon wollte Bird den Schlüssel herausziehen. Indessen, wenn er jetzt zu der im Halbdunkel mit zusammengezogenen Brauen und fest geschlossenen Augen schweigend daliegenden Freundin zurückginge, würde es vermutlich schwierig werden, noch einmal loszukommen. Er nahm die Hand vom Schlüssel und sah sich in der Gegend um; im Augenblick wenigstens, so beruhigte er sein Gewissen, schien kein Autodieb in der Nähe zu lauern. Ein Zigarrenstummel lag neben einem der Speichenräder. Wahrscheinlich hatte den in der Nacht der Vornehme mit dem Eierkopf weggeworfen. Die

Zahl derer, die weit intimeren Umgang als er mit Himiko hatten, war zweifellos groß. Bird schüttelte den Kopf und atmete tief durch, ein Versuch, sich gegen die mit vielfachen Drohungen gewappneten Krebse der Übelkeit zu schützen; außerstande aber, seine gedrückte Haltung zu überwinden, trat er mit gesenktem Kopf auf die lichtgleißende Gasse hinaus und ging davon.

Dennoch schaffte er es glücklich, bis zum Eintritt in die Vorhalle der Präparandenschule auszuhalten. Die Straße. Der Bahnsteig. Dann der Zug. Und der war das schlimmste; während seine Kehle völlig austrocknete, ertrug Bird mit Mühe das Schütteln und den Geruch der anderen Passagiere. Ihm allein im ganzen Wagen rann unausgesetzt der Schweiß, es war, als ob gerade auf dem Quadratmeter rings um ihn allzu früh der Hochsommer ausgebrochen wäre. Jeder, der sich Bird auf Tuchfühlung näherte, sah sich mit mißtrauischem Blick nach ihm um. Bird, einen nach Zitrone duftenden Atem ausstoßend wie ein Schwein, das einen ganzen Korb Zitronen gefressen hat, mußte sich in einem fort mit Erbarmen heischender Stimme entschuldigen. Unterdessen ließ er seine Augen unruhig umhergehen, um eine Stelle ausfindig zu machen, wohin er losstürzen könnte, falls ihn unvermittelt der Brechreiz ankäme. Und als er die Vorhalle der Schule erreichte, ohne daß er sich hätte übergeben müssen, war er erschöpft wie ein greiser Krieger nach einem langen Weg der Flucht. Dabei stand ihm das allerschwierigste nun erst bevor. Der Feind hatte ihn überholt und lauerte ihm in einem Hinterhalt auf.

Aus seinem Schrank langte Bird sich das Lehrbuch und ein Kästchen Kreide. Dann warf er einen Blick auf das Concise Oxford Dictionary im Bücherregal; da er jedoch das Gefühl hatte, dies wäre ihm heute zu schwer, um es bis zum Klassenzimmer in der Hand zu tragen, verzichtete er darauf. Übrigens saßen in Birds Klasse einige Schüler, die ihren Lehrer in der Kenntnis der idiomatischen Ausdrücke und der grammatischen Regeln weit übertrafen. Sollte also eine ihm unbekannte Vokabel oder eine schwerverständliche Redensart auftauchen, würde es genügen, einen von ihnen aufzurufen. Die Köpfe dieser jungen Leute hatten, vollgestopft mit Details und einem Wust von Wissen, die Kompliziertheit von Ammonshörner erreicht; sobald sie aber einmal einen Gegenstand synthetisch zu erfassen versuchten, scheiterten sie. Die Rollen waren daher so verteilt, daß Bird jeweils das Ganze eines Satzinhalts zusammenfassend rekapitulierte. Ob freilich sein Unterricht für die Aufnahmeprüfung an einer Universität tatsächlich von Nutzen war, daran hatte er seit langem seine einer hartnäckigen Zwangsvorstellung nicht unähnlichen Zweifel.

Aus Furcht, der umgängliche, doch scharfäugige Koordinator für Fremdsprachen, ein Absolvent der Universität von Michigan und zweifellos einer aus der Elite der japanischen Auslandsstudenten, könnte ihn zu sich rufen, ging Bird nach Verlassen des Schrankraumes, ohne den Lift hinter dem Lehrerzimmer zu benutzen, durch den allgemeinen Hinterausgang und stieg über die an der Außenmauer des Gebäudes wie ein Efeu hochkletternde Wendeltreppe zu seinem Klassenzimmer hinauf. Der Szenerie der unter seinen Augen allmählich sich entfaltenden Stadt schenkte er nicht einen Blick, ertrug nur mit Mühe das schiffsmäßig rollende Schwanken der Wendeltreppe, das die aufwärts jagenden und ihn überholenden Schüler verursachten, war bleich und schweißüberströmt und atmete heftig, wobei er von Zeit zu Zeit ein stöhnendes Rülpsen von sich gab. So langsam stieg er hinauf, daß die ihn überholenden Schüler für einen Augenblick in ihrem Tempo zögernd innehielten, ihm ins Gesicht sahen, irgendwie zurückschreckten und dann, die Wendeltreppe erschütternd, mit großen Sprüngen weiter aufwärts jagten. Bird schwindelte es, ächzend klammerte er sich am Geländer fest . . .

Als er am Ende der Treppe anlangte und schon erleichtert aufatmete, rief ihn ein Freund an, der dort auf ihn gewartet hatte, und die Anspannung kehrte zurück. Der Freund war Leiter einer Studiengruppe für Slawistik, die Bird und einige andere Gelegenheitsdolmetscher gegründet hatten. Da er im Augenblick mit seinem Kater vollauf beschäftigt war, empfand es Bird als schrecklich lästig, jemandem zu begegnen, auf den er nicht gefaßt war. Er klappte sich zu wie eine Muschel, wenn sie angegriffen wird.

»He, Bird!« rief der Freund; noch immer war dieser Spitzname überall und unter den verschiedensten Bekannten die übliche Anrede. »Seit gestern abend habe ich versucht, dich unter deiner Nummer zu erreichen, habe aber keine Verbindung bekommen. Na ja, da dachte ich, suche ich dich hier auf.«

»So«, antwortete Bird widerwillig.

»Sag mal, hast du schon die Geschichte von Deltschew-san gehört?«

»Was denn für eine Geschichte?« Bird spürte eine unbestimmte Unruhe. Deltschew war Beamter an der Gesandtschaft eines kleinen sozialistischen Balkanstaates und Lektor ihrer Studiengruppe.

»Sie sagen, Deltschew-san habe sich bei einer kleinen Japanerin einlogiert und sei nicht mehr in die Gesandtschaft zurückgekommen. Angeblich seit einer Woche schon. Nun würde man es in der Gesandtschaft gern intern beilegen und Deltschew-san zurückholen, aber die Gesandtschaft ist ja erst neulich hier eingerichtet worden, und so haben sie nicht genügend Hilfskräfte. Er haust in einem Apartment in Shinjuku, wo es am dunkelsten ist, und in der Gesandtschaft haben sie niemanden, der dazu fähig wäre, den Davongelaufenen dort herauszuholen. Deswegen haben sie sich an unsere Studiengruppe gewandt. Und im Grunde haben wir ja tatsächlich eine gewisse Verantwortung dafür.«

»Verantwortung?«

»Deltschew-san lebt mit einem Mädchen aus der Bar, in die wir ihn einmal nach einer Sitzung der Studiengruppe mitnahmen, sie nannten sie ›Sesselchen‹, weißt du noch?« Der Freund lachte verlegen. »Es war so eine Kleine mit blassem Gesicht, ein bißchen verrückt.«

Bird erinnerte sich sofort an die exzentrische Kleine und an ihr blasses Gesicht.

»Aber sie spricht doch weder Englisch noch irgendeine slawische Sprache, oder? Und mit Deltschew-sans Japanisch ist es nicht weit her. Wie kann denn das gehen?«

»Ja, nicht wahr, das frage ich mich auch: wie mögen sie wohl nur diese eine Woche hingebracht haben? Ohne überhaupt ein Wort zu reden, oder wie?« Der Freund geriet in immer größere Verlegenheit.

»Wenn nun Deltschew-san nie wieder in die Gesandtschaft zurückkehrt, was dann? Heißt das, daß er dann ein Deserteur ist, oder ein Flüchtling?«

»Ich denke schon.«

»Schwierig für Deltschew-san«, sagte Bird melancholisch.

»Ich denke, wir treffen uns heute abend mit der Studiengruppe. Hättest du da Zeit?«

»Heute abend?« Bird fühlte sich in die Enge getrieben. »Das ist schlecht, heute abend.«

»Du stehst dich aber doch mit Deltschew-san am besten. Falls nun beschlossen würde, daß wir einen von der Studiengruppe als Vermittler losschicken, wäre es natürlich schön, wenn du das übernähmst.«

»Als Vermittler? Heute abend jedenfalls paßt es mir nicht«, sagte Bird, und dann, mit Entschiedenheit: »Wir haben ein Kind bekommen, aber es hat eine Anomalie, verstehst du? Und die Sache ist die, daß es entweder schon gestorben ist oder gerade im Sterben liegt.«

Augenblicklich schrumpfte der Freund in sich zusammen und murmelte etwas wie ein »Ah!« Über ihren Köpfen ertönte die Schulglocke.

»Das ist ja entsetzlich, wirklich entsetzlich. Treffen wir uns also heute abend ohne dich. Ich wünsche dir nur, daß dich die Geschichte mit dem Kind nicht allzusehr mitnimmt, und deine Frau, ist die in Ordnung?«

»Ja, danke, der geht es gut.«

»Sollten wir uns einig werden, irgend etwas wegen Deltschew-san zu unternehmen, sage ich dir Bescheid. Na, wirklich, du siehst mir recht erschöpft aus, paß ja auf dich auf!«

»Schon gut.«

Während er sich Vorwürfe machte, daß er von seinem Kater nichts gesagt hatte, sah Bird dem Freund nach, der wie auf einer überstürzten Flucht mit fliegenden Schultern die Wendeltreppe hinunterrannte. Hierauf betrat er das Klassenzimmer. Im Augenblick stand er hundert Schülergesichtern, häßlich wie die Fliegenköpfe, gegenüber. Automatisch senkte er den Blick, und krampfhaft darauf achtend, daß er den Kopf nicht wieder hob und die Schüler ansah, hielt er Lehrbuch und Kreidekästchen wie Selbstverteidigungswaffen vor seine Brust und bestieg das Katheder.

Unterricht. Bird schlug das Buch an der Stelle auf, an der das Lesezeichen lag, und völlig ahnungslos begann er von dem Absatz an vorzulesen, bis zu dem er in der Woche zuvor gekommen war. Bald wurde ihm klar, daß es sich um einen Abschnitt aus Hemingway handelte. Das Lehrbuch bestand aus einer Auswahl kurzer Kapitel aus der amerikanischen Gegenwartsliteratur, die der Koordinator für Fremdsprachen nach seinem Geschmack zusammengestellt hatte und von denen jedes irgendwelche grammatischen Fallstricke aufwies. Hemingway, dachte Bird ermutigt. Er mochte Hemingway sehr, vor allem »Green Hills of Africa« hatte er mit Begeisterung gelesen. Der hier ausgewählte Abschnitt stammte aus »The Sun Also Rises«: ein Stück, in dem gegen Schluß der Held im Meer badet. Der Ich-Erzähler schwimmt hinaus, er überwindet die Brandung, wird immer wieder von Wogen überschüttet, und als er die offene See erreicht, legt er sich in der sanften Dünung auf den Rücken und läßt sich treiben. Sieht nichts als Himmel über sich und spürt, wie die Wasser unter ihm auf und nieder schwanken ...

Bird fühlte: in der tiefsten Tiefe seines Körpers setzte die sichere Krise ein, die nicht mehr zu unterdrücken war. Seine Kehle war trocken bis in die letzte Faser, die Zunge schwoll in ihm auf wie etwas Fremdes. Er tauchte unter in die Fruchtblase der Furcht. Dennoch las er weiter laut vor, nur daß er dabei wie ein krankes Wiesel verschlagen und doch ängstlich die Tür im Auge behielt. Würde er es, wenn er dorthin liefe, rechtzeitig schaffen? Das beste freilich wäre, er brächte es fertig, die Krise ohne das gut zu überstehen. Um seine Gedanken abzulenken, versuchte Bird sich während des Lesens auf den Kontext dieses Abschnitts zu besinnen. Der Ich-Erzähler ruht sich auf dem Sandstrand aus und schwimmt abermals los. Als er daraufhin zum Hotel zurückkehrt, ist ein Telegramm von seiner Geliebten da, die ihm mit einem jungen Stierkämpfer davongelaufen war, und, wenn Bird sich richtig erinnerte, lautet der Text des Telegramms:

COULD YOU COME HOTEL MONTANA MADRID
AM RATHER IN TROUBLE BRETT

Wie leicht er sich daran erinnerte! Das ist ein gutes Omen, dachte Bird, sich darauf konzentrierend wie bei einem Gebet. Unter allen Telegrammen, die ich jemals las, ist das aber auch das bezauberndste, vielleicht komme ich doch über den Brechreiz weg. Und er erinnerte sich: einmal, als der Ich-Erzähler mit geöffneten Augen im Meer taucht, sieht er etwas Grünes schleifend dahintreiben. Wenn wir in dem hier Ausgewählten bis zu dieser Stelle kommen, werde ich – das soll die Zauberformel sein – darüber hinwegkommen ohne zu spucken. Bird hatte weitergelesen: der Ich-Erzähler steigt aus dem Meer, kehrt zum Hotel zurück und nimmt das Telegramm in Empfang. Der Telegrammtext wie sich Bird erinnerte:

COULD YOU COME HOTEL MONTANA MADRID
AM RATHER IN TROUBLE BRETT

Aber da hat ja der Ich-Erzähler das Bad im Meer auch bereits beendet, und nichts war vorgekommen von einer Szene, in der er mit geöffneten Augen taucht. Bird erschrak. War das in einem anderen Roman Hemingways, oder stammte es überhaupt von einem ganz anderen Erzähler? Er war sich nicht sicher. Der Zauber zerbrach. Und dann versagte Birds Stimme. Tausende und aber Tausende Dürreschrunden rissen in seiner Kehle auf, weiter schwoll die Zunge an, bis sie die Mundhöhle ganz ausfüllte und herauszuquellen begann über die Lippen. Bird, den hundert Fliegenköpfen zugewandt, hob den Blick und lächelte. Fünf Sekunden Schweigen, erfüllt von einer albernen Ratlosigkeit. Dann sank Bird auf beide Knie, stützte die Handteller mit gespreizten Fingern wie ein Frosch auf den schmutzigen Fußboden, und ächzend erbrach er sich. Spie mit langgerecktem Hals wie eine kotzende Katze. Und da er sich mit verkrampften Eingeweiden zusammenzukrümmen begann, ähnelte er auch wieder einem der kleinen Dämonen, wie die riesigen Wächterkönige sie unter die

Füße treten. Bird hatte zwar das Ganze in einem possenhaften Stil abtun wollen, tatsächlich aber war, wie er es tat, genau das Gegenteil davon. Immerhin, was von dem Erbrochenen, die Zungenwurzel umspülend, zurückfloß, schmeckte wirklich, wie Himiko vorausgesagt hatte, nach Zitrone: mein Veilchen an der Kerkermauer, dachte Bird und bemühte sich, seine Fassung wiederzugewinnen. Selbst solche psychologischen Tricks indessen zerbröckelten wie Cremetörtchen vor diesem Anfall, der nun die Flutmarke erreichte: unter wildem Stöhnen, den Mund weit aufgerissen, erstarrte Bird. Zu beiden Seiten seines Gesichts wuchs allmählich, geformt wie Pferdescheuklappen, etwas Schwarzes nach vorn und umschloß Birds Augen mit Dunkelheit. Sehnsüchtig wünschte er sich: Könnte ich mich doch verkriechen an einem noch dunkleren, noch tieferen Platz, könnte ich doch davonfliegen in eine andere Welt!

Einen Augenblick danach, und Bird befand sich natürlich noch immer in dieser hiesigen Welt. Tränen liefen ihm, näßten seine Nasenflügel, stumm starrte er mit einem Blick des Jammers hinab auf die Pfütze des Erbrochenen. Eine Pfütze, in deren helles Ocker sich das lebhaft heftige Gelb von Zitronenresten mischte. Wahrscheinlich sehen die Grassteppen Afrikas so aus, wenn man in der Jahreszeit, in der sie öde und ausgetrocknet liegen, mit einer Cessna im Tiefflug über sie hinkurvt, und hinter den Zitronenresten dort lauern Nashörner und Ameisenbären und wilde Ziegen. Jetzt die Fallschirme angelegt, die Gewehre gepackt und hastig einer nach dem anderen gesprungen wie die Heuschrecken ...

Der Brechreiz war überwunden. Bird wischte sich mit der von Staub und Magensaft beschmierten Hand über die Lippen und erhob sich.

»Wie die Dinge liegen, möchte ich den Unterricht für heute abbrechen«, sagte er mit einer Stimme, als müßte er regelrecht um Atem ringen.

Die hundert Fliegenköpfe schienen einzuwilligen. Schon wollte Bird Lehrbuch und Kreidekästchen an sich nehmen. In diesem Augenblick sprang plötzlich einer der Fliegenköpfe auf und begann irgend etwas zu schreien. Das nach Art der

Bauernsöhne rundliche, feminine Gesicht von roten Wellen überschüttet, bis es glänzte, schrie er mit flatternden rosigen Lippen; da er aber eine Aussprache hatte, als ob er aus geschlossener Mundhöhle redete, und obendrein zum Stottern neigte, war von dem, was er vorbrachte, fast nichts zu verstehen. Dennoch wurde allmählich alles klar. Es war ein Schüler, der von Anfang an Birds Auftreten als einem Lehrer an der Präparandenschule nicht angemessen kritisiert; sich aber, da Bird solche Kritik mit einer lediglich etwas unsicheren Haltung ertrug, schließlich in einen von Angriffslust besessenen Teufel verwandelt hatte. Über die Höhe des Unterrichtsgeldes an der Schule, über die allzu kurze Zeit bis zum Eintrittsexamen an der Universität, über die an die Präparandenschule geknüpften Erwartungen und seine zornige Enttäuschung, daß diese sich nicht erfüllten, über all das konnte er endlos reden. Nach einer Weile verwandelte sich wie Wein in Essig die Verwirrung, die Bird ergriffen hatte, in ein Gefühl der Furcht. Ein Halo von Furcht malte sich wie Schauspielerschminke um seine Augen, ihm war zumute, als wäre er selbst zu einem geängstigten Koboldmaki geworden. Am Ende wird der Kerl mit seiner Erregung die anderen neunundneunzig Fliegenköpfe anstecken, und ich bin von hundert aufgebrachten Rebellen eingeschlossen, sitze ausweglos in der Falle. Abermals spürte Bird, daß er diese hundert Schüler, die er Woche um Woche mit seinem Unterricht behelligte, einfach nicht verstand. Er fand sich eingeschlossen von hundert undurchschaubaren Feinden, völlig erschöpft und ausgezehrt zudem von dem wiederholten Erbrechen. Inzwischen hatte sich der Protestler mehr und mehr erhitzt, wenig fehlte, und er wäre in Tränen ausgebrochen. Bird hätte dem Jungen antworten wollen, aber in seiner vom Erbrechen ausgedorrten Mundhöhle bildete sich nicht ein einziger Tropfen Speichel. Er konnte sich nur vorstellen, daß er einen Ton ausstoßen würde, der nun wirklich dem Schrei eines Vogels gliche. Ah, was soll ich tun! klagte er stumm. Immer öffnen sich in meinem Leben solche gräßlichen Fallen und warten darauf, daß ich hineinstürze. Dennoch, das eigentlich Schlimme dabei ist, daß ich – anders als in den Gefahren des

Abenteurerlebens, die mir in Afrika begegnen würden – zwar in diese Fallen stürze, dann aber keinen Anlaß zu einer Ohnmacht habe und auch einen gewaltsamen Tod nicht sterben kann. Nichts bleibt mir, als unentwegt betäubt auf die Wand der Höhle zu starren. Ja, ich selber bin es, der das Telegramm aufgeben möchte: AM RATHER IN TROUBLE ... Aber an wen adressieren?

Jetzt erhob sich ungefähr in der Mitte der Bänke ein offensichtlich gewandter Bursche und sagte ruhig und absichtlich unpathetisch: »Na, nun höre schon auf mit dem Geheule!«

Die Fata Morgana stachlig verhärteter Leidenschaften, die über dem Klassenzimmer aufgestiegen war, verschwand im Augenblick. Dafür schäumte eine heitere Erregung auf, und die Schüler lärmten und lachten. Das war die Gelegenheit! Bird legte das Lehrbuch auf das Kreidekästchen und wandte sich zur Tür.

Er hatte die Tür schon geöffnet, da klang hinter seinem Rücken noch einmal die schreiende Stimme auf, und als er sich umdrehte, kroch der Schüler, der ihn so hartnäckig zu kritisieren pflegte, auf allen vieren auf das Erbrochene zu, in eben der Haltung also, in der Bird sich übergeben hatte, und schnüffelte daran und kreischte: »Das stinkt nach Alkohol! Ja, besoffen bist du gewesen! Beim Direktor werde ich petitionieren. Und der schmeißt dich raus!«

Petitionieren? überlegte Bird, ah, beschweren will er sich. Doch da erschien in der Mitte des Klassenzimmers wieder jener andere angenehme Bursche und rief mit besorgtem Tonfall: »Friß das mal bloß nicht auf!« Worauf sich ein neues Gelächter erhob.

Von seinem kriechenden Ankläger befreit, stieg Bird die Wendeltreppe hinab. Vielleicht ist es wirklich so, wie Himiko sagt, daß mir die aus der jüngeren Generation zu Hilfe kommen, wenn ich in der Klemme sitze. Während der wenigen Minuten, in denen er die Wendeltreppe hinabstieg, befand sich Bird, zwar noch immer mit zusammengezogenen Brauen dem säuerlichen Geschmack des Erbrochenen auf der Zunge und hinten in der Kehle nachspürend, in einer glücklichen Stimmung.

VI

Wo sich der Gang in zwei Gänge verzweigte, hier zur ärztlichen Verwaltung der Kinderabteilung, dort zur Spezialkinderstation, hielt Bird unentschlossen inne. Ein junger Patient im Rollstuhl, der auf ihn zukam, bedeutete ihm mit mürrischem Blick, er möge den Weg freigeben. An der Stelle, an der der Kranke seine Beine hätte haben müssen, stand ein großes altertümliches Radio. Auch nirgends sonst waren seine Beine zu erblicken. Beschämt preßte sich Bird an die Wand. Noch einmal starrte ihn als den Stellvertreter all der Menschen, die auf ihre Beine gestützt durchs Leben gehen, der Patient wie drohend an, dann stürmte er mit erstaunlicher Geschwindigkeit den Gang hinunter. Bird sah ihm nach und seufzte tief. Angenommen, sein Kind lebte noch, so hätte er sofort zur Station gehen sollen. War es indessen bereits gestorben, müßte er sich wegen der Formalitäten für die Autopsie und die Einäscherung der kleinen Leiche in der Verwaltung einfinden. Es war wie eine Wette. Bird begann in Richtung auf die Verwaltung loszugehen. Er setzte auf den Tod des Babys, und deutlich fixierte er das auf der Oberfläche seines Bewußtseins. Nun war er der wahre Feind des Babys, sein erster und größter in diesem Leben. Mit einem Gefühl des schlechten Gewissens dachte er: Falls es ein ewiges Leben gibt und einen richtenden Gott, bin ich also schuldig. Dabei hatte diese Schuldempfindung wieder wie der Schmerz, der ihn damals im Krankenwagen bei der Vorstellung ergriff, sein Kind habe »den Kopf mit Binden umwickelt wie Apollinaire«, einen reichlich süßen Honiggeschmack. Seine Schritte allmählich beschleunigend, als wäre er unterwegs, eine Geliebte zu treffen, lief Bird in der Hoffnung auf eine Stimme, die ihm den Tod des Kindes mitteilen würde. Habe ich die Nachricht vom Tod, so erledige ich die verschiedenen Formalitäten (da man wegen der Autopsie seitens der Klinik selbst aktiv werden würde, wären die Formalitäten hierfür wohl einfach; beschwerlicher würde es, darauf war Bird innerlich vorbereitet, mit den Formalitäten für die Einäscherung sein), und danach werde ich heute allein die Totenfeier halten für das Kind und morgen erst zu meiner Frau gehen, um ihr von dem Unglück zu sagen. Ich werde es ihr in der Weise beibringen, daß ich ihr erkläre, unser an einer Kopfverletzung gestorbenes Kind sei nun zu einer Bande zwischen uns beiden geworden. Und irgendwie werden wir imstande sein, unser eheliches Leben wieder aufzunehmen. Das bedeutet: abermals das gleiche Unbefriedigtsein, die gleichen unerfüllbaren Wünsche, das gleiche ferne Afrika ...

Während Bird in der Verwaltung mit geneigtem Kopf in das niedrige Schalterfenster hineinsah, nannte er der ihn von innen heraus anblickenden Schwester seinen Namen und schilderte ihr den Zustand, in dem sich das Kind befand, als es am Tag zuvor eingeliefert worden war.

»Ach, Sie meinen den Kleinen mit der Gehirnhernie?« Die Schwester, eine Frau in den Vierzigern, um deren Mund einzelne schwarze Haare sprossen, sagte es leichthin mit einem entspannten Gesichtsausdruck. »Da gehen Sie nur bitte gleich selbst zur Spezialstation. Wo die ist, das wissen Sie, oder?«

»Ja, das weiß ich«, sagte Bird mit heiserer, dünn gewordener Stimme. »Also ist es noch nicht gestorben?«

»Freilich lebt es! Tapfer trinkt es seine Milch und hat tüchtige Arme und Beine. Ich gratuliere!«

»Aber es handelt sich doch um eine Gehirnhernie –«

»Nun ja, eine Gehirnhernie«, sagte die Schwester, ohne Birds Zögern zu beachten. »Ist es Ihr erstes Kind?«

Darauf nickte Bird nur stumm, und hastig lief er den Gang zurück und zur Station hinüber. Er hatte die Wette verloren. Welchen Einsatz würde er zahlen müssen? An der Ecke begegnete ihm der Patient im Rollstuhl noch einmal; jetzt aber ging Bird, ohne auch nur einen Blick übrig zu haben, so rasch auf ihn zu, daß der Kranke ihm Platz machte, bevor sie zusammenstießen. Diesmal empfand er durchaus kein schlechtes Gewissen vor dem Kranken im Rollstuhl, ja, die Tatsache, daß dies ein Krüppel war, schien noch nicht einmal in sein Bewußtsein einzudringen. Mochte dieser Hoffnungslose im Rollstuhl, der ihm da unzufrieden nachblickte, keine Beine haben, Bird seinerseits fühlte sich innerlich so leer wie ein Speicherhaus nach Abschluß der Verladearbeiten. Noch sang auch auf dem Grund seines Magens und in der Tiefe seines Kopfes der Whisky-Kater ein giftiges Abschiedslied. Bird beeilte sich und stieß dabei einen gequälten, widerlich stinkenden Atem aus. Daß der vom Hauptgebäude der Klinik zu den Krankenstationen führende Gang nach Art einer Hängebrücke in einem sanften Bogen abfiel, steigerte in ihm ein Gefühl der Unsicherheit. Überdies glich der Gang mit den Krankenzimmern zu beiden Seiten einem unterirdischen Abzugskanal, der sich weit in die Ferne auf eine winzige Helle zu erstreckt. Mit blassem Gesicht verfiel Bird allmählich in einen Laufschritt.

Die Tür zur Spezialkinderstation war wie die Außentür eines Kühlraums mit einer kräftigen Blechverkleidung versehen. Durch die Tür, mit flüsternder Stimme, als habe er etwas Schändliches mitzuteilen, nannte Bird der Schwester drinnen seinen Namen. Wieder wurde er von dem Gefühl ergriffen wie am Tag zuvor, als er zuerst von der Anomalie seines Kindes erfuhr: empfand er Scham über sein im Fleisch verkörpertes Ich. Mit einer herrischen Geste ließ die Schwester ihn eintreten. Während sie hinter ihm die Tür schloß, erblickte Bird in einem gleich am Eingang an einem Pfeiler aufgehängten ovalen Spiegel ein Gesicht wie das eines Triebverbrechers: von der Stirn bis zur Nase glänzend in öligem Schweiß, die keuchenden Lippen halb geöffnet, die Augen düster und einwärts gekehrt. Von plötzlichem Ekel abgestoßen, wandte er den Blick fort, aber schon war diese Impression des eigenen Gesichts tief in die Netzhaut seiner Augen eingebrannt. Und eine Ahnung, einer festen Vorbestimmung gleich, schoß ihm durch den glühenden Kopf: Nun wird mich die Erinnerung an dieses Gesicht für immer martern.

»Kennen Sie es, Ihr Baby?«

Die Schwester hatte sich neben ihn gestellt und fragte in einer Art, als ob sie den Vater des gesündesten und schönsten Babys in der Klinik fragte. Dabei lächelte sie nicht, noch nicht einmal den Anschein eines Wohlwollens gab sie sich.

Bird meinte deshalb, das werde die auf dieser Station übliche Quizfrage sein. Nicht nur die Schwester, die die Frage gestellt hatte, auch die beiden jungen Schwestern, die weiter hinten in dem tiefen Raum unter einem riesigen Durchlauferhitzer eine Menge Babyflaschen spülten, und eine Schwester in mittleren Jahren, die neben ihnen Milchpulver abmaß, ja selbst die Ärzte, einer, der eingezwängt vor einer unordentlich mit schwarzen Tafeln und Zetteln bedeckten Wand an einem schmalen, kaum als solchem erkennbaren Tisch Krankenblätter studierte, und ein anderer, der näher auf die Tür zu mit einem kleinen stämmigen Mann diskutierte, offensichtlich dem Vater eines wie Birds Baby hier eingelieferten Samens der Heimsuchung, sie alle ließen die eben noch beschäftigten Hände ruhen und verfielen in Schweigen und wandten sich erwartungsvoll um zu Bird.

Bird sah hinüber in das Krankenzimmer mit den Babys jenseits der aus Glasplatten bestehenden Zwischenwand. Auf einmal verlor sich aus seinem Inneren die Empfindung, mit der er sich der Gegenwart der Ärzte und Schwestern bewußt gewesen war. Mit harten trockenen Augen wie ein Puma, der von der Höhe eines Termitenhügels aus nach den schwächeren Tieren der Grassteppe Ausschau hält, starrte er auf die Neugeborenen.

Ein volles, fast wildes Licht goß sich über sie aus. Da war nicht mehr Sommeranfang, dieser Raum lag im Sommer an sich, in den Eingeweiden des Sommers. Diffuse Reflexe des Lichts brannten auf Birds Stirn. Zwanzig Kinderbetten und fünf Brutöfen in der Form elektronischer Orgeln, in denen die Babys nur undeutlich wie durch einen Nebel zu sehen waren. Die Kinder in den Betten dagegen lagen allzu offen und bloß. Vom Gift des überhellen Lichts befallen, waren sie völlig eingeschrumpft. Babys wie die zahmste Hausviehherde dieser Welt. Zwar bewegten manche ihre winzigen Arme und Beine, doch selbst an ihnen hatten die weiß baumwollenen Hemdchen und Windeln die Schwere von bleiernen Taucheranzügen. Sie erschienen ihm wie Gefesselte. Einige waren mit den Handgelenken am Bettrahmen angebunden (wohl weil sie sonst sich die zarte Haut aufkratzten), anderen hatte man die Fußgelenke mit Mullstreifen festgeschnürt (wohl um die für die Bluttransfusion aufgeschnittenen Gelenke zu schützen), und sie waren wirklich ach! so kleine und hilflose Gefangene. Und alle schwiegen sie. Oder, überlegte Bird, sollten die Glasplatten ihre Stimmen verdecken? Indessen, eines wie das andere hatten sie melancholisch wie appetitlose Steinschildkröten ihre Lippen geschlossen. Über sämtliche Babyköpfe ließ Bird seine Blicke schweifen. An das Gesicht seines Kindes konnte er sich schon nicht mehr erinnern, aber schließlich hatte es ein Merkzeichen, das nicht zu übersehen war. Wie hatte der vorige Klinikchef gesagt? »Äußerlich betrachtet, möchte man glauben, es hätte zwei Köpfe. Ich habe da mal ein Stück von Wagner gehört, ›Unterm Doppeladler‹« ... Offenbar war dieser Mensch ein heimlicher Kenner klassischer Musik.

Doch ein Baby mit einem solchen Kopf vermochte Bird nicht zu entdecken. Von neuem und ungeduldiger sah er über die vielen Betten hin. Indem öffneten plötzlich ohne irgendeinen Anlaß alle Neugeborenen ihre rinderlederfarbenen Mundhöhlen und begannen unter wimmerndem Schreien sich lebhaft zu bewegen. Bird schreckte auf. Und er wandte sich zu der Schwester um, als wollte er sie fragen, warum sie denn alle gleichzeitig erwachten; aber die Schwester, ohne dem Schreien der Babys die geringste Aufmerksamkeit zu schenken, wie im übrigen auch die anderen Schwestern und die Ärzte weiter beharrlich schwiegen und Bird mit großem Interesse beobachteten, sie setzte das Spiel fort und sagte: »Sie finden es nicht? Es ist in einem der Brutöfen. Nun, welcher mag wohl die Behausung Ihres Babys sein?«

Widerstandslos spähte Bird in den vordersten Brutofen, die Knie gekrümmt, die Augenbrauen zusammengezogen, so wie man im Aquarienhaus in einen mit Schwebestoffen und Plankton angefüllten Wasserbehälter blickt. Drinnen erkannte er ein Baby, klein wie ein gerupfter Hahn, mit einer seltsam schwärzlichen, trockenen, schuppigen Haut. Es war völlig nackt, über seinen Penis von der Größe einer Schmetterlingspuppe hatte man ein Plastikbeutelchen gestülpt, und die Nabelschnur war mit Mull umwickelt. Wie die Zwerge in den Märchenbilderbüchern starrte es Bird mit scheinbar vernünftiger Miene an. Oder auch als ob es sich an dem Spiel der Schwester und der anderen beteiligte. Das war ganz sicher nicht sein Baby, und doch empfand Bird gegenüber der stillen und greisenhaften, zahmen und kraftlosen Frühgeburt ein Gefühl wie Freundschaft unter gleichgesinnten Erwachsenen. Während er nur mit Mühe seinen Blick von den sanften, schwärzlich feuchten Augen des Kindes abwandte, richtete er den Oberkörper auf und drehte sich entschlossen zu der Schwester um, als wollte er sagen: Ich mache dieses Spiel nicht mehr mit. Die anderen Brutöfen standen so ungünstig und waren so beleuchtet, daß es ihm unmöglich war, etwas in ihnen zu erkennen.

»Haben Sie es noch nicht heraus? Es ist im hintersten Brutofen am Fenster. Ich werde ihn an eine Stelle schieben, daß das Baby auch von hier aus zu sehen ist«, sagte die Schwester.

Für einen Augenblick war Bird wütend. Da indessen die anderen Schwestern wie auch die Ärzte dies zum Anlaß nahmen, ihr auf Bird konzentriertes Interesse abzuziehen und sich ihren verschiedenen Verrichtungen und Gesprächen wieder zuzuwenden, begriff er, daß das Spiel, mit dem man ihn hier empfangen hatte, eine Art Ritus war. Geduldig starrte er auf den Brutofen, den die Schwester ihm zeigte. Seit er die Station betreten hatte, stand er unter der Ausstahlungskraft dieser Schwester, und allmählich verlor er Widerstandslust und Abwehrvermögen. Auch er schien kraftlos und zahm und wie die plötzlich mit unerklärlicher Gleichzeitigkeit wimmernd losschreienden Babys mit Mullbinden gefesselt. Heiß atmend strich er seine feucht gewordenen Handflächen an den Hosenknien ab und wischte sich dann mit diesen Handflächen den Schweiß von Stirn und Augenbrauen und Wangen. Als er beide Hände auf die Augen preßte, flackerten mit Schwarz vermischte dunkelrote Flammen auf, und von der Halluzination erfaßt, er stürze kopfüber in einen tiefen Abgrund, taumelte er.

Als Bird die Augen wieder öffnete, war die Schwester bereits wie jemand, der in einen Spiegel hineingeht, hinter die Glaswand getreten und eben dabei, den am Fenster stehenden Brutofen heranzuschieben. Mit starrem Körper, die Fäuste zusammengepreßt, machte Bird sich auf das Kommende gefaßt. Und dann erblickte er sein Kind. Es hatte nun nicht mehr den Kopf mit Binden umwickelt wie der verwundete Apollinaire. Anders als sonst die Babys auf dieser Station war es rot wie ein gekochter Krebs und hatte überhaupt eine ungewöhnlich kräftige Hautfarbe. Das Gesicht glänzte, als wäre es von einer eben vernarbten Brandwunde bedeckt. Die Augen hatte es in einer Weise geschlossen, daß Bird meinte, es müsse etwas schrecklich Unangenehmes geduldig ertragen. Dieses Unangenehme, das das Baby so geduldig ertrug, war gewiß veranlaßt durch die aus seinem Hinterkopf tatsächlich wie ein zweiter Kopf hervorquellende Beule. Unverwandt blickte Bird auf diese purpurrote Beule. Sie mußte schwer und hinderlich sein wie ein am Kopf befestigtes Senkblei. Dieser spitze, längliche Kopf! Sich vorzustellen, wie er beim Durchgang durch die Geburtswege zusammengepreßt wurde! Unmittelbarer als der Anblick der Beule trieb der Gedanke daran einen Pfahl des Schocks in Birds Inneres und verursachte einen Brechreiz, der anders war als der Brechreiz im Kater, vielmehr im ursprünglicheren Sinne seine Existenz betraf. Bird nickte der Schwester zu, die hinter dem Brutofen hervor seine Reaktionen beobachtete. Als wollte er sagen: es ist genug. Oder als gestünde er von sich aus ein: ich beuge mich völlig dem mir Unbegreiflichen. War es also nun so, daß das Baby mit dieser Beule weiter und weiter wuchs? Am Rande des Todes stand es bereits nicht mehr. War kein Wesen mehr, das man zergehen lassen konnte wie eine Gallerte, indem man bequeme süße Schmerzenstränen über ihm vergoß. Es war am Leben geblieben, es begann sogar Bird zu bedrängen und zu attackieren. Eingehüllt in eine wie von Wundnarben glänzende Haut, war es jetzt dabei, wild entschlossen, das schwere Senkblei der Beule mit sich schleppend, sein Leben anzufangen. Eine pflanzenhafte Existenz? Angenommen, es wäre so: dann aber war es eine Pflanze, vergleichbar einem giftigen Kaktus. Die Schwester, nachdem sie sich von Birds Reaktion überzeugt hatte, nickte befriedigt und schob den Brutofen wieder zum Fenster hin. Von neuem erhob sich für kurze Zeit der Sturm brüllender Babystimmen und erschütterte den Raum jenseits der Glaswand, wo das Licht kochte wie in einem Brennofen. Erschöpft ließ Bird die Schultern fallen, den Kopf hängen. Und sein hängender Kopf wurde mit dem Geschrei der Babys aufgeladen, wie man ein Gewehr mit Schießpulver lädt. Auch er hätte für sich ein kleines Bett haben mögen oder einen Brutofen wie diese Säuglinge. Am liebsten einen Brutofen, einen mit Wasserdampf gefüllten Brutofen, in dem er eingehüllt wäre wie in einen Nebel, ein Bird, durch Kiemen atmend wie ein einfältiger Fisch.

Die Schwester war an seine Seite zurückgekehrt. »Erledigen Sie nur bitte so schnell wie möglich die Aufnahmeformalitäten. Die Vorauszahlung beträgt dreißigtausend Yen.«

Bird nickte.

»Es trinkt so tüchtig seine Milch, und die Arm- und Beinbewegungen sind auch ordentlich lebhaft.«

Bird war schon im Begriff, vorwurfsvoll zu fragen: Was hilft es denn, daß es seine Milch trinkt, was hilft es denn, daß es sich lebhaft bewegt? Aber er unterdrückte die Frage. Er empfand einen Ekel vor sich selber: was war er doch für ein hartnäckiger Nörgler geworden!

»Wenn Sie einen Augenblick warten wollen, werde ich den zuständigen Kinderarzt rufen.«

Von niemandem sonst beachtet, blieb Bird allein. Einige Male stießen ihn die anderen Schwestern mit ihren Ellbogen an, wenn sie Babyflaschen oder Windeln vorbeitrugen, doch in keinem Fall warfen sie auch nur einen Blick auf sein Gesicht. Lediglich Bird entschuldigte sich jedesmal mit leiser Stimme. Unterdessen war der Raum diesseits der gläsernen Trennwand ganz von der lauten Sprechweise jenes kleinen Mannes beherrscht, der wie herausfordernd auf den Arzt einredete.

»Wissen Sie ganz sicher, daß es keine Leber hat? Wo gibt es denn so was, ha? Hundertmal schon habe ich mir die Erklärung nun angehört, aber überzeugt hat sie mich nicht. Ein Baby ohne Leber, kann das denn sein, Herr Doktor?«

Irgendwie war Bird auf einen Platz geschlüpft, wo er den geschäftig hin und her eilenden Schwestern nicht im Wege stand, und mit schlaffem Kopf sah er auf seine verschwitzten Hände hinab. Sie glichen durchgeweichten einfarbigen Lederhandschuhen. Dabei erinnerte er sich an die Hände, die sein Kind hochgestreckt hatte neben die Ohren: relativ große Hände mit langen Fingern, genau wie die seinen. Bird schob die Hände in die Hosentaschen. Dann starrte er auf den kleinen stämmigen Mann, der, er mochte schon über seine besten Jahre hinaus sein, seinem Gesprächspartner, dem Arzt, mit einer aufdringlichen Logik zusetzte. Von einer Körperbildung, daß man den Eindruck hatte, nur ein wenig Trockenfleisch säße auf seinen Knochen, trug der Mann ein offensichtlich zu großes Hemd mit offenem Kragen, den obersten Knopf nicht geschlossen, die Ärmel hochgerollt, und dazu braune Knickerbocker. Hals und Arme, soweit sie aus dem Hemd hervorsahen, waren geradezu scheußlich sonnenverbrannt und von einer sehnigen Magerkeit. Haut und Muskeln von einer Art, wie sie bei chronisch überanstrengten, gegen ihre Veranlagung körperlich tätigen Menschen häufig sind. Der nach oben sich schüsselförmig verbreiternde Kopf, an dem das krause, ölig schwarze Haar unordentlich angeklebt war, mit einer allzu großen Stirn und stumpfen Augen; Mund und Kinn im Vergleich zur oberen Kopfhälfte unverhältnismäßig klein. Mochte er indessen auch körperliche Arbeiten verrichten, ein einfacher Handarbeiter war er gewiß nicht. Zweifellos ein Mann, der in einem Kleinunternehmen unter Einsatz seines Denkvermögens und seiner Nerven Verantwortung trug, zugleich aber selbst auch Handarbeit leistete. Einen Ledergürtel, fast von der Breite einer Leibbinde, hatte er umgeschnallt, und während er seinen mit einem großartigen, durchaus dem Gürtel entsprechenden krokodilledernen Uhrenarmband bewaffneten Arm schwenkte, drängte er sich an den um gut zwanzig Zentimeter größeren Arzt heran. Es schien, als versuchte der kleine Mann aus seiner Hartnäckigkeit gegenüber dem sowohl in seinen Antworten wie auch in seinem Ausdruck recht eigentlich bürokratischen Arzt dadurch einen Vorteil zu gewinnen, daß er mit kräftigen Gebärden eine verdächtige Autorität ausspielte. Andererseits, wenn er sich von Zeit zu Zeit mit flinken Blicken zu den Schwestern und zu Bird umsah, war in seinen Augen eine Art Ausdruck, wie ihn Defätisten haben, ein Ausdruck auch eines Menschen, der sich selbst den Niedergang eingesteht, aus dem schließlich eine Umkehr nicht mehr möglich ist. Seltsamer Mann!

»Wie es dazu kommen kann, weiß man nicht. Es ist ein Zufall, verstehen Sie. Aber die Tatsache bleibt nun einmal: Ihr Baby hat keine Leber. Der Stuhl ist weiß. Ist völlig weiß, nicht wahr? Haben Sie jemals sonst ein Baby gesehen, das einen solchen Stuhl hat?« erwiderte der Arzt überheblich, indem er versuchte, die Herausforderung des kleinen Mannes mit einem leicht geführten Stoß abzuwehren.

»Aber Küken machen weißen Mist, das kann man sehen, das stimmt doch, Herr Doktor, oder wie? Dabei haben Hühner im allgemeinen eine Leber; ich weiß das vom Hühnchen-Schaschlik. Und trotzdem machen Küken regelmäßig weißen Mist. Das ist doch ein klarer Fall, Herr Doktor.«

»Es geht hier nicht um Küken, es geht um ein kleines Menschenkind.«

»Aber, Herr Doktor, ist denn ein Baby mit einem Weißstuhl wirklich so ungewöhnlich?«

»Reden Sie doch nicht von ›Weißstuhl‹, das verwirrt ja nur!« unterbrach ihn der Arzt entrüstet. »Wir kennen den Begriff ›Grünstuhl‹, aber ›Weißstuhl‹ ... Sie können doch nicht einfach irgendwelche beliebigen Begriffe verwenden. Und dann alles durcheinanderbringen.«

»Nun gut, reden wir also von einem weißen Stuhl. Wenn einer keine Leber hat, hat er einen weißen Stuhl. Soviel habe ich begriffen. Muß denn aber damit auch schon gesagt sein, daß alle Babys mit weißem Stuhl keine Leber haben?«

»Das habe ich Ihnen aber nun wirklich schon oft genug erklärt«, erhob der Arzt wütend seine Stimme, so daß es sich wie ein Hilfeschrei anhörte. Er hätte den kleinen Mann verspotten wollen, aber sein langes und kräftiges Gesicht mit der dicken Harald-Lloyd-Brille war fassungslos erstarrt, und seine Lippen bebten.

»Entschuldigen Sie, Herr Doktor, ich möchte es gern noch einmal hören«, sagte der kleine Mann ruhig und sanft, in einem höflichen Tonfall. »Daß er keine Leber haben soll, ist weder für meinen Sohn noch für mich ein Grund zum Lachen. Schließlich ist dieser Umstand wichtig. Habe ich nicht recht, Herr Doktor?«

Endlich gab der Arzt nach; er hieß den kleinen Mann neben sich auf einen Stuhl setzen, zog das Krankenblatt heraus und begann seine Erklärung. Da jetzt ihre Stimmen, sowohl die des Arztes wie auch die ihn gelegentlich mit Zweifeln unterbrechende des kleinen Mannes, in eine vertrauliche Exklusivität verfielen, vermochte Bird nicht mehr zu verstehen, wovon sie sprachen.

Während er noch mit vorgestrecktem Kopf die Ohren spitzte, wurde hinter seinem Rücken die Tür heftig aufgestoßen, trat mit raschen Schritten ein Mann ein im weißen Kittel, etwa im gleichen Alter wie Bird, und rief mit einer hohen, dünnen Stimme, die an den Ton einer metallenen Pfeife erinnerte: »Wer ist hier der Angehörige des Neugeborenen mit der Gehirnhernie?«

»Ich bin es«, sagte Bird und drehte sich um. »Ich bin der Vater.«

Der Arzt sah Bird scharf an. Seine Augen ließen Bird an eine Schildkröte denken. Und nicht nur die Augen, auch das kastenförmige Kinn, der faltige, lange Hals, dies alles erinnerte an eine Schildkröte, und nicht etwa an eine harmlose, vielmehr an eine wilde, brutale Schildkröte. Da jedoch das Dunkle seiner Augen überaus klein und wie ein ausdrucksloser Punkt war, verbarg sich in seinen im ganzen also fast völlig weiß erscheinenden Augen irgendwie auch ein Ausdruck des Einfachen und Geraden.

»Es ist Ihr erstes Kind? Da werden Sie ziemlich bestürzt gewesen sein, wie?« Noch immer sah der Arzt ihn ausforschend an.

»Ja, kann man sagen.«

»Wie es steht, läßt sich heute noch nicht viel berichten. In vier, fünf Tagen werden wir es von einem Arzt von der Gehirnchirurgie untersuchen lassen. Unser zweiter Chef ist

eine Kapazität auf dem Gebiet. Angenommen, er will operieren, hat es natürlich keinen Sinn, solange wir es nicht kräftiger bekommen. Und unsere Gehirnchirurgie hat wahnsinnig zu tun; da möchte man alles Unnötige vermeiden.«
»Wird es denn dazu kommen, daß man operiert?«
»Falls es die Kraft entwickelt, das zu überstehen, werden wir operieren können«, sagte der Arzt, der Birds Bedenken in einem anderen Sinne verstand.
»Und wenn es operiert wird, meinen Sie, daß eine Möglichkeit besteht, daß es als normales Kind aufwächst? Gestern in der Klinik, in der das Kind geboren wurde, hat man mir gesagt, selbst dann werde nicht mehr zustande kommen als ein Wesen mit den Funktionen einer Pflanze.«
»Ein Wesen wie eine Pflanze, nun ja ...«
Ohne auf Birds Frage eigentlich geantwortet zu haben, verfiel der Arzt in Schweigen. Bird starrte ihm ins Gesicht und wartete darauf, daß er weiterspräche. Und dann plötzlich hatte er das ganz bestimmte Gefühl, daß er von einem beschämenden Verlangen besessen war. Als er am Schalterfenster in der Verwaltung davon erfahren hatte, daß das Kind noch am Leben sei, war dieses heiße Verlangen in der Düsternis seines Kopfes aufgetaucht wie ein Schwarm gräßlicher schwarzer Reiszirpen, und während es sich mit ungeheurer Kraft vervielfachte, hatte es allmählich seinen wesentlichen Sinn deutlich gemacht. Von neuem drängte die Frage an die Oberfläche seines Bewußtseins, überlegte Bird: Wie wäre es denn möglich für mich und meine Frau, daß wir weiterleben und dieses pflanzenhafte Wesen, dieses Monster von einem Kind umklammert uns bis an unser Ende? Um jeden Preis muß ich diesem Ungeheuer endgültig entfliehen. Tue ich das nicht, – ah, was wird dann aus meiner Afrikareise? Und als würde das Monster von einem Kind ihm durch die gläserne Trennwand nachgelaufen kommen, bereitete er sich in seinem Inneren, getrieben von der Leidenschaft der Selbstverteidigung, auf den Kampf vor. Gleichzeitig aber, beschämt den Egoismus spürend, von dem er wie von Spulwürmern befallen war, brach ihm der Schweiß aus am ganzen Körper, rötete sich sein Gesicht. Das eine Ohr wurde ihm taub, nur noch

das Rauschen des Blutes hörte er dort. Auch seine Augen, als hätte eine unsichtbare und doch gewaltige Faust sie getroffen, begannen sich mit Blut zu füllen. Und während er vor wachsendem Schamgefühl immer mehr errötete und Tränen ihm aufstiegen, wünschte er sich: ah, meinen Traum von der Afrikareise möchte ich verteidigen, möchte mich der Last dieses Monster-Babys entledigen können. Freilich, um das auszusprechen und dem Arzt zu klagen, drückte das Schamgefühl, das Bird erfaßt hatte, allzu schwer. Verzweifelt senkte er sein Gesicht, das jetzt rot war wie eine Tomate.
»Wollen Sie nicht, daß dieses Kind operiert wird, daß es wiederhergestellt wird, wenigstens einigermaßen?«
In einem Gefühl, als wäre die häßlichste, aber für die Lust empfindlichste Partie seines Körpers, etwa die Hodenfalten, von zärtlichen Fingern gestreichelt worden, erbebte Bird. Noch stärker errötend, klagte er mit einer so erbärmlichen Stimme, daß er selber sie nicht zu ertragen meinte: »Wenn es also operiert würde, gäbe es auch nur die geringste Hoffnung, daß es als normales Kind aufwüchse ...«
Bird ahnte: damit hatte er den ersten Schritt auf dem Abhang hinab in die Gemeinheit getan, der Schneeball der Niedertracht begann zu rollen. Es konnte nicht anders sein: kopfüber mit Ungestüm würde er den Abhang hinunterstürzen, und der Schneeball würde anschwellen zur Lawine. In Vorahnung des hoffnungslos Unausweichlichen erbebte Bird abermals. Unterdessen jedoch blieben seine fieberfeuchten Augen weiterhin flehend auf den Arzt gerichtet.
»Daß ich unmittelbar Hand anlege, daß ich das Kind etwa töte, ist ausgeschlossen«, sagte der Arzt, während er mit einem Ausdruck des Abscheus und hochmütig auf Birds Blick antwortete.
»Aber natürlich ...«, sagte Bird hastig, als hätte er, nachdem ihm eben noch Schauder der Furcht übergelaufen waren, etwas höchst Befremdliches vernommen. Und er bemerkte nun, daß er den Arzt mit seiner ausgeklügelten List nicht im mindesten hatte täuschen können. Das bedeutete eine doppelte Niederlage, aber Bird machte keinen Versuch mehr, sich dagegen aufzulehnen.

»Sie sind auch so ein junger Vater, immerhin doch wohl in meinem Alter, wie?« Bei diesen Worten wandte der Arzt seinen Schildkrötenkopf um und warf einen Blick auf die anderen Beteiligten diesseits der gläsernen Trennwand. Will er mich etwa zum Gespött machen? argwöhnte Bird und spürte eine tiefe Furcht. Und er schwor sich, während es ihm schwarz wurde vor den Augen, wütend und mit einem Mut in der Kehle, an den er selbst nicht glaubte: Wenn er das tut, ich bring ihn um! Indessen, die Absicht des Arztes war es vielmehr, ihn in seinem beschämenden Verlangen zu unterstützen. Mit gedämpfter Stimme, damit es die anderen nicht hörten, sagte er: »Wir könnten die Milchmenge für das Baby modifizieren. Es wäre auch möglich, ihm Zuckerwasser statt Milch zu geben. Danach beobachten wir über eine gewisse Zeit den Zustand, und wenn das Baby trotzdem nicht schwächer wird, bleibt am Ende nichts übrig als die Operation, verstehen Sie?«

»Danke«, sagte Bird mit einem zweideutigen Seufzer.

»Keine Ursache«, erwiderte der Arzt in einem Tonfall, daß Bird abermals argwöhnte, er würde verspottet, kehrte dann aber zu seiner vorigen Sprechweise zurück und setzte hinzu: »Kommen Sie doch nach vier, fünf Tagen einmal wieder vorbei. Selbst wenn ich die Sache überstürzt eilig behandelte, können Sie natürlich eine auffällige Veränderung so schnell nicht erwarten.« Nach dieser Anweisung klappte er seine Lippen zu wie ein Frosch, der eine Fliege verschluckt hat.

Bird wandte den Blick von dem Arzt ab und ging mit gesenktem Kopf zur Tür. Die Schwester, als verfolgte sie ihn, rief ihm nach: »Und die Aufnahmeformalitäten, so schnell wie möglich, bitte!«

Planlos wie auf der Flucht vom Tatort des Verbrechens lief Bird den dämmrigen Gang hinunter. Es war schwül. Nun erst bemerkte er, daß auf der Spezialkinderstation die Klimaanlage in Betrieb gewesen war. Die erste Klimaanlage in diesem Sommer, die er in Betrieb erlebt hatte. Während er lief, wischte Bird sich heiße Tränen der Scham aus den Augen. Dabei war das Innere seines Kopfes noch heißer als die Luft, die ihn umgab, heißer auch als die Tränen, und er zitterte wie einer, der eben eine Krankheit überstanden hat. Hinter den offenstehenden Fenstern der Krankensäle die auf ihren Betten teils ausgestreckten, teils halb aufgerichteten Patienten, widerlich mager wie Tiere, sahen dem weinend vorbeilaufenden Bird ohne die leiseste Gemütsbewegung nach. Als er den Trakt mit den Reihen der Einzelzimmer erreichte, hatte sich der Weinkrampf gelöst, aber das Schamgefühl war zu einem Kern geworden, der sich wie der Star tief in seinen Augen festgesetzt hatte. Und nicht nur in der Tiefe seiner Augen, in den vielen verschiedenen Tiefen seines Körpers klumpte es sich zusammen. Krebsgeschwüre des Schamgefühls. Bird spürte dieses Fremde in sich, doch es gelang ihm nicht, sich darüber klarzuwerden. Völlig ausgezehrt war sein Kopf. An einem der Einzelzimmer stand die Tür offen. Bird sah, daß dahinter ein junges Mädchen stand, klein von Wuchs und splitternackt. Der von dunkelblauen Schattenschleiern umspielte Körper wirkte wie noch nicht voll entwickelt. Während die Kleine mit glitzernd leuchtenden Augen Bird herausfordernd anstarrte, den linken Arm in einer rührenden Gebärde um den schmalen Oberkörper mit den vorspringenden kleinen Brüsten geschlungen, den rechten Arm gesenkt und mit der Hand über den flachen Unterleib streichelnd, in die Schamhaare fassend, schob sie ihre Füße ruckweise auseinander, spreizte sie ihre Schenkel und ließ schließlich, wie sich ihrer selbst erbarmend, ihre Finger zärtlich untertauchen zwischen die für einen Augenblick im Licht von hinten her aufschimmernden, goldenen Flimmerhärchen rings um die Scham, und wiewohl er mit ihr ein an Zuneigung grenzendes Mitleid empfand, ging Bird an der Tür vorbei, ohne der Nymphomanin Zeit zu ihrer Selbstbefriedigung zu lassen. Allzu übermächtig war sein Schamgefühl, als daß er imstande gewesen wäre, länger an einem anderen Wesen Anteil zu nehmen. Als Bird gerade den Verbindungsgang erreichte, wurde er von jenem kleinen Mann, dem Logiker mit Ledergürtel und krokodilledernem Uhrenarmband, eingeholt. Auch ihm gegenüber, offenbar in der Absicht, den Größenunterschied zu überspielen, kehrte er eine triumphierende Haltung heraus, und mit einem federnden

Hüpfen hielt er Schritt mit Bird. Nach einer Weile, als ob er einen Entschluß gefaßt hätte, erhob er seine laute Stimme und sah auf zu Bird. Schweigend hörte sich Bird seine Reden an.

»Wissen Sie, daß Sie nicht mit denen gestritten haben, das war falsch. Sie hätten streiten müssen, einen Fight anfangen müssen«, sagte der kleine Mann. »Ja, einen Fight, mit den Leuten im Krankenhaus muß man fighten. Vor allem mit den Ärzten. Wenn man mit denen nicht streitet ... Na, ich habe heute tüchtig gestritten. Sie haben es sicher gehört, wie?«

Bird erinnerte sich daran, wie der kleine Mann den ungebräuchlichen Begriff ›Weißstuhl‹ gebildet hatte, und nickte. Deshalb also hatte er ›Weißstuhl‹ gesagt. Weil er in seinem Kampf gegen das Krankenhaus mit allen Mitteln eine Überlegenheit vorzutäuschen versuchte.

»Mein Sohn hat nämlich keine Leber, verstehen Sie? Und wenn ich nicht immer mit diesen Kerlen im Krankenhaus kämpfe, wer weiß, sie hätten ihn mir wohl schon längst bei lebendigem Leibe aufgeschnitten. In so einem großen Krankenhaus, wenn da alles richtig laufen soll, kommt es zunächst mal darauf an, daß man genug Kampfgeist hat. Bloß anständig sein und sich so benehmen, daß man sich bei ihnen beliebt macht, das hilft gar nichts. Wie sagt man? Ein sterbender Patient ist braver als ein Toter. Also dürfen wir, die Angehörigen, uns unter keinen Umständen alles gefallen lassen. Es ist ein ständiger Kampf, ein Fight. Neulich sage ich: ›Wenn mein Baby schon keine Leber hat, dann macht ihm doch eine künstliche Leber‹, sage ich. Ja, für so einen Kampf muß man ein bißchen Taktik studieren, und das habe ich gemacht, habe mich hingesetzt und studiert. Zum Beispiel ist es vorgekommen, daß ein Baby keinen richtigen Mastdarm hatte; da hat man ihm eben einen künstlichen After gemacht. ›Also‹, sage ich zu ihnen, ›ihr müßt euch mal was ausdenken für eine künstliche Leber!‹ Und ist denn etwa die Leber nicht ein viel edleres Organ als so ein After?!«

Sie hatten die Eingangshalle des Hauptgebäudes erreicht. Bird fühlte, wie sich der kleine Mann bemühte, ihn zum Lachen zu bringen, aber natürlich war er jetzt nicht in der

Stimmung dazu. Und statt sich für sein trauriges Gesicht zu entschuldigen, fragte er: »Wird denn Ihr Kind bis zum Herbst wiederhergestellt sein?«

»Wiederhergestellt? Was reden Sie da! Mein Sohn hat ja keine Leber! Ich kämpfe eben nur; ich nehme mir die zweitausend Angestellten dieses großen Krankenhauses zum Gegner und fighte. Das ist alles!« antwortete der kleine Mann mit einem so eigentümlichen Ausdruck des Schmerzes, der Würde des Schwächeren, daß Bird betroffen war.

Er werde ihn in seinem Dreiradauto zum nächsten Bahnhof bringen, bot der kleine Mann an, aber Bird entschuldigte sich und trat allein hinaus an die Bushaltestelle auf dem Platz vor dem Krankenhaus, der jetzt in der prallsten Mittagssonne lag. Er versuchte, wegen der dreißigtausend Yen zu überlegen, die er an die Klinik zahlen sollte. Woher er sie holen würde, das stand bereits fest. Und als er nun wieder daran dachte, machte ihn, diesen einen Augenblick lang nur, statt des Schamgefühls eine verzweifelte Erbitterung zittern, von der er nicht wußte, gegen wen sie sich richtete. Er hatte etwas mehr als dreißigtausend Yen Erspartes, aber das lag auf der Bank als erste Rücklagesumme für die Kosten seiner Afrikareise. Zum gegenwärtigen Zeitpunkt bedeuteten die etwas mehr als dreißigtausend Yen lediglich eine Art stimmungsmäßiges Merkzeichen. Jetzt also sollte ihm das Merkzeichen weggenommen werden! Und ihm würde außer den beiden Straßenkarten nichts bleiben, das unmittelbar mit der Afrikareise zusammenhing. Überall am ganzen Körper gleichzeitig brachen ihm Schweißperlen aus der Haut, auf Lippen und Ohren und Fingerspitzen spürte er eine leichte, dunstige Kühle. Er schloß sich an das Ende der Schlange an, in der die Leute auf den Bus warteten, und mit einer Stimme wie ein Mückensirren höhnte er: »Afrika? Daß ich nicht lache!« Der alte Mann vor ihm tat, als wollte er sich umdrehen, hielt aber mit einer halben Wendung inne und brachte seinen großen kahlen Kopf wieder in die ursprüngliche Haltung zurück. Auf einmal waren die Menschen alle schlaff und zerschlagen von dem allzu frühen Sommer, der die Stadt unter sich begraben hatte.

Während er erschöpft die Augen schloß und von einem Frösteln geschüttelt wurde, lief Bird noch immer der Schweiß. Schließlich bemerkte er, wie sein Körper einen widerlichen Geruch zu verbreiten begann. Und der Bus kam nicht. Und diese Schwüle. In Birds Kopf breitete sich eine rötliche Dunkelheit aus, die das Gefühl der Scham und den Strudel zielloser Erbitterung fest umhüllte. Weder Licht noch Laut von außen traf ihn. Und dann schoß in der Dunkelheit in seinem Kopf der Sproß geschlechtlicher Begierde auf und wuchs zusehends wie ein junger Gummibaum. Ohne die Augen zu öffnen, tastete Bird über seine Hose und fühlte durch den Stoff mit seinen Fingern das steife Glied. Er war in einer erbärmlichen, elenden, abscheulichen Verfassung, es verlangte ihn nach einem Geschlechtsverkehr, der alle Konventionen sprengte. Einem Geschlechtsverkehr, daß das Schamgefühl, das ihn jetzt zerfraß, herausgezerrt würde in die offene Helle. Bird löste sich aus der Schlange der Wartenden, und während er, vom Licht der Sonne an den aufgerissenen Augen verletzt, das Bild des Platzes wie auf einem Negativ sah: in der Umkehrung von Schwarz und Weiß, suchte er nach einem Taxi. Er hatte beschlossen, zurückzukehren in Himikos Haus, aus dem das Tageslicht ausgesperrt war. Und falls mich Himiko abweisen sollte, werde ich sie, dachte er ungeduldig und wie um sich selber aufzupeitschen, werde ich sie bewußtlos schlagen und dann beschlafen.

VII

Als Bird, bleich vor Erschöpfung, zu Ende gesprochen hatte, sagte Himiko mit einem tiefen Seufzer: »Immer wenn du mit mir schlafen willst, bist du in der schlimmsten Kondition. Und so weit wie jetzt bist du noch nie herunter gewesen, solange ich dich kenne.«

Bird schwieg verstockt.

»Trotzdem, ich werde also mit dir schlafen, Bird. Seit mein Mann Selbstmord beging, bin ich, was die Moral angeht, niemals wählerisch gewesen, und wenn du es mit mir auf noch so widerliche Weise machen wolltest, ich fände schließlich auch darin irgendwas Genuines.«

›Irgendwas Genuines‹: Reines, Echtes, Wahres, Unverfälschtes, Aufrichtiges, Ernstes, Ehrliches ... Bird, als Englischlehrer an einer Präparandenschule, stellte in seinem Kopf sämtliche Übersetzungsmöglichkeiten zusammen. Und er dachte: Wie weit bin doch ich selbst in meiner gegenwärtigen Verfassung von allen diesen Inhalten entfernt!

»Leg dich nur schon, Bird, ich werde mich erst noch waschen.« Schwerfällig zog Bird sich aus, alles war durchgeschwitzt, und legte sich rücklings auf die abgewetzte Wolldecke. Stützte seinen Hinterkopf auf die beiden zusammengeballten Fäuste, senkte die Augenlider und blickte hinab auf seinen Bauch mit dem leichten Speckansatz und auf das nur ungenügend steife, bleiche Glied. Himiko, sie hatte die Glastür zwischen Schlafzimmer und Bad offen gelassen, saß umgekehrt auf der Klosettschüssel, die Schenkel weit gespreizt und eine Wasserkanne in der Hand, und wusch sich ihr Geschlecht. Eine Weile schaute Bird hin, wobei er sich vorstellte, dies geschehe wohl aus einer Klugheit, die sie sich im sexuellen Umgang mit Ausländern erworben habe. Dann sah er abermals ruhig auf seinen Bauch und Penis hinab und wartete.

»Bird«, rief Himiko, als sie sich fertig gewaschen hatte, »heute besteht die Gefahr, daß ich schwanger werde, aber darauf bist du vorbereitet, oder?« Eifrig rieb sie sich

mit einem großen Handtuch die Wassertropfen fort, die bis auf ihre Brust gespritzt waren.
»Nein, das bin ich nicht.« Schwanger. Die brennenden Dornen dieses Wortes bohrten sich tief in seinem weichsten Inneren fest. Bird stieß ein leises Jammern aus. Bis in seine Eingeweide drangen die Dornen ein und brannten weiter.
»Nun, Bird, da werden wir uns irgendwas ausdenken.« Mit einem Geräusch, als ob einer einen Pfahl einschlägt, setzte Himiko die Wasserkanne auf den Fußboden, und während sie mit dem Badetuch ihren Körper frottierte, kehrte sie an Birds Seite zurück. Beschämt schloß Bird eine Handfläche um seinen Penis, der nun schlaff und dunkel völlig zusammengeschrumpft war, und sagte: »Auf einmal ist es aus, ganz und gar aus, Himiko.«
Himiko, frisch und kräftig atmend, sah forschend auf Bird hinab und fuhr fort, die Seiten neben ihren Brüsten zu frottieren; es schien, als vermutete sie irgendeine verborgene Bedeutung in seinen Worten. Indessen Bird einen Geruch an ihrem Körper witterte, der die Erinnerung wachrief an so manchen wilden Sommer in der Studentenzeit, und er einen tiefen Atemzug tat. Ach, dieser Geruch, wie wenn nasse Haut in der Sonne röstet. Schließlich zog Himiko die Nase in Falten wie ein Shiba-Hündchen und schlug ein unkompliziertes, trockenes Lachen an. Bird wurde puterrot.
»Ah, Bird, das bildest du dir ein, oder?« sagte Himiko unbekümmert. Sie ließ das Badetuch neben ihre Füße fallen, und während ihre kleinen Brüste vorsprangen wie Fangzähne, versuchte sie sich über ihn zu werfen, so daß Bird wie ein Kind in einem verzweifelten Drang zur Abwehr gefangen war. Mit der einen Hand hielt er weiter sein Glied bedeckt, den anderen Arm stieß er aufwärts gegen Himikos Bauch. Sanft sank seine Hand in ihn hinein; Bird schauderte es.
»Daß du eben was von ›schwanger‹ geschrien hast«, suchte er hastig nach einer Ausflucht, »das war nicht gut.«
»Ich habe nicht geschrien«, unterbrach Himiko mit einem Ausdruck der Entrüstung.
»Das hat eine solche Wirkung auf mich gehabt. Du hättest es nicht sagen sollen.«

Offensichtlich davon beeinflußt, daß Bird seinen Penis hartnäckig verbarg, bedeckte nun auch die völlig nackte Himiko Brust und Unterleib mit ihren Armen. Wie die nackt kämpfenden Ringer des Altertums sicherten sie zunächst einmal ihre schwächsten Stellen mit bloßen Händen und beobachteten dann, mit angespannten Augen und ohne einen Fußbreit zu weichen, das Verhalten des Gegners.
»Was ist los, Bird?« fragte Himiko mit veränderter Stimme, nachdem sie allmählich den Ernst der Situation begriffen hatte.
»Mich hat das Wort ›schwanger‹ vergiftet.«
Himiko tat ihre Schenkel zusammen und setzte sich neben Birds Hüfte. Er wich ihr aus, indem er sich auf dem engen Bett beiseite krümmte, machte ihr mehr Platz. Sie ließ den Arm sinken, mit dem sie bis jetzt ihre Brüste bedeckt hatte, und berührte mit ihren Fingern zärtlich Birds über dem Penis liegende Hand. Dann redete sie ihm Mut zu, ruhig und voll fester Zuversicht.
»Bird, laß mich nur machen; du wirst sehen, du kannst. Seit damals auf dem Holzhof ist viel Zeit vergangen.«
Bird stürzte hinab in ein Gefühl dunkler, dumpfer Hilflosigkeit; geduldig ertrug er das Prickeln von Himikos Fingern auf seiner Hand. Werde ich, bezweifelte er, meinen Fall richtig erklären können? Aber er mußte es ihr erklären, mußte die Krise überwinden.
»Das ist keine Frage der Technik«, sagte Bird. Und er wandte den Blick von Himikos ernst und traurig wirkenden Brüsten ab. »Das ist eine Frage der Furcht.«
»Der Furcht?« Himiko schien hin und her zu überlegen, als wollte sie unbedingt den Keim eines Witzes darin entdecken.
»Ich habe Furcht vor jenem tiefen, dunkel verschlossenen Ort, an dem das Monster-Baby entstand.« Wieder schien seine Erklärung sich witzig zu geben, doch erfolglos, und wurde immer melancholischer. »Als ich das Kind sah mit dem von Binden umwickelten Kopf, mußte ich an Apollinaire denken. Das klingt sentimental, aber ich hatte das Gefühl, das Baby hätte wie Apollinaire im Kampf auf einem Schlachtfeld am Kopf eine Wunde erhalten. Wäre verwundet worden

in einer einsam geführten Schlacht in einer mir unbekannten dunklen und verschlossenen Höhle...« Während er dies sagte, erinnerte er sich an die süßen Tränen, die ihm im Ambulanzwagen geflossen waren: Möglichkeiten einer Errettung. Die Tränen der Scham aber heute im Krankenhaus auf dem Gang, die konnten keine Errettung bedeuten. »... und ich bin einfach nicht imstande, meinen schwachen Penis auf jenes Schlachtfeld zu schicken, verstehst du?«

»Aber betrifft denn das nicht nur das Verhältnis zwischen dir und deiner Frau? Ist das nicht eine Furcht, die du erst dann empfinden müßtest, wenn du nach ihrer Genesung wieder mit ihr schläfst?«

»Angenommen, es kommt zwischen mir und meiner Frau überhaupt noch einmal dazu...« Bird war es zumute, als bedrohte ihn der Augenblick des noch Wochen vorausliegenden Dilemmas bereits jetzt. »... dann werde ich nicht nur Furcht empfinden, sondern zweifellos sogar von einem Gefühl gequält werden, als triebe ich Blutschande mit meinem Kind. Soll da nicht auch ein stählerner Penis zusammenfallen?«

»Ah, tust du mir leid, Bird! Wenn ich dir nur Zeit lasse, wirst du mir Hunderte von Komplexen herzählen, um deine Impotenz zu verteidigen, nicht wahr?«

Während sie so spottete, streckte sich Himiko auf dem schmalen freien Platz neben Bird mit dem Gesicht nach unten lang aus. Bird, der sich auf dem unter der doppelten Last wie eine Hängematte durchbauchenden Bett noch weiter zusammenkrümmte, spürte nahe an seinem Ohr wieder und wieder den bedrohlich gepreßten Atem Himikos. Ich werde, falls der Kontakt der Begierde bei ihr bereits gezündet hat, irgend etwas für sie tun müssen. Aber meinen wie ein Maulwurfjunges blinden und schwachen Penis in den dumpfen Kanal, in diese in geheimnisvoller Tiefe labyrinthischer Falten verschlossene Sackgasse hinabzutauchen, das vermag ich nicht. Heiß berührte die noch immer schweigend daliegende Himiko mit dem Rand ihres Ohrläppchens Birds Schläfe. Es schien, ihr erschöpft ausgestreckter Körper würde attackiert vom Ansturm Tausender von Dasselfliegen der Be-

gierde. Bird dachte daran, Himikos Begierde nach und nach mit den Fingern oder den Lippen oder der Zunge aufzulösen. Aber schon am Abend zuvor hatte Himiko ja erklärt, das käme ihr vor wie Onanie und es ekle ihr davor. Wenn ich das jetzt ausspräche und sie würde es mit denselben Worten ablehnen, wir gerieten in eine Stimmung, in der wir einander erbarmungslos verachteten. Wäre Himiko, dachte Bird plötzlich, eine Frau mit einer Neigung zum Sadistischen, so ließe sich schon etwas machen. Ich würde alles versuchen, es dürfte nur mit jener Höhle nichts zu schaffen haben, aus der das ganze Unglück kam. Sie könnte mich schlagen, sie könnte mich mit Füßen treten, ich würde es geduldig aushalten; ich würde nicht einmal zögern, ihren Urin zu schlucken. Zum erstenmal in seinem Leben entdeckte Bird den Masochisten in sich. Und weil dies alles geschah, nachdem er in solchen abgrundtiefen Sumpf der Scham geraten war, spürte er sogar eine selbstquälerische Verführung in diesen kleinen Erniedrigungen. Auf diese Weise also gleitet man hinab in den Masochismus, dachte er. Aber nicht ›man‹, ich sollte aufrichtiger sagen: gleite ich hinab. Vielleicht wird es einmal so kommen, daß ich, der Masochist, wenn ich vierzig geworden bin, mich an diesen heutigen Tag mit allen seinen Ereignissen zurückerinnere als an den Gedächtnistag, an dem ich zum Masochismus konvertierte. Bird jagte der Wahnvorstellung nach, völlig in sich selbst verdorben zu sein.
»Du, Bird!«
»Ja?« Er war überzeugt, daß der Angriff schließlich begann.
»Du solltest die sexuellen Tabus, die du dir zurechtgemacht hast, schleunigst niederreißen. Tust du das nicht, wird sich deine sexuelle Welt schrecklich verzerren.«
»Natürlich hast du recht. Eben war ich dabei, über den Masochismus nachzudenken«, sagte Bird, als ob er mit einer Sonde vorfühlte. In seiner Gemeinheit wünschte er sich, Himiko würde nach dem Köder ›Masochismus‹ schnappen und sagen, sie ihrerseits habe sehr oft über den Sadismus nachgedacht, somit also ihm in der gleichen Methode des gemeinen Sondierens antworten. Bird mangelte es selbst an der rück-

haltlosen Offenheit, wie sie doch jeder Anfänger auf dem Gebiet der Perversionen hat. Wirklich, er befand sich auf dem Gipfel der Verderbnis, und das Gift des Schamgefühls hatte ihn dorthin gebracht.

Nach einem mißtrauischen Schweigen und ohne die Andeutung in Birds Worten zu verfolgen, sagte Himiko: »Bird, um die Furcht zu überwinden, mußt du sie dadurch isolieren, daß du ihren Gegenstand präzise bestimmst.«

Bird, im Augenblick unfähig, Himikos Absicht zu erkennen, erwiderte nichts.

»Bezieht sich dein Furchtgefühl partiell auf Vagina und Gebärmutter? Oder auf alles Weibliche, zum Beispiel auf das Wesen Frau insgesamt, wie ich es bin?«

»Auf Vagina und Gebärmutter, glaube ich«, sagte Bird nach einigem Nachdenken. »Die einzige Ursache dafür, daß ich vor dem Wesen, das du bist, zurückschrecke, wenn ich dich nackt vor mir sehe, liegt darin, daß du dies beides besitzt – obwohl du unmittelbar gar keine Beziehung hast zu dem Unglück, in das ich geraten bin.«

»Dann brauchst du doch nur dieses beides zu eliminieren; ist es nicht so, Bird?« sagte Himiko mit behutsamer Gelassenheit. »Ist also der Gegenstand deiner Furcht begrenzt auf Vagina und Gebärmutter, dann haust der Feind, den du bekämpfen mußt, auch allein in diesem Bereich, verstehst du, Bird? Und nun: welche Attribute an Vagina und Gebärmutter fürchtest du denn?«

»Es ist, wie ich vorhin gesagt habe. Mich überkommt das Gefühl, als existierte da in der tiefsten Tiefe – um es mit deinem Lieblingsbegriff zu bezeichnen – eine andere Welt. Eine dunkle, grenzenlose, unheimliche Welt, angefüllt mit allem, was der menschlichen Welt entgegensteht. Ich fürchte, ich könnte, wenn ich diese andere Welt betrete, in ein anders dimensioniertes Zeitsystem geraten und nicht wieder herausfinden; deshalb hat meine Furcht auch etwas von der schrecklichen Höhenangst der Weltraumfahrer.«

Bird ahnte wohl, daß Himikos Logik darauf abzielte, seine Scham aufzureizen, und versuchte sich hinter wolkigen Worten zu verbergen; aber Himiko ließ nicht locker.

»Nehmen wir einmal an, Vagina und Gebärmutter wären nicht da, meinst du, du hättest dann vor dem weiblichen Körper in keiner Hinsicht mehr irgendwelche Furcht?«
Bird zögerte einen Augenblick, bekam darauf einen roten Kopf und sagte: »Nicht daß das besonders wichtig wäre, aber die Brüste . . .«
»Du würdest also dein Furchtgefühl vermeiden können, wenn du dich mir von hinten nähertest«, sagte Himiko.
»Aber –«, versuchte Bird einzuwenden.
»Bird«, sagte Himiko, ohne seinen Protest zu akzeptieren, »ich glaube wirklich, du bist der Typ, wie ihn jüngere Männer verehren. Hast du niemals mit solchen Knaben geschlafen?«
Der Plan, den Himiko nun entwickelte, genügte, um Birds ›Sinn für Reinheit in Fragen sexueller Moral‹ zu zerstören. Sein Schock war groß. Selbst wenn ich einmal das Problem beiseite lasse, wie mir denn zumute wäre, dachte Bird, für einen Augenblick wenigstens frei von der Fessel an sein Ich: aber Himiko, sie würde doch vermutlich ziemliche Schmerzen ertragen müssen, würde aufplatzen, bluten, wahrscheinlich wären wir sogar beide dann schrecklich besudelt. Dabei aber spürte Bird plötzlich eine neue Begierde in sich aufsteigen, die mit seinem Ekelgefühl wie zu einem Seil zusammengedreht war. »Wirst du dich danach nicht gedemütigt fühlen?« murmelte Bird in einem letzten Zaudern mit einer vor Begierde heiseren Stimme.
»In jener Winternacht auf dem Holzplatz habe ich mich nicht gedemütigt gefühlt, und war doch damals voller Blut und Dreck und Holzspäne«, ermutigte ihn Himiko.
»Ja, aber –«, sagte Bird, »wirst du denn einen Genuß dabei haben?«
»Jetzt denke ich wirklich nur daran, daß ich etwas für dich tun kann, Bird«, war Himikos Reaktion, aber dann, als wollte sie vermeiden, daß Bird sich unangenehm fühlte, setzte sie in einem unendlich zärtlichen Tonfall hinzu: »Und schau, habe ich nicht gesagt, ich könnte in jedem Akt doch immer noch irgendwas Genuines finden?«
Bird schwieg. Unbeweglich blieb er liegen und beobachtete,

wie Himiko eines unter den vielen Fläschchen auf ihrem Toilettentisch auswählte und ins Bad ging und aus dem Wandschrank ein frisches großes Handtuch nahm, bevor sie zurückkam. Die Flut der Unruhe erreichte ihre oberste Marke und drohte Bird zu verschlingen. Mit einem Ruck richtete er seinen Oberkörper auf, langte nach dem Whisky, der neben dem Bett auf dem Fußboden lag, und trank einen Schluck aus der Flasche. Und dachte: In der Mittagsglut an der Bushaltestelle auf dem Platz vor dem Krankenhaus wünschte ich mir den schändlichsten, den gemeinsten Verkehr. Jetzt nun habe ich die Möglichkeit dazu. Er trank von dem Whisky noch einen Schluck und fiel dann zurück aufs Bett. Sein Penis war steil und steif geworden und pulsierte heiß. Himiko, mit einem schwermütig ernsten Gesichtsausdruck und ohne Bird anzusehen, kehrte aufs Bett zurück. Ob auch sie nun von irgendeiner ungewöhnlichen Begierde besessen ist? überlegte Bird. Befriedigt spürte er, wie sich ein leichtes Lächeln von seinen Lippen ausbreitete bis über seine Wangen. Zunächst einmal habe ich die höchste Hecke des Schamgefühls überwunden, und nun werde ich wie bei einem Dauerhürdenlauf auch weiter Hürde um Hürde des Schamgefühls überspringen. Indessen, Himiko mochte an Bird Anzeichen entdeckt haben, die im Gegensatz standen zu solchem Selbstbewußtsein; denn sie sagte: »Du brauchst dich nicht zu beunruhigen. Vermutlich wird es gar nicht so schrecklich, Bird.«

... Anfangs achtete er sehr auf Himiko. Solange sich aber die Fehlschläge wiederholten, fühlte er sich wie verspottet von seltsamen kleinen Lauten und merkwürdigen Gerüchen, und seine Reaktion darauf war, daß er allmählich nichts anderes mehr zu empfinden begann als eine egoistische Selbstbezogenheit. Bald hatte er Himiko vergessen, und als er merkte, daß er vorankam, geriet er augenblicklich in einen hektischen Eifer. Ununterbrochen flackerten Gedankenfetzen durch seinen Kopf: Ah, wie mich das alles angeekelt hat, diese schlaffen Brüste, diese groben Genitalien, die so sehr an ein Tier erinnern; meinen einsamen Orgasmus wollte ich haben, wollte nicht, daß mich die Augen einer Frau anstarrten beim Akt. Das waren die Vorahnungen der Lust. Und hieße es denn nicht, sich mit wackelndem nacktem Hintern vorsätzlich in das Halseisen hineinzurangeln, wenn man beim Verkehr alle Aufmerksamkeit konzentriert auf den Orgasmus der Frau, wenn man an die Verantwortung denkt, die man später für die Schwangere hat? Tief in seinem flammenden Kopf erhob Bird sein Kriegsgeschrei: Jetzt schände ich eine Frau, trample sie nieder in der beschämendsten Weise! Ich bin fähig zum Gemeinsten und Niederträchtigsten! Ich selbst bin Scham und Schande! Ja, der heiße Klumpen, den jetzt mein Penis reibt, das bin ich selber! Und als er das dachte, erschütterte Bird ein Orgasmus, so heftig, daß ihm schwarz wurde vor den Augen.

Bei jedem lustvollen Zucken Birds schrie Himiko vor Schmerzen gellend auf. Er hörte es halb bewußtlos. Dann plötzlich, als könnte er den Ekel nicht mehr ertragen, biß er Himiko in den Nacken. Abermals stieß sie einen wilden Schrei aus. Bird schlug die Augen auf und sah, wie an ihrem bleichen Ohrläppchen vorbei ein frischer Tropfen Blut auf ihre Wange rollte. Noch einmal stöhnte er.

Als es vorbei war, ahnte Bird, daß er ihr etwas Entsetzliches angetan hatte, und ihm war, als wäre er versteinert. Ob wir wohl, dachte er voller Zweifel, jemals wieder ein menschliches Verhältnis zueinander finden werden, nachdem wir uns jetzt auf so unmenschliche Weise vereinigt haben? Noch immer auf dem Bauch liegend und wild keuchend, wünschte er, er wäre ausgelöscht. Doch in diesem Augenblick erreichte ihn Himiko mit ihrer sanften, wie üblich ruhigen Stimme, die ihm leise bedeutete: »Faß bitte nichts mit deinen Händen an und komm so ins Bad, wie du bist. Ich werde alles für dich erledigen.«

Bird war überrascht, zugleich aber spürte er Errettung, Befreiung. Während er das gerötete Gesicht zur Seite wandte, behandelte ihn Himiko wie einen halbgelähmten Patienten. Die Überraschung sank allmählich in sein Inneres hinein und setzte sich dort fest. Da bestand kein Zweifel: er war auf eine Expertin im Sexuellen getroffen. Wie mochte diese Freundin den weiten Weg seit jener Nacht im Winter zurückgelegt haben? Das einzige, womit er Himiko ihre Bemühungen wenigstens andeutungsweise vergalt, war, daß er die Wunde, die er ihr in den Nacken gebissen hatte, mit einer Desinfektionslösung auswusch. Drei Bißspuren, die er mit der Unbeholfenheit eines scheuen Kindes säuberte. Schließlich kehrte nach und nach auch eine frischere Farbe auf Himikos Wangen und Augenlider zurück. Bird war erleichtert.

Dann lagen sie wieder, Schulter an Schulter, auf dem Bett, über das sie frische Tücher gebreitet hatten. Sie atmeten gleichmäßig und ruhig. Daß Himiko schwieg, irritierte Bird, doch tröstete ihn ihr friedlicher Atem und der sanfte, stille Blick, mit dem sie unbeweglich in das Zwielicht sah. Zudem war auch er selbst eingesunken in die Empfindung eines tiefen Friedens und weit entfernt von jedem Interesse an psychologischen Mutmaßungen. All sein Denken war Dankbarkeit. Nicht eine eng begrenzte Dankbarkeit nur gegenüber Himiko, eine Dankbarkeit vielmehr für diesen Frieden, den er, würde er auch nicht lange anhalten, inmitten des um ihn kreisenden Strudels unbarmherziger Fallen hatte finden können. Freilich, auch jetzt umschloß ihn der Ring des Schamgefühls, war das Sinnbild seiner Schmach aufgerichtet in einer gegenwärtig fernen Säuglingsstation. Aber Bird ruhte eingebettet in einen warmen Frieden. Und mehr noch, Bird gewahrte, daß das Hindernis in seinem Inneren überwunden war, daß es hinter ihm lag.

»Wollen wir es wiederholen, und jetzt ganz normal?« fragte er. »Meine Furcht bin ich, glaube ich, los.«

»Du meinst es gut, Bird. Brauchst du Schlaftabletten? Du könntest bis in die Nacht hinein schlafen. Und wenn du dann noch immer frei bist von deiner Furcht . . .«

Bird war einverstanden. Schlaftabletten, das spürte er, würde er jetzt noch nicht einmal brauchen.

»Du verstehst mich zu trösten«, sagte er nachgiebig.

»Und das möchte ich auch, Bird. Seit diese Geschichte begann, hat dich doch gewiß noch keiner getröstet, oder? Und das ist nicht gut, Bird. Wenn du in einer solchen Zeit nicht einmal wenigstens so aus ganzer Fülle Trost erhältst, bist du ja nur noch eine leere Hülle, sobald du, um aus dem Chaos herauszukommen, deinen Mut zusammenraffen mußt.«

»Meinen Mut?« sagte Bird, ohne auch nur den Versuch zu machen, den Sinn ihrer Worte zu begreifen. »Wann muß ich denn meinen Mut zusammenraffen?«

»Aber Bird, von nun an immer wieder mußt du das«, erwiderte Himiko mit einer arglosen, ernsten Überlegenheit. Von neuem empfand er Himiko als einen Veteranen des Alltagslebens, aus langer Dienstzeit über Erfahrungen verfügend, mit denen er die seinen nie würde messen können. Nicht nur war Himiko eine Expertin im Sexuellen, sie kannte sich zweifellos in allen, so unendlich verschiedenen Aspekten dieser realen Welt aus. Bird gewahrte, wie er allmählich unter ihren Einfluß geriet. Tatsächlich hatte er eben erst mit ihrem Beistand eines seiner Furchtgefühle überwunden. Habe ich eigentlich jemals zuvor, überlegte er, mit einer Frau anschließend ein so unkompliziertes Gespräch geführt? Sonst nach dem Geschlechtsakt, auch mit seiner Frau, war Bird stets zum Gefangenen eines Selbstmitleids und eines Abscheugefühls geworden. Er erzählte Himiko davon. Ohne freilich deutlich von seiner Frau zu sprechen.

»Selbstmitleid? Abscheugefühl? Mir scheint, Bird, dann hast du die wirkliche sexuelle Reife noch nicht erreicht. Und die Frauen, mit denen du geschlafen hast, haben also wohl auch Selbstmitleid und Abscheu empfunden, wie? Das kann aber doch keine wirkliche Befriedigung gewesen sein, Bird.«

Bird spürte Neid und Eifersucht. Offensichtlich haben demnach der nachts vorm Fenster draußen nach ihr rufende Jüngling und der kleine vornehme Herr, dieses Eiergespenst, bei Himiko die wirkliche Befriedigung genossen, überlegte er. Als Bird darauf in Schweigen verfiel, sagte Himiko, noch immer arglos, aber deutlich eine Verstimmung unterdrükkend: »Es gibt keine arroganteren und gemeineren Menschen als die, die ein Selbstmitleid erfaßt, nachdem sie mit anderen geschlafen haben, Bird. Dann schon lieber noch ein Abscheugefühl.«

»Du hast ja recht, aber wer nach dem Geschlechtsverkehr in Selbstmitleid verfällt, hat eben meist nicht das Glück gehabt, daß ihn eine Expertin, wie du es bist, unterstützt, und da verliert er sein Selbstvertrauen.«

Bird hatte sich, in einem Gefühl, als läge er ausgestreckt auf der Couch eines Psychiaters, rückhaltlos ausgesprochen, immer ermutigt von der ihn behandelnden Ärztin Himiko, und nun, nachdem er damit zu Ende war und schläfrig zu werden begann, dachte er und fand es seltsam: warum nur hat der junge Mann, der mit einer so großartigen Frau verheiratet war, Selbstmord begangen? In seinem vom Schlafvirus befallenen, trägen und ausgeleerten Kopf, in diesem Kopf, der jetzt erfüllt schien von lauwarmem Wasser, schwamm eine Vorstellung herauf: wie nun, wenn es so wäre, daß Himiko ihm und dem Jüngling und dem eierköpfigen Herrn gegenüber eine Sühne abzuleisten versuchte? Ihr Mann hatte sich in diesem Zimmer erhängt, nackt, so wie Bird jetzt hier lag, und hatte dabei sogar noch das Bett als Tritt benutzt. Und Himiko hatte Bird angerufen an jenem Tag, und er war gekommen, um ihr dabei zu helfen, den jungen Mann, der sich mit dem Hals in einer über den Balken geworfenen Seilschlinge erdrosselt hatte, auf den Fußboden herunterzulassen, wie der Metzger in einem großen Gefrierhaus von den bereiften, kräftigen Haken die ausgenommenen Rinderhälften herunterläßt. In dem flachen Traum im Vorhof des Schlafs hielt Bird sich selbst und den toten jungen Mann für ein und denselben. Während das, was an ihm noch wach war, fühlte, wie Himikos Hand über die Haut des schweißbedeckten Körpers wischte, nahm er dies im Traum für die flatternden Bewegungen, mit denen Himiko ihren toten Mann gesäubert hatte. Ich bin der tote junge Mann. So werde ich auch den Sommer, der nun nach dem Kalender bald beginnt, leichter ertragen, dachte Bird. Denn der tote junge Mann ist eisig kalt an seinem Leib wie ein Baum im Winter. Da trat er zitternd noch einmal rückwärts heraus aus dem Traum, murmelte: Aber ich bring mich nicht um! Und sank hinab in die Finsternis eines schwereren, tieferen Schlafs.

... Bevor er erwachte, hatte Bird einen Traum, der im Gegensatz zu jenem einfältigen beim Eintritt in den Schlaf ein bitterer war, geharnischt mit zahllosen folternden Stacheln. Birds Schlaf war von der Form eines Trichters: durch den weiten, bequemen Eingang betrat er ihn, durch den engen,

beschwerlichen Ausgang mußte er sich herausquälen aus dem Schlaf. Aufgeschwollen wie ein Zeppelin-Luftschiff, bewegt sich sein Körper langsam durch den unendlichen Raum eines Dämmerns. Untersuchungsrichter jenseits der Finsternis haben ihn vorgeladen. Nun müht sich Bird, einen Weg zu finden, wie er die Richter täuschen und der Verantwortung für den Tod seines Kindes entgehen kann. Im Grunde ahnt er, daß es unmöglich ist, sich den Blicken der Richter zu entziehen, hat aber zugleich auch das Gefühl, daß er sie um Revision angehen möchte: Die Leute in der Klinik haben es doch getan! Kann ich denn nicht davonkommen ohne eine Bestrafung? Und dann treibt er weiter wie ein kleiner Zeppelin, während der Schmerz über seine Gemeinheit nur noch größer und größer wird.
Bird schlug die Augen auf. Alles, was an ihm Muskel war, hatte sich auf diesem Bett wie auf dem Lager eines Tieres mit ganz anderen Körperformen steifgelegen. Ihm war, als hätte man ihn mit Schichten von Gips völlig eingehüllt. Ah, wo bin ich? Jetzt, in einer für mich so wichtigen Zeit? murmelte Bird, während sein Bewußtsein, ohne ganz aus unbestimmter Nebeltiefe aufzutauchen, nur die Fühler der Vorsicht witternd von sich streckte. In einer für mich so wichtigen Zeit, in einer Zeit, in der ich mich herumzuschlagen habe mit einem Baby, das einem Monster gleicht? Und dann erinnerte er sich an das Gespräch, das er auf der Spezialkinderstation im Krankenhaus mit dem Arzt geführt hatte. Und die Furcht vor der Gefahr machte dem Schamgefühl Platz. Nicht aber, daß die Furcht vor der Gefahr völlig verschwunden gewesen wäre. Unbeweglich fest haftete sie an der Rückseite des Schamgefühls. Noch einmal, und nun laut, sagte er: »Wo bin ich – in einer so schrecklichen Zeit?« Er selber hörte es, daß diese Stimme zerfressen war vom Essig der Furcht. Und wie von einem Krampf befallen, schüttelte es ihn und flog sein Kopf hin und her, als witterte er plötzlich die wahre Natur der Fallen, von denen er umstellt war in der Dunkelheit. Da lag er, schutzlos nackt, und um es schlimmer zu machen: ein anderer, ebenso nackter Mensch lag neben ihm. War das seine Frau? Schlief er nackt mit seiner Frau, die eben nieder-

gekommen war, und er hatte ihr das Geheimnis von dem Monster-Baby noch nicht entdeckt? Ah, was mochte das sein? Die eine Hand vorsichtig ausgestreckt, betastete Bird mit seinen Fingern den Kopf der nackten Frau. Ließ die andere Hand von ihrer Schulter abwärtsgleiten über die Flanke hin (wie groß, wie üppig, wie tierhaft geschmeidig war dieser Leib, so ganz anders als der seiner Frau!) – da begann die Nackte ihn langsam, aber fest zu umschlingen. Jetzt war sein Bewußtsein klar; und er entdeckte seine Geliebte und entdeckte seine eigene Begierde, der nun die Attribute des weiblichen Geschlechts nichts Verbotenes mehr waren. Als hätten ihn seine Arme und Schultern nie geschmerzt, umarmte er Himiko, wie der Bär seinen Gegner umarmt. Himiko, sie schlief noch immer, war groß und schwer. Sachte spannte er seine Arme stärker an. Endlich lag Himikos Oberkörper gegen seine Brust und seinen Bauch gepreßt, und ihr Kopf, auf seinen Armen ruhend, war mit dem Gesicht nach oben zurückgebogen. Tief sah Bird in dieses Gesicht. Weiß schwamm es in der Dunkelheit herauf und schien ihm von einer geradezu rührenden Kindlichkeit. Da plötzlich erwachte Himiko und lächelte ihn an, hob ihren Kopf ein wenig, streifte Bird mit heißen, trockenen Lippen. Und so wie sie waren, trieben sie gleitend in den Akt hinein.

»Bird, kannst du es aushalten, bis ich soweit bin?« fragte Himiko, noch immer den Schlaf in ihrer Stimme. Sie hatte wohl ihre Vorkehrungen getroffen gegen das Risiko einer Schwangerschaft, denn schon tat sie den ersten Schritt auf dem Weg zum Augenblick ihrer Lust, und an eine Umkehr war nicht mehr zu denken.

»Schon gut«, erwiderte Bird, männlich und angespannt wie ein Navigationsoffizier, der vom Herannahen eines Sturms unterrichtet wird. Dann, obwohl wachsam, arbeitete er so, daß in seinen Bewegungen nichts auf ein Zurückhalten hingedeutet hätte. Und er dachte: Könnte ich doch damit wiedergutmachen, was in jener Winternacht auf dem Holzhof so erbärmlich war.

»Bird!« Himikos Schrei war rührend wie ihr aus der Dunkelheit sich abhebendes kindliches Gesicht. In den Sekunden, in denen Himiko diesmal nun ihr unabhängig eigenes Genuines umklammerte, leistete Bird ihr in stoischer Selbstherrschung Beistand wie ein Soldat seinem Kameraden in der Schlacht. Danach bebte sie noch lange am ganzen Körper. Sie fiel in eine unendlich weibliche, sanfte und zarte Hilflosigkeit und war schließlich, ohne ihre Lage zu verändern, wie ein sattes Tierjunges mit gedämpfter Stimme seufzend eingeschlafen. Bird fühlte sich wie eine Glucke, die ihr Küken hütet. Während er den frischen, gesunden Schweißgeruch einsog, der von Himikos halb unter seiner Brust geborgenem Kopf aufstieg, hielt er die Last seines Körpers geduldig auf seine Ellbogen gestützt, um ihr nicht beschwerlich zu werden. Sein Verlangen war auf dem Höhepunkt angelangt, doch wollte er Himikos natürlichen Schlaf nicht stören. Den Fluch über alle Attribute weiblichen Geschlechts, der Stunden zuvor seinen Kopf beherrscht, hatte er ganz aufgegeben, die jetzt noch viel stärker ihr Geschlecht offenbarende Himiko völlig akzeptiert. Und es schien, seine in sexuellen Dingen so empfindsame Partnerin spürte das. Bald hörte Bird ihre ruhigen Atemzüge eines tiefen Schlafs. Als er jedoch versuchte, sich vorsichtig von ihr zu trennen, fühlte er etwas wie einen sanften, warmen Händedruck auf seinem Penis. Noch während sie schlief, versuchte sie ein leichtes Zurückhaltemanöver. Bird empfand eine zarte, aber wahre Befriedigung. Im Augenblick schlief er mit einem glücklichen Lächeln ein. Dann sein Schlaf. Abermals war er von der Form eines Trichters. Lächelnd war Bird in das Meer des Schlafs hineingegangen; indessen, unmittelbar bevor er ans Land der Realität zurückkehrte, nahm ihn wieder ein Traum gefangen, der ihm das erstickende Gefühl des Eingeschlossenseins verursachte. Als er die Augen öffnete, starrte Himiko, auch sie war erwacht, besorgt auf seine Tränen.

VIII

Als Bird, in der einen Hand seine Schuhe, in der anderen Hand eine Tüte mit fünf Grapefruits, zum ersten Stock hinaufstieg, in dem sich das Krankenzimmer seiner Frau befand, kam eben der junge Arzt mit dem Glasauge herunter. Sie trafen sich auf halber Treppe. Da der Arzt einige Stufen über ihm stehenblieb und so mit einer überlegenen Gebärde zu sprechen begann, löste er in Bird eine Empfindung bedrohlicher Strenge aus. Indessen sagte er lediglich: »Wie steht es?«

»Es lebt«, antwortete Bird.

»Nun, und wird es operiert?«

»Falls es nicht, sagen sie, an Schwäche stirbt, bevor eine Operation möglich ist«, sagte Bird und spürte dabei, wie sein aufwärts gewandtes Gesicht von einer roten Woge überschüttet wurde.

»Das wäre ja wohl auch das beste«, meinte der Arzt mit dem Glausauge.

Birds Gesicht rötete sich noch mehr, seine Mundwinkel begannen zu zucken. Diese unzweideutige Reaktion ließ auch den Arzt erröten, der seinen Blick abwandte und nun geradeaus über Birds Kopf hinweg redete.

»Wir haben Ihrer Frau von der Geschichte mit dem Gehirn des Neugeborenen bisher nichts gesagt, wir haben ihr erklärt, ein inneres Organ sei nicht in Ordnung. Und das ist keine Lüge, schließlich ist auch das Gehirn nichts anderes als ein inneres Organ. Wenn man sich mit einer Notlüge aus einer Schwierigkeit heraushilft, muß man nämlich, sobald diese Lüge entdeckt wird, wieder eine neue gebrauchen.«

»Allerdings«, sagte Bird.

»Sollte irgend etwas sein, ich stehe Ihnen zur Verfügung.«

Bird und der Arzt mit dem Glasauge verbeugten sich höflich, und mit abgewandten Gesichtern gingen sie aneinander vorbei. ›Das wäre ja wohl auch das beste‹, wiederholte Bird für sich die Antwort des Arztes. Daß es an Schwäche stirbt, bevor eine Operation möglich ist. Mit anderen Worten: ich käme darum herum, mich nach einer Operation mit einem pflanzenhaften Baby abzuschleppen oder mir damit die Hände schmutzig zu machen, daß ich es töte; ich brauchte nur darauf zu warten, bis es in einem modernen Krankenhaus bei vollkommener Hygiene schwächer wird und stirbt. Auch dürfte es nicht unmöglich sein, das Kind in der Zwischenzeit zu vergessen: das wäre Birds Sache. Ja, es wäre das beste. Während in ihm das Gefühl einer tiefen und dunklen Scham wieder auflebte, war Bird zumute, als würde sein Körper steif. Genau wie die ihm begegnenden Schwangeren und Wöchnerinnen in ihren verschiedenfarbigen Nachtgewändern aus Kunstfaser, wie solche also, die entweder eine große, unruhige Masse in ihrem Leib trugen oder der Erinnerung und Gewöhnung daran noch nicht ganz entflohen waren, ging er mit langsamen, kurzen Schritten. Auch er war schwanger: mit der großen, unruhigen Masse des Schamgefühls im Schoß seines Kopfes. Die Frauen, die vorübergingen, warfen albern arrogante Blicke auf Bird, und jedesmal beugte er ängstlich den Kopf. Frauen, die in einer Haltung wie ein Chor von Engeln ihm und dem Monster-Baby nachgesehen hatten, als sie mit dem Ambulanzwagen davonfuhren. Bird litt unter der Wahnvorstellung, sie wüßten alles, was seinem Sohn seither widerfahren war. Und wahrscheinlich murmelten sie wie die großen Bauchredner in der Tiefe ihrer Kehlen: ›Ah, ich weiß, man hat jenes Baby in eine Kindermordanstalt gebracht, die nach dem Fließbandsystem arbeitet, und eben jetzt stirbt es den Schwächetod. Nun, das ist ja wohl auch das beste.‹

Das Wimmern zahlloser Babystimmen attackierte Bird wie ein Wirbelwind. Verwirrt wandte er sich um, da fiel sein Blick auf die im Säuglingssaal aufgereihten Körbe mit den Neugeborenen. Fast im Laufschritt floh Bird davon. Er hatte das Gefühl, daß einige der Babys ihm nachstarrten.

Vor der Tür des Zimmers, in dem seine Frau lag, beroch Bird gründlich seine Hände und Arme und Schultern, ja selbst seine Brust. Falls seine Frau, die ihn auf ihrem Krankenlager mit geschärften Sinnen erwartete, Himikos Duft an ihm bemerken sollte, nicht auszudenken, wie das seine Verwirrung komplizieren würde! Als Bird sich umwandte, wie um sich eines Fluchtwegs zu vergewissern, standen überall in den Winkeln des dämmrigen Ganges die jungen Frauen in ihren Nachtgewändern und sahen zu ihm her, wobei sie, um gegen das Zwielicht anzukämpfen und ihn besser beobachten zu können, ihre Brauen zusammengezogen hatten. Am liebsten hätte Bird ihnen eine Fratze geschnitten, beließ es aber bei einem leichten Kopfschütteln, kehrte den Frauen den Rücken zu und klopfte schüchtern an die Tür. Bird spielte die Rolle eines jungen Ehemannes, der von einem unerwarteten Mißgeschick heimgesucht wird.

Bei seinem Eintreten ins Zimmer blickten ihm aus der blaugrün schimmernden, üppigen Helle beide mit scheinbar erschrockenen Gesichtern entgegen, sowohl seine Schwiegermutter, die mit dem Rücken gegen das mit Blattgewächsen bewucherte Fenster stand, wie auch seine Frau, die mit erhobenem Kopf hinter dem Wolldeckenhügel, der ihre aufgestellten Knie bedeckte, wie ein Wiesel hervorspähte. Bird fiel es auf, daß immer dann, wenn sie erschrocken oder bekümmert waren, am Ausdruck und in der Haltung der beiden Frauen bis ins einzelne deutlich wurde, welche engen Blutsbande zwischen ihnen bestanden.

»Ich wollte euch nicht erschrecken, ich habe angeklopft, vielleicht aber zu leise«, entschuldigte sich Bird zu seiner Schwiegermutter hin, und als er nun ans Bett trat, sagte seine Frau, und es klang wie ein Seufzer: »Ach, Bird!« Und sah ihn an mit einem matten Blick, in dem Tränen zu schimmern begannen. Da ihre Haut jetzt ohne jede Schminke die natürliche dunkle Pigmentierung aufscheinen ließ, machte sie wieder den strengen, knabenhaften Eindruck wie die Hardball-Tennisspielerin damals vor einigen Jahren, als Bird ihr zuerst begegnet war. In dem Gefühl, ihren Blicken allzu schutzlos ausgesetzt zu sein, legte er die Tüte mit den Grapefruits auf den Rand der Wolldecke, und als wollte er sich verbergen, hockte er sich nieder, um seine Schuhe unter das Bett zu stellen. Bedauernd dachte er: eigentlich könnten sie mich reden lassen, während ich hier unten herumkrieche wie eine Krabbe;

doch gleich darauf zwang er sich zu einem Lächeln und richtete sich auf.
»Na, wie –«, sagte er, um einen singenden, sorglosen Tonfall bemüht, »bist du die Schmerzen nun ganz los?«
»Noch nicht, immer kommen sie in Abständen wieder. Ein Zusammenziehen, wie in einem Krampf, bald vergeht es, bald ist es wieder da. Und auch wenn ich keine Schmerzen habe, fühle ich mich doch irgendwie übel, und lache ich, dann tut es augenblicklich weh.«
»Wie schrecklich!«
»Ah, das ist wirklich schrecklich, Bird«, sagte seine Frau. »Und das Kind – was ist mit dem Kind?«
»Ja, was ist mit dem Kind ... Hat es dir der Arzt mit dem Glasauge erklärt?« Bird versuchte den singenden, sorglosen Tonfall auch jetzt beizubehalten, aber wie ein unsicher gewordener Boxer einen raschen Seitenblick auf seinen Trainer wirft, ließ er dabei seine Augen zur Schwiegermutter hinübergehen.
Die Schwiegermutter, sie stand auf der anderen Seite am Kopfende in dem schmalen Raum zwischen Bett und Fenster, war verzweifelt bemüht, Bird geheime Zeichen zu signalisieren. Was sie im einzelnen meinte, verstand er nicht. Doch war ihm soviel klar: sie wollte ihm bedeuten, er solle seiner Frau nichts davon sagen.
»Was ist denn nur mit dem Kind?« wiederholte seine Frau, und ihre Stimme klang irgendwie in sich selbst zurückgeworfen und verloren.
Plötzlich wußte Bird, daß sie, von den finsteren Dämonen des Zweifels ergriffen, in ihrer hilflosen Abgeschnittenheit dieselben Worte in demselben Tonfall schon Hunderte von Malen vor sich hin gemurmelt hatte.
»Ein inneres Organ ist nicht in Ordnung. Natürlich wird dir das der Arzt nicht im Detail erklären wollen. Sie sind vermutlich noch dabei, irgendwelche Untersuchungen anzustellen. Außerdem, in solchen Universitätskliniken geht es furchtbar bürokratisch zu«, sagte Bird, während er zu spüren meinte, wie sich der Gestank seiner Lüge verbreitete.
»Ich fürchte, wenn sie es so gründlich untersuchen, wird es

das Herz sein. Aber wieso ist denn das Herz nicht in Ordnung?« Ihre Ratlosigkeit wirkte so auf Bird, daß er sich abermals wünschte, er könnte sich auf dem Boden kriechend verbergen.

Statt dessen sagte er, zu Frau und Schwiegermutter gewandt, wie ein erregter Teenager in einem absichtlich unhöflichen Ton: »Wenn schon die Spezialisten beim Untersuchen sind, sollten wir das alles im Augenblick wirklich besser ihnen überlassen. Es ist doch völlig sinnlos, sich da in irgendwelche unbegründete Phantastereien zu steigern!«

Als hierauf, durchaus nicht so selbstsicher, Bird seinen von schlechtem Gewissen erfüllten Blick zum Bett zurückkehren ließ, hatte seine Frau fest ihre Augen geschlossen. Während er hinabsah auf dieses Gesicht, angerührt von den eingefallenen Augenlidern, den abstehenden Nasenflügeln, den unverhältnismäßig großen Lippen, dachte er bekümmert: ob es jemals wieder den Ausdruck gewöhnlichen Gleichgewichts annehmen wird? Noch immer mit geschlossenen Augen und ohne sich auch nur im mindesten zu bewegen, lag seine Frau da, als wäre sie eingeschlafen. Und dann auf einmal quoll unter den geschlossenen Augenlidern eine Flut von Tränen hervor.

»Gleich nachdem das Kind da war, habe ich gehört, wie die Schwester erschrocken aufschrie. Da dachte ich sofort, daß etwas ungewöhnlich wäre. Dann aber war mir, als ob der Chefarzt der Klinik fröhlich gelacht hätte. War das nun Wirklichkeit oder ein Traum? Das ist mir nicht klar geworden. Und als ich aus der Narkose aufwachte, hatte man das Kind schon im Krankenwagen fortgebracht«, berichtete seine Frau, ohne auch jetzt die Augen zu öffnen.

Ah, dieser behaarte Chefarzt! dachte Bird, und Zorn stieg ihm in die Kehle. Hat er also so laut gelacht, daß sogar die Patientin in der Narkose es hören konnte! Angenommen, das ist seine Angewohnheit, wenn er erschrickt, so werde ich ihm im Dunkeln mit einem Knüppel auflauern, und er wird noch schriller zu lachen haben. Indessen, Birds Erregung war nur wie die eines Kindes: im Nu verflog sie wieder. Er wußte wohl, niemals würde er sich mit was für einem Knüppel auch immer und in welchem Dunkel auch immer auf die Lauer legen. Er mußte sich eingestehen, daß er, um einen anderen zu beschuldigen, das dazu unbedingt nötige Selbstvertrauen verloren hatte.

»Ich habe dir ein paar Grapefruits mitgebracht«, sagte Bird, als wollte er sich entschuldigen.

»Grapefruits? Wieso denn das?« erwiderte seine Frau gereizt. Und augenblicklich bemerkte Bird seinen Irrtum.

»Ah, natürlich, du magst ja den Geruch nicht«, sagte er und fand sich selber abscheulich. »Wie konnte ich nur darauf kommen, ausgerechnet Grapefruits zu kaufen?«

»Wahrscheinlich hast du weder an mich noch an das Kind ernstlich gedacht, Bird. Ernstlich denkst du ja doch nur an das, was dich selber betrifft, nicht wahr? Da haben wir uns noch wegen der Grapefruit gezankt, als wir das Dessert für das Hochzeitsessen bestellten – und du hast das einfach vergessen?«

Bird, von einem Gefühl der Hilflosigkeit ergriffen, schüttelte den Kopf. Und floh vor den allmählich hysterisch erstarrenden Augen seiner Frau und blickte zu seiner Schwiegermutter hinüber, die sich ganz in den engen Winkel am Kopfende des Bettes gedrängt hatte und ihm weiter geheime Signale zuzuschicken versuchte. Bei ihr suchte er Erbarmen und Rettung.

»Als ich im Laden Obst aussuchte, hatte ich tatsächlich das Gefühl, Grapefruits wären für uns etwas Besonderes. So kaufte ich welche, ohne weiter zu überlegen, was denn das Besondere war. Und was machen wir jetzt mit ihnen?«

Bird war zusammen mit Himiko in das Lebensmittelgeschäft gegangen. Zweifellos hatte Himikos Anwesenheit über das von Bird empfundene ›Besondere‹ ihren Schatten geworfen. Und Bird überlegte: wird nun etwa Himikos Schatten auf all den Dingen auch in meinem täglichen Leben immer stärker werden?

»Mich macht es schon nervös, wenn nur eine einzige Grapefruit im Zimmer ist, das weißt du doch«, blieb ihm seine Frau auf den Fersen. Gleich wird sie, fürchtete Bird, Himikos Schatten bemerken.

»Nun, dann bring sie doch bitte den Schwestern in ihr Zimmer«, sagte die Schwiegermutter und machte Bird ein neues Zeichen. Von dem Licht, das durch das Gestrüpp von Blattpflanzen im Fenster hinter ihr brach, schwebte ein grüner Halo um ihre tief eingesunkenen Augen und den breiten Nasenrücken. Endlich begriff Bird: dieses phosphoreszierende Gespenst, das seine Schwiegermutter war, signalisierte ihm, sie werde draußen auf dem Gang auf ihn warten, wenn er die Grapefruits ins Schwesternzimmer gebracht hat und zurückkehrt.

»Ja, ich bin gleich wieder da. Und wo ist das Schwesternzimmer? Unten im Erdgeschoß?«

»Unmittelbar neben dem Wartezimmer für ambulante Patienten«, erklärte die Schwiegermutter und starrte Bird an.

Die Tüte mit den Grapefruits an sich gepreßt, trat Bird hinaus auf den Gang. Unterwegs fingen die Früchte auf einmal schwer zu duften an, und es war, als würde Birds Brust und Gesicht mit Duftpartikeln regelrecht überschüttet. Wahrscheinlich, überlegte er, gibt es wirklich Leute, die vom Geruch der Grapefruit Atembeklemmungen bekommen. Und dachte dann: meine Frau, die gereizt in ihrem Bett liegt, meine Schwiegermutter mit dem grünen Halo um die eingesunkenen Augen, die mir in einer Haltung wie im Kabuki-Tanz Zeichen signalisiert, schließlich ich selber, der ich über den Zusammenhang zwischen Grapefruit und Atembeklemmung nachzudenken versuche, – hat nicht jeder von uns auf seine Weise etwas Theatralisches in seinem Verhalten? Alles Theater! Theater! Nur das Kind mit der Beule am Kopf, das allmählich schwächer wird, weil es Zuckerwasser bekommt statt Milch, ist kein Theater. Warum aber eigentlich Zuckerwasser und nicht einfaches Wasser? Wenn man ihm keine Milch gibt, diesen Ersatz jedoch mit einem solchen Geschmack versieht, – hat das nicht etwas von einem ganz gemeinen Trick an sich? Bird hatte die Absicht gehabt, sich den dienstfreien Schwestern, als er ihnen die Tüte mit den Grapefruits überreichte, mit ein paar Worten vorzustellen; plötzlich aber schien ihn das Stottern, wie es ihn während seiner Volksschulzeit gequält, wieder befallen zu haben und er brachte keinen Laut heraus. In verwirrtem Schweigen senkte er den

Kopf und lief hastig davon. Hinter seinem Rücken brachen die Schwestern in ein fröhliches Lachen aus. Theater! Theater! Alles hat etwas von Theater an sich, als ob es unwirklich wäre. Warum nur? Mit verzerrtem Gesicht, den Atem angehalten, sprang er, immer drei Stufen auf einmal nehmend, die Treppe hinauf und ging dann vorsichtig am Säuglingssaal vorbei, um nicht etwa zufällig hineinzuschauen.

Vor der Küche, die die Angehörigen der stationären Patientinnen und die Privatpflegerinnen gemeinsam benutzten, stand mit einem Teekessel in der Hand seine Schwiegermutter, den Oberkörper stolz aufgerichtet, und wartete auf Bird. Als er auf sie zukam, sah er, daß jetzt an Stelle des durch die Blattpflanzen reflektierten Halo der Ausdruck einer entsetzlichen Leere um ihre Augen stand, und er erschrak. Und bemerkte dann, daß ihre aufrechte Haltung nichts mit Stolz zu tun hatte, ihr Körper schien vielmehr alle natürliche Biegsamkeit verloren zu haben, so erschöpft und verzweifelt war sie. Bird und seine Schwiegermutter sprachen nur kurz und knapp miteinander, und immer behielten sie dabei die Tür zum Krankenzimmer seiner Frau im Auge, fünf Meter entfernt auf der gegenüberliegenden Seite. Nachdem die Schwiegermutter herausbekommen hatte, daß das Kind noch nicht gestorben sei, sagte sie zu Bird vorwurfsvoll: »Kannst du denn nicht schnell etwas unternehmen? Wenn die Arme das Kind jemals sieht, wird sie wahnsinnig.«

So eingeschüchtert, schwieg Bird.

»Hätten wir nur in der Verwandtschaft einen Arzt, dann wäre es gewiß leichter für uns«, sagte die Schwiegermutter und seufzte hilflos.

Wir sind eine Allianz von Lumpen, dachte Bird, eine Liga schäbiger Ich-Verteidiger. Und dennoch, während er seine Stimme vorsichtshalber senkte (weiß man denn, ob hinter all den verschlossenen Türen zu beiden Seiten des Ganges nicht die stummen Zikadenweibchen von Patientinnen hocken, ihre vor Neugier brennenden Ohren angepreßt?), erstattete er genau Bericht.

»Man wird die vorgeschriebene Milchmenge verringern, oder man gibt ihm Zuckerwasser statt Milch. In einigen Tagen, so hat mir der zuständige Arzt gesagt, dürfte das Resultat zu erkennen sein.«

In diesem Augenblick sah Bird, daß sich das, was einem Miasma gleich die Schwiegermutter eingehüllt hatte, auflöste ohne einen Rest. Der mit Wasser gefüllte Teekessel schien nun ein Bleigewicht, zu schwer für ihren Arm. Langsam nickte die Schwiegermutter, und mit einer hilflosen, dünnen Stimme, als sehnte sie sich nach Schlaf, sagte sie: »Ah, so ist das? So ist das also? Wenn einmal alles vorbei ist, soll es allein unser Geheimnis bleiben, daß das Kind eine solche Anomalie hatte.«

»Ja«, versprach Bird, ohne zu erwähnen, daß er dem Schwiegervater schon davon erzählt hatte.

»Andernfalls wird die Ärmste nie wieder ein Kind haben wollen, Bird.«

Bird nickte, aber seine fast körperliche Abneigung gegenüber seiner Schwiegermutter wurde nur noch größer. Während sie in die Küche ging, kehrte Bird allein zum Krankenzimmer seiner Frau zurück. Würde seine Frau eine so simple Taktik nicht durchschauen? Alles wie Theater nur, ein Theater zudem, bei dem alle auftretenden Personen nichts als einen vorgetäuschten Rollentext herunterplappern, dachte Bird.

Als er zu ihr trat, wandte sich ihm seine Frau mit einem Gesichtsausdruck zu, aus dem die Hysterie wegen der Grapefruits verschwunden war. Er setzte sich auf die Kante des Bettes.

»Was bist du so mager geworden«, sagte seine Frau, streckte plötzlich liebevoll ihre Hand aus und berührt Birds Wange.

»Meinst du?«

»Wie eine armselige Wasserratte, Bird.« Ihre Attacke traf ihn völlig unvorbereitet. »Wirklich, du siehst aus wie eine Wasserratte, die sich flugs in ihr Loch flüchten möchte.«

»Was du nicht sagst! Wie eine Wasserratte, die davonlaufen möchte?« sagte Bird mit einem bitteren Gefühl.

»Mutter hat Angst, du könntest wieder zu trinken anfangen, Bird. So nach deiner Art, pausenlos, Tag und Nacht.«

Bird erinnerte sich daran, welche Empfindungen es waren, Tag und Nacht und immer betrunken zu sein: der glühende

Kopf und die ausgedörrte Kehle, der stechende Magen, der bleischwere Körper, die gefühllosen Finger, das vom Alkohol vollgesogene, erschlaffte Gehirn. Ein wochenlanges Höhlenleben, eingeschlossen in Mauern von Whisky.

»Solltest du wieder anfangen zu trinken, Bird, kommt es bestimmt so, daß du vor Betrunkenheit nicht mehr bei dir bist, wenn unser Baby dich braucht.«

»Nein, so wie damals trinke ich nie wieder«, sagte Bird. Sicherlich, der schreckliche Whisky-Tiger hatte ihm übel mitgespielt, immerhin aber war er darüber hinweggekommen, ohne bei neuem Alkohol Zuflucht zu suchen. Was freilich wäre geworden, wenn Himiko ihm nicht beigestanden hätte? Wäre es nicht so gewesen, daß das dunkle, peinigende Dahintreiben Stunden um Stunden doch wieder begonnen hätte? Da er nun Himikos Namen nicht erwähnen durfte, war es allerdings schwer, seine Frau und seine Schwiegermutter von seiner Widerstandskraft gegenüber den Versuchungen des Whiskys zu überzeugen.

»Ich wünschte wirklich, wir brauchten uns nicht zu sorgen, Bird. Manchmal muß ich aber doch denken, ob du nicht dann, wenn es darauf ankommt, einfach auf und davon fliegst wie ein richtiger Vogel, entweder weil du betrunken bist oder besessen von irgendwelchen verrückten Träumen.«

»Da sind wir nun schon eine ganze Zeit verheiratet, und du hast immer noch solche Angst um deinen Mann?« sagte Bird im Tonfall zärtlicher Neckerei; aber nicht nur, daß seine Frau in diese süße Falle nicht ging, sie brachte ihn auch noch ins Wanken, indem sie sagte: »Nachts manchmal, wenn du träumst, daß du nach Afrika fährst, schreist du irgend etwas in Kisuaheli. Bisher habe ich stets darüber geschwiegen, aber ich fürchte, es verlangt dich gar nicht danach, mit deiner Frau und deinem Kind ein rechtschaffenes, sicheres Leben zu führen, Bird.«

Bird starrte auf die schmale, häßlich abgezehrte linke Hand seiner Frau, die auf seinem Knie lag. Und wie ein Kind, das zwar einsieht, daß es etwas Dummes gemacht hat, aber doch einen schwachen Protest gegen die Schelte versucht, sagte er: »Kisuaheli? Was schreie ich denn da auf Kisuaheli?«

»Daran erinnere ich mich natürlich nicht. Ich war auch immer noch im Halbschlaf, und außerdem verstehe ich kein Kisuaheli.«
»Und woher weißt du dann, daß es Kisuaheli ist, was ich schreie?«
»Wenn eine Sprache so sehr dem Schrei von Tieren ähnelt, kann es keine zivilisierte Sprache sein.«
Bird schwieg und dachte bekümmert, wie sehr doch seine Frau die Entwicklungsstufe des Kisuaheli mißverstand.
»Als Mutter mir sagte, du wärst die letzte Nacht und die Nacht zuvor in dem anderen Krankenhaus geblieben, habe ich mich gefragt, Bird, ob du dich nicht entweder sinnlos betrunken hast oder irgendwohin davongelaufen bist, Bird.«
»Wie hätte ich denn überhaupt an so etwas denken können?«
»Schau, du wirst ja ganz rot!«
»Weil mich das wütend macht«, sagte Bird aufbrausend. »Warum sollte ich denn davonlaufen? Wo eben erst das Baby angekommen ist . . .«
»Damals, als ich dir sagte, ich wäre schwanger – haben dich da nicht die Ameisen aller möglichen Zwangsvorstellungen in kribbelnden Schwärmen überfallen? Hast du dir wirklich ein Kind gewünscht?«
»Das sind jedenfalls alles Dinge, die Zeit haben, bis das Baby wiederhergestellt ist. Oder?« Bird versuchte, irgendwie aus der kritischen Situation herauszukommen.
»Freilich, Bird. Und ob das Baby gesund wird oder nicht, das hängt einmal ab von dem Krankenhaus, das du ausgesucht hast, und dann davon, wie du dich darum bemühst. Ich kann nicht aus dem Bett hoch, und an welchem inneren Organ das Kind erkrankt ist, noch nicht einmal das hat man mir bisher verraten. Mir bleibt nichts anderes übrig, als mich auf dich zu verlassen, Bird.«
»Nun gut, so verlaß dich auf mich.«
»Wenn ich mir überlege, ob ich dir wegen des Kindes vertrauen kann, wird mir eigentlich erst klar, daß ich dich so genau gar nicht kenne. Bist du wirklich der Typ, der auch unter Selbstaufopferung die Verantwortung für das Kind

übernimmt?« fragte seine Frau. »Hast du den Mut, zu deiner Verantwortung zu stehen?«

Wäre ich im Krieg gewesen, wüßte ich eine klare Antwort darauf, ob ich ein heroischer Typ bin oder nicht. Oft schon hatte Bird darüber nachgedacht. Vor Schlägereien und vor Prüfungen, selbst vor der Hochzeit. Und jedesmal hatte er es bedauerlich gefunden, daß er eine zuverlässige Antwort darauf nicht wußte. Auch sein Wunsch, er könnte in Afrika, wo die Verhältnisse in so krassem Gegensatz standen zu seinem alltäglichen Leben, sich selbst ergründen, war aus der Vorstellung geboren, es wartete dort vielleicht so etwas wie privater Krieg auf ihn. Im Augenblick jedoch schien es ihm nicht nötig, sich einen Krieg vorzustellen, und auch ohne daß er nach Afrika reiste, wußte er, daß er der Typ eines Feiglings war, einer, auf den man sich nicht verlassen konnte.

Seine Frau, durch Birds Schweigen gereizt, ballte ihre häßlich abgezehrte Hand auf seinem Knie zusammen. Schon wollte Bird seine eigene Hand auf die ihre legen, doch er zögerte. Diese Faust schien ihm so voll heißer Feindseligkeit, als würde sie ihn, wenn er sie berührte, verbrennen.

»Bird, bist du nicht eher der Typ, der einen Schwachen gerade dann im Stich läßt, wenn er am dringendsten jemanden braucht? So wie du einmal einen Freund im Stich gelassen hast, jenen Kikuhiko?« sagte seine Frau, und weit öffnete sie ihre müden, stumpfen Augen, wie um die Wirkung auf Bird genau zu beobachten.

Kikuhiko? überlegte Bird. In seiner Halbstarkenzeit damals noch in der Provinzstadt war dieser Kikuhiko sein jüngerer Freund und ständiger Begleiter gewesen. Einmal, sie waren zusammen in die Nachbarstadt gefahren, hatten sie dort ein ungewöhnliches Erlebnis. Mit der Aufgabe betraut, einen aus der Nervenklinik entsprungenen Irren aufzuspüren, fuhren sie nachts auf Fahrrädern unentwegt durch die Stadt. Der jüngere Freund wurde der Sache bald überdrüssig, begann zu faulenzen, verlor schließlich sogar das vom Krankenhaus entliehene Fahrrad, wohingegen Bird, je mehr er von den Leuten in der Stadt über den Charakter des Nervenkranken hörte, desto stärker fasziniert, die ganze Nacht hindurch eifrig wei-

tersuchte. Der Irre war in der Vorstellung befangen, diese reale Welt wäre die Hölle, und er fürchtete sich vor den Hunden, weil er sie für verkappte Teufel hielt. Nun sollte, sobald es tagen würde, von der Klinik ein Rudel Schäferhunde losgelassen werden, aber jeder sagte: ›Wenn die ihn umzingeln, wird der Irre vor Angst sterben.‹ Deshalb blieb Bird, ohne sich einen Augenblick Ruhe zu gönnen, hartnäckig bei der Suche bis zum Morgengrauen. Als nun Kikuhiko unbedingt darauf beharrte, sie sollten das Ganze abbrechen und in ihre Stadt heimkehren, wurde Bird wütend und kränkte ihn schließlich schwer. Schleuderte ihm ins Gesicht: er wisse ja, daß Kikuhiko ein Verhältnis habe mit einem homosexuellen Amerikaner vom CIE. Kikuhiko ging allein zum letzten Zug, und als er auf der Heimfahrt Bird erblickte, der noch immer auf der Suche nach dem Irren mit seinem Fahrrad wild durch die Stadt raste, beugte er sich aus dem Abteilfenster und schrie ihm zu mit einer Stimme, als finge er zu weinen an: »– – – Bird!! Ich habe Angst! Solche Angst!«
Bird jedoch kümmerte sich nicht um den so erbärmlich jammernden Kikuhiko und suchte weiter nach seinem Irren. Am Ende kam dabei nicht mehr heraus, als daß er ihn erhängt am Burgberg inmitten der Stadt entdeckte, aber dieses Erlebnis warf Bird in eine Krise. Wie er es an jenem Morgen, auf dem Notsitz des Dreiradwagens hockend, der den Leichnam des Irren abtransportierte, als eine Vorahnung empfand, kam für ihn damit der Abschied von einem Leben, das noch der Kindheit zugewandt war, und im Frühling des folgenden Jahres trat er in Tōkyō in die Universität ein. Der Vorfall hatte sich um jene Zeit zugetragen, als Krieg in Korea herrschte, und Bird und die anderen jungen Leute waren aufgeschreckt durch ein Gerücht, nach dem jeder, der in den Provinzstädten faul herumlungerte, zwangsweise zur Polizeireserve eingezogen und nach Korea geschickt würde. Was mag wohl, überlegte Bird, aus Kikuhiko geworden sein, seit ich ihn damals in jener Nacht sich selber überließ? Ihm war zumute, als wäre aus dem Dunkel seiner Vergangenheit der Geist des kleinen Freundes von einst für einen kurzen Gruß heraufgetaucht.

»Wie kommst du aber darauf, daß du mich jetzt mit der Erinnerung an Kikuhiko überfällst? Ich weiß nicht einmal mehr, daß ich dir überhaupt davon erzählt habe«, sagte Bird.
»Weil ich dachte, wenn es ein Junge ist, wollen wir ihn Kikuhiko nennen«, erwiderte seine Frau.
Ihn nennen! dachte Bird entsetzt. Falls das Monster-Baby so etwas wie einen Namen überhaupt haben kann ...
»Wenn du es zuläßt, daß das Kind vor deinen Augen umkommt, ich glaube, Bird, dann werde ich mich von dir scheiden lassen«, sagte seine Frau, zweifellos eine Formulierung, die sie sich, hier im Bett liegend mit aufgestellten Knien, den Blick auf das von Blattpflanzen überwucherte Fenster gerichtet, genau zurechtgelegt hatte.
»Scheiden? Wir werden uns doch nicht scheiden lassen!«
»Angenommen also, wir ließen uns nicht scheiden – jedenfalls würden wir uns eine Ewigkeit darüber streiten, Bird.«
Und zu guter Letzt werde ich nicht nur als ein Feigling befunden, dem es an Verläßlichkeit mangelt, sondern werde noch dazu das traurige Leben eines für die Ehe disqualifizierten Mannes führen, dachte Bird. Da liegt eben jetzt in dem gleißend hellen Krankensaal das immer schwächer werdende Kind im Sterben, und ich warte nur darauf, daß es geschieht. Meine Frau aber macht die Zukunft unseres ehelichen Lebens davon abhängig, daß ich genügend Verantwortung beweise für die Wiederherstellung des Kindes; ich bin deshalb wie einer, der eine Partie fortsetzt, obwohl über seine Niederlage bereits entschieden ist. Dennoch blieb ihm im Augenblick nichts anderes übrig, als seine Rolle zu Ende zu spielen.
»Natürlich wird das Kind nicht sterben«, sagte Bird in einem vielfach geschichteten Ärger.
Und dann kam die Schwiegermutter zurück und brachte schwarzen Tee. Da sie bemüht war, das harte Gespräch auf dem Gang zu verschleiern, und auch seine Frau versuchte, die Mutter nichts merken zu lassen von den zwischen ihr und Bird aufgewühlten Gefühlen, entstand aus der Unterhaltung der drei, während sie den Tee tranken, zum erstenmal eine ganz alltägliche Atmosphäre. Mit absichtlich

trockenem Humor erzählte Bird die Geschichte von dem Kind ohne Leber und seinem Vater.

*

Vorsichtshalber wandte Bird sich noch einmal zu den Klinikfenstern hinter den üppigen Straßenbäumen um, und erst als er sich vergewissert hatte, daß das grüne Laub sie alle verdeckte, trat er an den roten Sportwagen heran. Wie in einem Schlafsack zusammengekrümmt, lag Himiko, den Kopf auf dem niedrigen Sitz, unter dem Lenkrad und schlief. Während er sich hinabbeugte, um sie zu wecken, hatte Bird das Gefühl, er kehre nun, einer Umzingelung durch Fremde entronnen, zu seiner eigentlichen Familie zurück. Abermals ließ er den Blick voll schlechten Gewissens hinaufgehen zu den im Wind schwankenden Wipfeln der dicht gewachsenen Gingkobäume. »Hey, Bird!« rief Himiko ihm nach Art der amerikanischen Collegestudentinnen zu, richtete sich in ihrem MG ächzend auf und öffnete Bird die Tür zum Beifahrersitz. Rasch stieg er ein.

»Könnten wir nicht erst einmal an meiner Wohnung halten? Und dann fahren wir kurz an der Bank vorbei und zu dem Krankenhaus, in dem das Kind liegt.«

Sofort nachdem Himiko den Wagen gestartet hatte, ließ sie ihn mit donnerndem Auspuff abrupt davonjagen. Bird, völlig aus dem Gleichgewicht, wurde in den Sitz zurückgeschleudert und blieb so, während er sie den Weg dirigierte zu dem Haus, in dem er und seine Frau ihre Wohnung gemietet hatten. Himikos Art zu fahren war von solcher Heftigkeit, daß er sich wie seekrank fühlte.

»Bist du auch wirklich wach? Du meinst nicht etwa, daß du im Traum über die Highway hinfliegst, oder?«

»Freilich bin ich wach. Im Traum habe ich es wieder mit dir gehabt.«

»Denkst du denn nie an etwas anderes?« fragte Bird in einem naiven Erstaunen.

»Nach einer großartigen Reise wie gestern ist es bei mir nun mal so. Oft kommt das ja nicht vor, und ich weiß auch nicht,

Bird, wie lange es mit dir bei dieser Intensität bleiben wird. Ich möchte doch mal herausbekommen, was man anstellen muß, damit die Tage solcher herrlichen Reisen sich endlos fortsetzen. Selbst für uns, Bird, wird sehr bald die Zeit kommen, daß wir, wenn wir einander nackt gegenüberstehen, das Gähnen nicht unterdrücken können.«

Dabei hat es doch eben erst angefangen! – wollte Bird sagen, da ließ aber der von Himiko so grausig gesteuerte MG schon die Kieselsteine zwischen den Hecken am Haus wegspritzen und raste tief in den hinteren Hof hinein.

»In fünf Minuten bin ich wieder unten. Schlaf also diesmal nicht ein. Oder kannst du eine so tolle Reise in fünf Minuten träumen?«

Bird ging ins Schlafzimmer hinauf und raffte zusammen, was er im Augenblick brauchte, um für einige Zeit bei Himiko zu bleiben. Das Babybett erschien ihm wie ein kleiner weißer Sarg, und er drehte ihm den Rücken zu, während er seine Tasche packte. Zum Schluß legte er noch den englisch geschriebenen Roman eines Afrikaners dazu und löste die Afrikakarte von der Wand, faltete sie sorgfältig zusammen, schob sie in seine Rocktasche.

Als Bird wieder im MG saß und sie zur Bank fuhren, bemerkte Himiko mit einem raschen Blick die Karte in Birds Rocktasche. »Ist das eine Straßenkarte?« fragte sie.

»Ja, eine ganz gewöhnliche Autokarte.«

»Da kann ich mir ja, solange du in der Bank bist, den kürzesten Weg zum Krankenhaus heraussuchen, Bird.«

»Das wird nicht gehen, es ist nämlich eine Karte von Afrika«, sagte Bird. »Außer von Afrika habe ich von keiner Gegend jemals eine brauchbare Karte besessen.«

»Na, dann wünsche ich dir nur, irgendwann möge der Tag kommen, an dem du diese brauchbare Karte auch wirklich gebrauchen kannst«, erwiderte Himiko ein wenig spöttisch.

Nachdem er Himiko, sie war wieder zum Schlafen unter das Lenkrad gekrochen, auf dem Platz vor der Universitätsklinik zurückgelassen hatte, ging Bird die Aufnahmeformalitäten für das Kind erledigen. Die Tatsache, daß Birds Baby noch keinen Namen hatte, verursachte einige Schwierigkeiten. Eine

Weile dauerte der heftige Wortwechsel mit der Angestellten hinter dem Schalterfenster schon, als Bird schließlich steif und förmlich sagte: »Mein Kind liegt zur Stunde im Sterben. Vielleicht ist es schon tot. Warum muß ich einem solchen Kind einen Namen geben?«

Die Angestellte, nun schrecklich verlegen, gab nach. In diesem Augenblick hatte Bird, ohne es begründen zu können, die Empfindung, das Kind wäre wirklich bereits den Schwächetod gestorben. Er erkundigte sich deshalb sogar auch noch nach den Formalitäten für seine Autopsie und Einäscherung.

Der Arzt auf der Spezialkinderstation indessen, der Bird begrüßte, wies ihn sogleich mit den Worten zurecht: »Warum warten Sie denn eigentlich so ungeduldig darauf, daß Ihr Sohn stirbt? So hoch sind doch die Krankenhauskosten hier gar nicht. Und außerdem werden Sie ja wohl einen Krankenschein haben, oder? Nun, Ihr Baby ist zwar schwach, jedenfalls aber durchaus noch am Leben. Wie wäre es, wenn Sie allmählich versuchten, sich wie ein Vater zu benehmen?«

Bird riß aus seinem Notizbuch eine Seite heraus, schrieb Himikos Telefonnummer auf und bat, man möge ihn dort anrufen, falls mit dem Baby irgend etwas Entscheidendes geschähe. Er spürte, daß alle auf der Station, die Schwestern eingeschlossen, ihn jetzt wie etwas Unangenehmes empfanden. Er verzichtete deshalb darauf, auch nur einen Blick auf sein Kind im Brutkasten zu werfen, und ging sofort zu dem Sportwagen draußen auf dem Platz zurück. Genau wie Himiko nach ihrem Nicker im Wagen war auch Bird, als er den im Schatten des Krankenhauses liegenden Platz überquert hatte, ins Schwitzen geraten. In einer Wolke von tierischem Schweißgeruch und Auspuffgasen fuhren sie davon, und diesen ganzen heißen Nachmittag über warteten sie, nackt auf dem Bett liegend, daß ein Anruf käme und man den Tod des Kindes mitteilte.

Beide konzentrierten sie solange ihre Aufmerksamkeit ausschließlich auf den Telefonapparat. Und als es Zeit war, für das Abendessen einzukaufen, blieb Bird im Haus aus Furcht, der Anruf könnte gerade dann kommen, wenn keiner da wäre. Später nach dem Essen hörten sie sich im Radio einen populären russischen Pianisten an, aber auch das nur bei gedrosselter Lautstärke und während ihre Nerven angespannt warteten, ob nicht das Telefon klingelte. Selbst nachdem er längst eingeschlafen war, hatte Bird im Traum immer wieder akustische Halluzinationen, wachte auf, sprang aus dem Bett und nahm den Hörer ab. Es kam auch vor, daß sich die Traumsphäre weiter ausdehnte und Bird aus dem Hörer den Arzt zu vernehmen meinte, wie er ihm erklärte, das Kind sei tot. Als er so mehrmals aufgewacht war, hatte er wiederum das Gefühl, er befände sich bei aufgeschobenem Strafvollzug in einem Zustand der Ungewißheit. Und er empfand darin, daß er die Nacht nicht allein, sondern zusammen mit Himiko verbrachte, eine Ermutigung von unerwarteter Tiefe und Intensität. Zum erstenmal hatte Bird, seit er erwachsen war, einen anderen Menschen so sehr nötig.

IX

Als es am anderen Morgen Zeit war für die Präparandenschule, lieh Bird sich Himikos Sportwagen. Der knallrote MG in dem von Schülern wimmelnden Hof der Präparandenschule – das roch nach Skandal. Während er die Wagenschlüssel in die Tasche schob, bemerkte Bird dies zum erstenmal: er hatte den Eindruck, daß sich, seit das Unglück mit dem Kind über ihn hereingebrochen war, in den Falten seines Bewußtseins gewisse Risse gebildet hatten. Mit mürrischem Gesicht drängte er sich durch die wie eine Mauer den Wagen umlagernden Schüler. Dann sprach ihn im Lehrerzimmer der Koordinator für Fremdsprachen an, ein kleiner Mann, der wie ein US-Japaner der zweiten Generation eine auffällige, irgendwie unproportionierte, kurze Jacke trug, und teilte ihm mit, daß der Direktor ihn zu sehen wünsche. Da aber auch diese Nachricht in die verrotteten Partien seines Bewußtseins fiel, verlor er nicht etwa seine Gelassenheit.

»Unser Bird hat so etwas Entschlossenes an sich, schwer zu sagen, ob es Unerschrockenheit ist oder Dreistigkeit«, sagte der Koordinator in einem scherzhaft jovialen Ton, musterte dabei jedoch Bird mit einem durchdringenden Blick.

Sobald er das große Klassenzimmer betreten hatte, war allerdings auch Bird nicht mehr ohne Furcht. Andererseits ermutigte es ihn, wenn er daran dachte, daß diese Schüler heute einer anderen Klasse angehörten als die vorgestern und daß es an der Präparandenschule keine Querverbindungen zwischen den verschiedenen Klassen gab; die meisten würden also von jenem schändlichen Vorfall nichts wissen. Zwar entdeckte er während des Unterrichts dann einige, die zweifellos informiert waren, doch kamen die von Tōkyōer Oberschulen, waren also Großstädter, frivole Typen, die Birds Mißgeschick eher für etwas Komisches nahmen mit durchaus heroischen Zügen. Wenn er ihren Blicken begegnete, lächelten sie ihm sogar neckend und mit einem gewissen Einverständnis zu. Was Bird natürlich völlig ignorierte.

Als Bird nach der Stunde das Klassenzimmer verließ, wartete oben an der Wendeltreppe ein junger Mann auf ihn. Es war jener Schüler, der ihn zwei Tage zuvor verteidigt hatte, der ihn gerettet hatte vor der Rebellion der feindseligen Klasse. Nicht nur war er jetzt aus einer anderen Unterrichtsstunde weggelaufen, er hatte auch noch auf der von der prallen Sonne beschienenen, heißen Wendeltreppe gewartet. Er lächelte und Schweißperlen glitzerten auf seinem Nasenrücken; seine blauen Overallhosen, mit denen er sich auf die Treppe gesetzt hatte, waren von angetrocknetem Schmutz bedeckt.
»Hey!«
»Hey!« erwiderte Bird den Gruß.
»Der Direktor hat Sie rufen lassen, das stimmt doch, wie? Ja, der Idiot da ist tatsächlich gleich zu ihm gegangen. Zum Beweis hat er die Pfütze sogar noch mit einer Miniaturkamera fotografiert!« Der junge Mann lächelte beschämt, wobei er seine gut gepflegten, großen Zähne zeigte.
Auch Bird lächelte. Mit einer Miniaturkamera? Hatte dieser Mensch sie also immer bei sich gehabt, um mich irgendwann auf einer Schwäche zu ertappen und zu denunzieren?
»Er hat dem Rektor gesagt, Sie wären mit einem Kater in den Unterricht gekommen; aber wir, fünf oder sechs von uns, sind bereit zu bezeugen, daß es kein Kater war, sondern eine Speisevergiftung. Und da dachten wir, das wollen wir mit Ihnen eben mal absprechen«, sagte der junge Mann mit betonter Verschlagenheit.
»Es war aber wirklich ein Kater. Ihr seid also im Irrtum. Es war, wie dieser Gerechtigkeitsfanatiker behauptet.« Damit begann Bird, an dem Schüler vorbei die Wendeltreppe hinabzusteigen.
Doch der ließ sich nicht abschütteln und lief ihm nach, um ihn doch noch zu überreden.
»Das mag ja sein, Sensei, wenn Sie das aber zugeben, wird er Sie rausschmeißen. Der Direktor ist nämlich Sektionschef der Alkoholgegner hier im Bezirk Bunkyō.«
»Du lügst!«
»Warum denn nicht eine Speisevergiftung? Dafür ist es jetzt gerade die richtige Jahreszeit. Wenn Sie ihm sagen, Sie hätten

– bei dem niedrigen Gehalt – irgendwas gegessen, was nicht mehr ganz frisch war ...«

»Ich denke nicht daran, mich um einen Kater herumzuschwindeln. Und will nicht, daß ihr für mich eine falsche Aussage abgebt, ist das klar?«

Der Jüngling brummte irgend etwas Aufsässiges. »Und wenn Sie hier aufhören, Sensei, wohin werden Sie dann gehen?«

Bird beschloß, ihn zu ignorieren. Ihm war jetzt nicht danach zumute, sich auf Dinge einzulassen, die nach neuen Täuschungsmanövern aussahen. Er war schrecklich zaghaft geworden. Auch das mochte mit ausgefallenen Falten seines Bewußtseins zu tun haben.

»Na, Sie haben es ja gar nicht nötig, an einer Präparandenschule Lehrer zu spielen. Ich habe da Ihren roten Sportwagen gesehen. Das wird auch den Direktor schön durcheinander bringen, wenn er einen Lehrer rausschmeißen will, der mit einem MG ankommt. Hahaha!«

Ohne sich nach dem übermütigen Lacher umzusehen, ging Bird ins Lehrerzimmer. Als er Kreidekästchen und Lehrbuch in seinen Schrank wegschließen wollte, entdeckte er einen an ihn adressierten Brief. Eine Nachricht wohl von seinem Freund, dem Leiter der Slawistik-Studiengruppe. Man hatte also offensichtlich auf der eilig einberufenen Versammlung beschlossen, was man im Falle Deltschews tun wollte. Schon war Bird im Begriff, den Umschlag aufzureißen und den Brief zu lesen, da erinnerte er sich an einen komischen Aberglauben aus seiner Studentenzeit, der sich auf die Wahrscheinlichkeit bezog und besagte, wenn man gleichzeitig zwei Dingen begegnet, deren Inhalt unbekannt ist, und es stellt sich dann die unglückliche Bedeutung des einen heraus, so müsse das andere von glücklicher Bedeutung sein. Also schob er den Brief ungelesen in seine Rocktasche und begab sich zum Direktionszimmer. Sollte das Gespräch mit dem Direktor unangenehm verlaufen, dann hatte er guten Grund, von dem Brief in seiner Tasche das beste zu erwarten. Und sobald er nur einen Blick auf den hinter seinem Schreibtisch zu ihm aufsehenden Direktor geworfen hatte, ahnte er, daß dieses Gespräch den denkbar übelsten Ausgang nehmen würde. Bird

machte sich auf alles gefaßt und dachte: jedenfalls werde ich versuchen, die Zeit dieser Begegnung so angenehm wie möglich hinter mich zu bringen.
»Es hat sich da etwas sehr Lästiges ereignet, und um ehrlich zu sein, Bird, mich versetzt das selber in einige Verlegenheit«, begann der Direktor, geschäftsmäßig und zugleich würdevoll wie der tüchtige Manager in einem Industrieroman. Er war eben Mitte Dreißig, ein geschickter Mann, der eine der üblichen Paukschulen zu dieser breitgefächerten Präparandenschule umgestaltet hatte und sich nun mit dem Gedanken trug, eine Kurzzeit-Universität zu gründen. Sein großer, plumper Kopf war völlig kahl rasiert, und die Brille, die er trug, eine Spezialanfertigung, bei der von dicken Stegen die beiden Gläser in der Form von Regentropfen herabhingen, betonte die Eigentümlichkeit dieses Gesichts noch. Indessen war doch in den unsicheren Augen hinter der imposanten Brille auch etwas, das in Bird stets ein gewisses Mitgefühl erregte. »Ich verstehe Sie schon. Das geht ganz auf meine Verantwortung.«
»Tatsächlich ist nämlich der Schüler, der es mir gemeldet hat, regelmäßiger Mitarbeiter an der Schulzeitung. Ein unangenehmer Bursche. Und wenn er das an die große Glocke hängen sollte, wäre das allerdings peinlich.«
»Na ja«, sagte Bird sofort, indem er, wie um die Gefühle des Direktors zu erleichtern, es selber zuerst aussprach, »ich werde also vom Sonderlehrgang in den Sommerferien zurücktreten und vom Herbst an von allen Kursen überhaupt.«
Der Direktor atmete übertrieben laut durch die Nase und setzte ein scheinbar kummervolles Gesicht auf.
»Schlimm für den Professor, wie?« Damit meinte er wohl, Bird solle es seinem Schwiegervater selber auseinandersetzen. Bird nickte. Er spürte, daß er die Geduld verlieren müßte, wenn er nicht augenblicklich das Direktionszimmer verließe.
»Noch eines, Bird. Es sollen da welche sein, die darauf beharren, es sei eine Speisevergiftung gewesen, und die den Angeber sogar bedrohen. Nun sagt dieser Schüler, Sie hetzten die anderen gegen ihn auf. Das kann doch nicht sein, oder?«

Bird verging das Lächeln, verneinend schüttelte er den Kopf und sagte dann: »Nun, ich will Sie nicht länger stören ...«
»Ich danke Ihnen jedenfalls, Bird«, sagte der Direktor mit wirklich aufrichtiger Stimme, während ihm in die geschwollenen Augen hinter den Gläsern eine dunkle Rührung trat. »Ich habe Sie immer gern gehabt, ja, es tut mir außerordentlich leid. Übrigens, war es denn tatsächlich ein Kater?«
»Ja, es war ein Kater.« Und damit verließ Bird das Direktionszimmer.
Statt durch das Lehrerzimmer zu gehen, passierte Bird das Schulbüro, um den Innenhof zu erreichen. Jetzt allmählich wurde ihm schwer zumute, und er empfand, er wäre zu Unrecht getadelt worden. Der alte Pedell, der wohl von den Gerüchten um Bird bereits gehört hatte, sprach ihn an und sagte: »Sensei, Sie hören bei uns auf? Sie glauben nicht, wie Sie mir fehlen werden!« Bird war im Schulbüro sehr beliebt gewesen.
»Bis der jetzige Kursus zu Ende ist, werde ich Ihnen aber doch noch zur Last fallen«, erwiderte Bird und dachte beklommen: ich bin es nicht wert, daß in dem hart zerfurchten Gesicht des Alten dieser Ausdruck aufscheint.
Auf der Tür des im Innenhof geparkten Sportwagens saß in praller Sonne und Hitze Birds hartnäckiger Verteidiger und zog eine mürrische Miene wie ein Erwachsener. Verwirrt, weil Bird durch den Hinterausgang aus dem Schulbüro kam, erhob sich der Jüngling. Bird setzte sich in den MG.
»Wie war es? Sind Sie dabei geblieben, daß es eine Speisevergiftung war, Sensei?«
»Es war ein Kater, klar?«
»Großartig!« spottete der Schüler voller Bitterkeit. »Da werden Sie also gefeuert.«
Bird schob den Schlüssel hinein und ließ den Motor anspringen. Augenblicklich waren seine Beine in Schweiß getaucht, als ob er in einem Dampfbad säße. Selbst das Lenkrad hatte so in der Sonne gebraten, daß es Birds Finger knisternd zurückstieß.
»Biest verdammtes!« fluchte Bird.
Der Schüler lachte laut und belustigt auf.

»Und wenn Sie hier herausgeflogen sind – was werden Sie danach machen, Sensei?«
Wenn ich hier herausgeflogen bin – ja, was habe ich dann vor? Da sind auch noch die Krankenhauskosten zu bezahlen für das Kind und meine Frau, überlegte Bird. Aber sein Kopf, schutzlos unter der sengenden Sonne, brachte keinen irgendwie sinnvollen Plan hervor, nur Ströme von Schweiß. Abermals, er bemerkte es mit einem Gefühl vager Angst, hatte ihn dieses entsetzliche Zaudern befallen.
»Wenn Sie nun Fremdenführer spielten? Statt der schäbigen japanischen Yen hier von den Pennälern könnten sie eine Masse Dollars aus den ausländischen Touristen herausquetschen!« Wieder lachte der junge Mann belustigt.
»Weißt du irgendeine Agentur, die Fremdenführer vermittelt?« fragte Bird interessiert.
»Das habe ich bald heraus. Und wo sage ich Ihnen Bescheid?«
»Das hat Zeit bis zum Unterricht nächste Woche.«
»Gut, Sie können sich darauf verlassen!« schrie der Jüngling, vor Freude ganz aufgeregt.
Vorsichtig steuerte Bird den Wagen auf die Straße hinaus. Zunächst hatte er den Schüler nur loswerden wollen, um den Brief im Umschlag zu lesen. Nachdem er aber den Wagen auf Tempo gebracht hatte, wurde ihm klar, daß er diesem doch noch recht kindlichen Präparandenschüler dankbar war. Wie miserabel hätte er sich wohl gefühlt, wenn er, ohne daß der ihn in eine so zum Witzeln aufgelegte Stimmung versetzt hätte, mit dem eingestaubten roten Sportwagen älteren Modells von der Schule weggefahren wäre, wo man ihm eben den Stuhl vor die Tür gesetzt hatte. Wahrscheinlich war es tatsächlich sein Schicksal, daß ihm aus kritischen Situationen immer die Jüngeren heraushalfen. Plötzlich fiel es Bird wieder ein, und er fuhr den Wagen in eine Tankstelle. Nach kurzer Überlegung ließ er ein Benzin mit hoher Oktanzahl nachfüllen, und währenddessen las er den Brief, der nun, nach jener Wahrscheinlichkeitsalberei aus der Studentenzeit, eine hundertprozentig angenehme Neuigkeit versprach.
Deltschew war einer Aufforderung der Gesandtschaft nicht nachgekommen, vielmehr lebte er noch immer bei dem klei-

nen Luder in Shinjuku. Dabei war es keineswegs so, daß Deltschew etwa mit seinem Heimatland politisch unzufrieden gewesen wäre oder daß er Spionageabsichten gehabt hätte oder auch nur ins Exil gehen wollte. Er vermochte sich ganz einfach von dieser kleinen Japanerin nicht loszureißen. Verständlicherweise war man in der Gesandtschaft vor allem darum besorgt, der Fall Deltschew könnte politisch ausgenutzt werden. Falls es unter dem Einfluß einer westlichen Macht zu einer Propagandakampagne käme, für die Deltschews abgesondertes Leben das Material bildete, würde dies zweifellos ziemliche Kreise ziehen. Deshalb hätte man Deltschew gern so bald wie möglich in das Gesandtschaftsgebäude zurückgeholt, um ihn dann zu repatriieren; damit aber die japanische Polizei beauftragen, hieße den Fall erst publik machen, und wenn es ein Mitglied der Gesandtschaft gewaltsam versuchte, würde man damit rechnen müssen, daß sich Deltschew, Widerstandskämpfer aus dem Zweiten Weltkrieg, entsetzlich zur Wehr setzte und das Ganze so schließlich doch noch zu einem Fall für die Polizei würde. Aus diesen Gründen hatte die Gesandtschaft, selber ratlos, die Slawistik-Studiengruppe Birds und der anderen, mit ihm vertraute Japaner also, gebeten, Deltschew im stillen zur Rückkehr zu überreden.

Am Sonnabendnachmittag um ein Uhr, so schrieb der Freund, werde wegen Deltschew noch einmal eine außerordentliche Versammlung stattfinden, und zwar in dem Restaurant vor jener Universität, in der auch Bird studiert hatte. Und er hoffe, daß Bird, der Deltschew ja am besten kenne, unbedingt erscheine. Sonnabend, das ist übermorgen, da werde ich hingehen, überlegte Bird, schob den Brief in die Rocktasche und bezahlte den Burschen von der Tankstelle, der eingehüllt war in scharf riechenden Benzindunst, so wie die Biene Honigduft um ihren Körper verbreitet. Sollte der Telefonanruf mit der Nachricht vom Tod des Kindes weder heute noch morgen noch übermorgen kommen, würde es einen Glücksfall bedeuten, daß hier von außen her eine Aufgabe an ihn herantrat, die die unsinnig irritierende Zeit des Aufschubs ausfüllen könnte. Während er dachte: war es also am Ende doch ein guter Brief mit einer angenehmen Nachricht, fuhr er unter wildem Auspuffgeknatter aus der Tankstelle.

*

Unterwegs kaufte Bird in einem Lebensmittelgeschäft Dosenlachs und Bier ein. Als er aber, zum Haus Himikos zurückgekehrt, den Wagen geparkt hatte und die Einkaufstüten auf dem Arm den Vorraum betreten wollte, war die Tür verschlossen. Sollte Himiko ausgegangen sein? In Birds Kopf malte sich deutlich die Szene, wie die Klingel des Telefons vergebens wieder und wieder läutete. Ein eigenwilliger Zorn stieg in ihm hoch. Dann jedoch, um sicher zu sein, lehnte er die Tüten an die Tür und ging um das Haus herum, um unter dem Schlafzimmerfenster zu rufen: da spähten Himikos Augen bereits durch den Spalt im Vorhang. Bird seufzte, und während ihm der Schweiß rann, kehrte er zum Eingang zurück.

»Ist der Anruf vom Krankenhaus gekommen?« fragte er mit unverändert hartem Gesichtsausdruck.

»Nein, Bird.«

Auf einmal empfand er die Tatsache, daß er in dem roten Sportwagen durch das sommerliche Tōkyō gerast war, wie einen vergeblichen Kraftaufwand in einem riesigen Aktionsradius, und die Krabbe der Müdigkeit fiel ihn an mit ihren kräftigen Scheren. Als hätten, falls vom Krankenhaus der Anruf mit der Nachricht vom Tod des Babys gekommen wäre, alle seine Aktivitäten an diesem Tag dadurch einen Sinn und ihre richtigen Positionen erhalten.

Mürrisch meinte Bird: »Warum mußt du dich eigentlich auch bei Tage einschließen?«

»Irgendwie habe ich Angst. Mir ist, als könnte mich der eklige Dämon, der das Unheil bringt, bis hierher verfolgen.«

»Ein Dämon – dich?« fragte Bird ungläubig. »Es scheint mir wirklich nicht so, als wärst du derzeit von irgendwelchem Unglück bedroht, oder?«

»Daß mein Mann sich umbrachte, liegt noch nicht so weit

zurück, Bird. Meinst du vielleicht in deiner Arroganz, du wärst hier der einzige Mensch, den die Unheilsdämonen bedrohen?«

Es war ein harter Schlag, den Bird da einstecken mußte. Da aber Himiko, statt einen zweiten Schlag auszuteilen, ihm den Rücken kehrte und ins Schlafzimmer zurückging, kam er um die endgültige Niederlage herum. Den Blick auf ihre ölig glänzenden, nackten Schultern geheftet, folgte er ihr durch das düstere Wohnzimmer, in dem, lauwarm wie ein Katzenbauch, eine zähe, verbrauchte Luft stand. Doch als er so das Schlafzimmer betreten wollte, blieb er verwirrt stehen. Tief in einem dicken Nebel von Zigarettenrauch, der in dem Zimmer hing, die nackten Schultern und Arme schamlos zur Schau gestellt, hatte es sich eine großgewachsene Frau, wie Himiko im Alter der verblassenden Jugend, auf dem Bett bequem gemacht.

»Lange nicht gesehen, Bird«, begrüßte sie ihn gelassen mit einer heiseren Stimme.

»Ja –«, erwiderte Bird, dem es noch immer nicht gelang, seine Verwirrung zu verbergen.

»Ich habe sie hergerufen, Bird, weil ich keine Lust hatte, allein auf den Anruf vom Krankenhaus zu warten.«

»Hast du denn heute am Rundfunk frei?« fragte Bird.

Auch sie war eine Kommilitonin gewesen und hatte im gleichen Seminar wie Bird gearbeitet. Nach dem Examen an der Universität hatte sie zwei Jahre völlig verbummelt. So wie fast alle Studentinnen von Birds Universität war sie der Meinung gewesen, die angebotenen Stellungen entsprächen nicht ihrem großen Talent, und hatte sie alle abgelehnt. Schließlich war sie nach den beiden Jahren der Faulenzerei bei einer drittrangigen, lokalen Rundfunkgesellschaft Aufnahmeleiterin geworden.

»Ich habe immer erst im Mitternachtsprogramm Dienst, Bird. Du hast gewiß schon einmal das widerliche Geflüster gehört: es klingt, als ob es darum ginge, sich über die Kehle mit der breiten Masse zu kopulieren«, sagte die Freundin Himikos mit einer gemacht würdevollen Stimme.

Bird erinnerte sich an die verschiedenen Skandale in der

bedauernswerten Rundfunkgesellschaft, die den Mut gehabt hatte, sie anzustellen, und weiter zurück erinnerte er sich deutlich, wie er damals an der Universität im gleichen Seminar vor dieser nicht nur großen, sondern auch noch dicken Kommilitonin mit dem verschlagenen Ausdruck eines Dachses um Augen und Nase ein Gefühl des Abscheus empfunden hatte. Er stellte die Tüten mit den Dosen und dem Bier auf den Fernsehapparat, und indem er sich vorsichtig an die beiden nikotinvergifteten Frauen wandte, fragte er: »Wollen wir nicht irgend etwas gegen diesen dicken Rauch tun?«

Himiko ging und öffnete die Lüftungsklappe in der Küche. Aber ihre Freundin, ohne auf Birds vom Rauch schmerzende Augen Rücksicht zu nehmen, zündete sich mit ihren plumpen Fingern, deren Nägel silbern lackiert waren, eine neue Zigarette an. Im Licht der orangefarbenen Flamme des silberplattierten Dunhill-Feuerzeugs bemerkte Bird auf ihrer vom herabfallenden Haar halb verdeckten, für eine Frau auch zu großen Stirn die tiefen und scharfen Falten und das dauernde Zucken, das über ihre dunklen, von Adern übersponnenen oberen Augenlider huschte. Er spürte, daß irgend etwas in ihrem Inneren wühlte, und war wachsam.

»Euch beiden macht wohl die Schwüle gar nichts aus, wie?«

»Mir schon«, antwortete Himikos Freundin schwermütig, »ich bin so schwach, daß mir fast die Sinne schwinden. Nur, wenn ich mit einer lieben Freundin gemütlich plaudere, würde ein wildes Luftgewirbel im Zimmer das Vergnügen doch stören.«

Himiko war emsig damit beschäftigt, aus den Tüten auf dem Fernsehapparat das Bier wegzuräumen und zwischen die Eisschalen im Kühlschrank zu schieben, dann die Aufschrift auf den Dosen zu studieren. Die Freundin vom Mitternachtsprogramm beobachtete das alles kritisch. Sie wird wohl, dachte Bird, das Neueste über mich und Himiko nach besten Kräften überall herumerzählen; sie hätte wahrscheinlich noch nicht einmal Skrupel, es nachts über die Radiowellen hinauszuposaunen.

An die Wand des Schlafzimmers hatte Himiko Birds Afrikakarte festgezweckt. Und der Roman des Afrikaners, den er

auch in seiner Tasche mitgebracht hatte, lag auf dem Boden hingeschleudert wie eine tote Ratte. Demnach hat also Himiko auf dem Bett gelegen und darin gelesen, als ihre Freundin kam. Da muß sie das Buch beiseite geworfen haben, um die Haustür aufzuschließen, und so ist es dann liegengeblieben. Meine afrikanischen Schätze, dachte Bird fluchend, so geringschätzig behandelt, das ist ein unheilvolles Vorzeichen. Den Himmel Afrikas werde ich wohl nie in meinem Leben sehen. Ganz zu schweigen von irgendwelchen Rücklagen für das Reisekapital, wo ich nun auch noch meine Stellung verloren habe, in der ich mein tägliches Brot verdiente . . .
»Ich bin aus der Präparandenschule hinausgeflogen, vom Sonderlehrgang in den Sommerferien an, glatt hinausgeflogen!« sagte Bird zu Himiko.
»Ja, aber warum denn das, Bird?«
Widerwillig berichtete Bird von seinem Kater und dem Erbrechen, auch davon, wie ihn jener Gerechtigkeitsfanatiker denunziert hatte, und über dem Berichten wurde die Sache immer bedrückender und unangenehmer. Ihm war so scheußlich zumute, daß er den Schluß abkürzte.
»Du hättest aber doch vor dem Direktor widersprechen können! Einige Schüler, sagst du, wollten für dich behaupten, es wäre eine Speisevergiftung gewesen? Nun also, diese Unterstützung hättest du ruhig annehmen können, da ist doch durchaus nichts Schlimmes dabei. Ich verstehe nicht, Bird, warum du deinem Hinauswurf so einfach zugestimmt hast!« sagte Himiko erregt.
Sie hat ja recht. Warum habe ich dem Hinauswurf nur so einfach zugestimmt? dachte Bird. Und zum erstenmal empfand er, wie sehr er an dem Stuhl eines Präparandenschullehrers hing, den er nun verlieren sollte. Das war doch keine Stellung, die man so, halb wie im Scherz, aufgibt. Und: wie werde ich das dem Schwiegervater berichten können? Werde ich es fertigbringen, dem Professor ganz offen zu sagen: An dem Tag, an dem das Kind mit der Beule am Kopf geboren wurde, habe ich mich vollaufen lassen und hatte am anderen Morgen dann einen solchen Kater, daß mir das passiert ist, weshalb man mich nun hinausgeworfen hat –? Ihm

sagen: Und der Whisky, das war der Johnny Walker, den du mir geschenkt hattest . . .?

»Versteh mich doch: ich hatte das Gefühl, es gäbe nichts mehr auf dieser Welt, auf das ich einen legitimen Anspruch besäße. Und außerdem wollte ich das Gespräch mit dem Direktor so schnell wie möglich beenden, und da habe ich, ohne weiter zu überlegen, alles hingenommen.«

»Bird, du sagst, du hättest das Gefühl, es gäbe nichts mehr auf dieser Welt, auf das du einen legitimen Anspruch besäßest, sagst du das nicht nur, weil du eben jetzt auf den Tod deines Kindes wartest?« mischte sich die Freundin vom Rundfunk ein.

Hatte ihr also Himiko alles von dem Unglück erzählt, das über Bird hereingebrochen war!

»Vielleicht«, sagte er, verärgert über Himikos Unbesonnenheit wie über die Aufdringlichkeit dieser Freundin. Schon konnte er sich mühelos vorstellen, wie er mitten in einen vor aller Öffentlichkeit ausgebreiteten Skandal geriet.

»Immer ist es dasselbe. Wer einmal anfängt zu meinen, er hätte in dieser realen Welt auf nichts mehr einen Anspruch, der endet mit Selbstmord«, sagte Himiko. »Du wirst doch nicht Selbstmord begehen?«

»Selbstmord? Wie denn so plötzlich?« sagte Bird, in seinem tiefsten Inneren bedroht.

»So fing es bei meinem Mann an, und bald darauf hat er sich umgebracht«, sagte Himiko. »Wenn auch du dich hier in diesem Schlafzimmer erhängtest, Bird, ich glaube, ich würde mich wirklich wie eine Hexe fühlen.«

»Niemals habe ich an Selbstmord gedacht«, sagte Bird mit allem Nachdruck.

»Hat sich nicht dein Vater selber umgebracht?«

Bird erschrak: »Woher weißt du das?«

»In der Nacht, nachdem mein Mann Selbstmord begangen hatte, hast du es mir erzählt, wie um mich zu beruhigen. Selbstmord – hast du mich glauben machen wollen – sei ein durchaus alltäglicher Vorfall.«

»Damals war ich wohl auch ziemlich durcheinander«, sagte Bird erschöpft.

»Du hast mir sogar erzählt, wie dich dein Vater geschlagen hat, bevor er Selbstmord beging.«

»Was ist das für eine Geschichte?« fragte brennend vor Neugier die Freundin. Da Bird ärgerlich schwieg, erzählte Himiko die Geschichte so, wie sie sie gehört hatte.

Als Bird sechs Jahre war, hatte er seinen Vater einmal gefragt: ›Vater, wo war ich, hundert Jahre bevor ich geboren wurde? Und wo bin ich, hundert Jahre nachdem ich gestorben bin? Vater, was geschieht mit mir, wenn ich gestorben bin?‹

Ohne ein Wort darauf zu erwidern, hatte der junge Vater plötzlich so auf Bird eingeschlagen, daß ihm zwei Zähne abgebrochen waren und er sich völlig mit Blut besudelt, dafür aber seine Furcht vor dem Tod vergessen hatte. Drei Monate später dann hatte sein Vater sich durch einen Schuß in den Kopf aus einer deutschen Armeepistole aus dem Ersten Weltkrieg umgebracht.

»Wenn mein Kind an Schwäche stirbt, bin ich wenigstens eine Furcht los«, sagte Bird, während er sich an seinen Vater erinnerte. »Denn wenn mein Kind, sechs Jahre geworden, dieselben Fragen an mich richtete, ich wüßte nicht, was ich tun sollte. Ich wäre nicht imstande, meinem Kind so kräftig ins Gesicht zu schlagen, daß es für den Augenblick die Furcht vor dem Tod vergißt.«

»Jedenfalls, Bird, du wirst keinen Selbstmord begehen, nicht wahr?«

»Keine Sorge!« sagte Bird und wandte von Himikos im Zwielicht rot angeschwollenen Augen seine eigenen Augen ab, in denen er so etwas spürte, als ob auch sie von Störungen befallen würden.

Als Himiko hierauf schwieg, wandte sich ihre Freundin, sie schien nur darauf gewartet zu haben, an Bird und sagte: »Wirklich, dein Zustand jetzt ist der allerübelste: nur daran zu denken, daß das Kind in der fernen Klinik vom Zuckerwasser allmählich schwächer wird, und zu hoffen, daß es bald stirbt, nicht wahr, Bird? Ein Zustand voller Selbstbetrug, Unsicherheit, Angst. Siehst du nicht deshalb so abgezehrt aus? Und nicht nur du allein, auch Himiko ist richtig mager geworden.«

»Ich kann es doch nicht mit eigener Hand herausholen und umbringen!« lehnte Bird sich auf.

»Jedenfalls hättest du, denke ich mir, dir dabei lediglich die Hände schmutzig gemacht, es wäre aber abgegangen ohne Selbstbetrug. Jetzt, auch wenn du wolltest, kannst du dem Schurken in dir nicht mehr entfliehen. Und warum mußtest du ein Schurke werden? Weil du den Wunsch hattest, dein süßes Eheleben vor einem Kind mit einer solchen Anomalie zu bewahren, also durchaus im Sinne einer egoistischen Logik. Da du aber dabei so verfahren bist, daß du das blutige Geschäft irgendwelchen anderen Leuten in einer Klinik überläßt und dir, in Abwesenheit der Hauptperson, den Anschein des völlig Tugendhaften gibst, der von plötzlichem Unheil heimgesucht wurde, den Anschein des sanften Opfers, – deshalb, Bird, steht es so schlimm um deine seelische Hygiene. Du weißt doch wohl selbst am besten, daß dies ein Selbstbetrug ist.«

»Selbstbetrug? Ja, wenn ich mir einzubilden versuchte, ich würde mir meine Hände auch nicht im mindesten beschmutzen, indem ich voller Ungeduld darauf warte, daß mein Baby ohne mein Beisein den Schwächetod stirbt, dann wäre das allerdings Selbstbetrug«, sagte Bird unter Protest, »ich weiß aber sehr wohl, daß ich die Verantwortung habe für den Tod des Kindes.«

»Meinst du wirklich, Bird?« Die Freundin vom Rundfunk schien keineswegs überzeugt. »Ich fürchte, sobald das Kind gestorben ist, werden dir augenblicklich innerhalb und außerhalb deines Kopfes alle möglichen Komplikationen scharf zusetzen. Und nach meinem Dafürhalten wird das dann die Vergeltung sein für deinen Selbstbetrug. Wenn es soweit ist, wirst du, Himiko, erst recht darüber wachen müssen, daß Bird nicht Selbstmord begeht; aber freilich wird er da wohl schon zurückgekehrt sein zu seiner gleichermaßen verwundeten Frau.«

»Wenn ich das Kind im Stich lasse und es stirbt, will sie sich, sagt meine Frau, überlegen, ob sie sich nicht von mir scheiden läßt«, erklärte Bird, als spottete er über sich selbst.

»Wer einmal vom Gift des Selbstbetrugs befallen ist, hat

nicht mehr die Fähigkeit, Entscheidungen über sich selbst mit der nötigen Klarheit zu treffen«, begann nun Himiko die düsteren Prophezeiungen fortzusetzen. »Du wirst dich nicht scheiden lassen, Bird, du wirst dich vielmehr verzweifelt um eine Rechtfertigung bemühen, wirst die Probleme verdecken und das Eheleben wiederaufnehmen wollen. Vergiftet vom Selbstbetrug, wie du es bist, scheinst du mir einfach nicht in der Lage, einen solchen Entschluß zu fassen, wie er zu einer Scheidung nötig ist. Und schließlich wird es dahin kommen, daß dir deine Frau kein Vertrauen mehr schenkt, daß du den Schatten der Täuschung über deinem ganzen Privatleben entdeckst und in der Selbstzerstörung endest. Mir scheint, Bird, bereits jetzt sind Symptome dieser Selbstzerstörung an dir zu beobachten.«

»Wenn das keine Sackgasse wäre! Eine entsetzlich trostlose Zukunft, die du mir da ausmalst«, versuchte Bird es ins Scherzhafte zu wenden. Doch sofort fuhr ihm die große, dicke Kommilitonin boshaft in die Parade: »Du bist schon in der Sackgasse, Bird, jetzt, in diesem Augenblick!«

»Aber daß meine Frau ein Kind mit einer solchen Anomalie zur Welt gebracht hat, dafür ist doch keiner von uns beiden verantwortlich, reiner Zufall war das. Und da ich weder ein so vollkommener Schurke bin, daß ich das Baby auf der Stelle zermalmte, noch ein so vollkommen tugendhafter Mensch, daß ich sämtliche Ärzte mobilisierte, damit sie, und wäre es noch so hoffnungslos, das Leben des Kindes unter Beachtung allergrößter Sorgfalt irgendwie verlängerten, blieb mir doch einfach nichts anderes übrig, als es der Universitätsklinik anzuvertrauen, wo es einen natürlichen Schwächetod sterben kann. Sollte das schließlich dazu führen, daß ich, von der Seuche des Selbstbetrugs befallen, wie eine Wasserratte bin, die, nachdem sie Gift gefressen hat, in die eine Sackgasse rennt, so ist daran eben nichts zu ändern.«

»Du irrst, Bird. Du hättest eines von beiden werden müssen, entweder ein vollkommener Schurke oder ein vollkommen tugendhafter Mensch.«

Plötzlich bemerkte Bird, wie sich ein Geruch von Alkohol mit der süßsäuerlichen Luft im Zimmer vermischte. Er betrachtete das selbst durch das Dämmern jetzt deutlich rot flammende Gesicht der Freundin Himikos, dieses übergroße, hier und da wie von einem Nervenleiden krampfhaft zukkende Gesicht.

»Du bist betrunken, nicht wahr? Eben wird mir das klar.«

»Meinst du etwa, du könntest deshalb völlig unverletzt all dem entfliehen, was ich bisher gesagt habe?« erklärte die Freundin triumphierend, und dann, während sie ihren heißen Alkoholatem nun ganz ohne jede Rücksicht ausstieß: »Es mag ja sein, daß das Problem, von dem ich gesprochen habe, nämlich das Problem der Schlacke des Selbstbetrugs, wie du es nach dem Tod des Babys haben wirst, im Augenblick für dich noch nicht sichtbar ist. Denn natürlich ist im Augenblick deine größte Sorge die: wenn nun dieses mißgestaltete Kind nicht an Schwäche stürbe, sondern kräftig weiterlebte und heranwüchse ...«

Birds Herz krampfte sich zusammen, abermals brach er in Schweiß aus; er kam sich vor wie ein geprügelter Hund und schwieg einige Zeit. Schließlich, noch immer schweigend, ging er aus dem Kühlschrank Bier holen. Wo sie unmittelbar die Eisschalen berührt hatte, war sie schrecklich kalt, die Flasche, sonst aber lauwarm. Schon hatte Bird keine Lust mehr auf Bier. Als er dennoch mit der Flasche und drei Gläsern ins Schlafzimmer zurückkam, hatte Himikos Freundin im Wohnzimmer nebenan Licht gemacht und war dort damit beschäftigt, ihr Haar und Make-up in Ordnung zu bringen und sich das Kleid überzustreifen. Bird, dem Wohnzimmer den Rücken zugewandt, goß von dem wie schmutzigbraun dunkelnden Bier sich und Himiko ein Glas voll ein. Himiko rief ihre Freundin im Wohnzimmer, aber die antwortete barsch: »Nicht für mich, ich gehe jetzt zum Funk.«

»Kannst du denn nicht noch ein bißchen bleiben?« fragte Himiko mit einer geradezu übertriebenen weiblichen Koketterie.

»Da Bird zurück ist, brauchst du mich doch nicht mehr, oder?« erwiderte die Freundin, so als wollte sie Bird in eine Falle der Andeutungen locken. Und dann, direkt an Bird gerichtet: »Weißt du, Bird, ich bin so etwas wie eine Schutzgottheit für alle die Mädchen, mit denen ich an der Uni zusammen war. Da noch keine von ihnen so richtig selbständig ist, brauchen sie mich, damit ich sie beschütze. Sobald eine von ihnen in Gefahr ist, sich in Schwierigkeiten zu verwikkeln, bin ich da und stehe ihr bei. Bird, zieh doch du bitte Himiko nicht allzu tief in deine ehelichen Schwierigkeiten mit hinein. Ich persönlich habe zwar durchaus ein Herz für deine Troubles – . . .«

Nachdem Himiko mit ihr weggegangen war, um die Freundin bis zu einer Stelle zu begleiten, wo sie ein Taxi bekäme, kippte Bird den Rest des lauwarmen Biers in der Küche in den Ausguß und nahm eine kalte Dusche. Schaudernd unter dem Aufprall der Wasserstrahlen, erinnerte sich Bird an die erdrückende Verlorenheit und die ärgerliche Hilflosigkeit, die er empfunden hatte, als er einmal auf einem Volksschulausflug hinter der Kolonne zurückgeblieben und schließlich von einem eisigen Regenguß erwischt worden war. Wenn mir das zustieße, so wie ich jetzt bin, ich würde auch vor dem erbärmlichsten Gegner augenblicklich kapitulieren wie eine weiche, eben aus ihrer Schale ausgekrochene Krabbe. Nie war ich weiter herunter mit meiner Kondition, dachte Bird. Daß er an jenem Abend, als das Baby geboren werden sollte, bei der Rauferei mit den Teenagern noch eine leidliche Widerstandskraft aufzuweisen imstande gewesen war, schien ihm jetzt ein so unwahrscheinliches Wunder, daß noch einmal die Furcht in ihm aufstieg. Nach der Dusche, irgendwie spürte er eine geschlechtliche Erregung, lag Bird nackt auf dem Bett, den Blick nach oben. Der Geruch der Fremden war verflogen, wieder begann alles in diesem Haus jenen eigentümlichen Altersgeruch auszuströmen. Und das war Himikos Lager. Sie hatte etwas von einem kleinen, furchtsamen Tier an sich, das seine Unruhe nicht eher loswird, als bis es sein Territorium dadurch bestätigt hat, daß es seinen Körpergeruch in alle Winkel reibt. Inzwischen hatte Bird sich bereits an den Geruch dieses Hauses gewöhnt, manchmal empfand er ihn sogar so, als wäre dies sein eigener Körpergeruch. Wo Himiko nur so lange blieb? Aus Birds Haut, die der Strahl der Dusche vom alten Schweiß gereinigt hatte, quollen gewaltige Mengen frischen Schweißes hervor. Schwerfällig erhob sich Bird, ging hinaus und probierte eine andere, einigermaßen durchgekühlte Flasche Bier.

Als Himiko nach einer Stunde endlich zurückkam, entschuldigte sie sich bei dem übelgelaunten Bird damit, daß sie sagte: »Was war die so eifersüchtig!«

»Eifersüchtig?«

»Von allen in unserem Kreis ist sie wirklich am meisten zu bedauern, Bird, weshalb denn auch bald die eine, bald die andere mit ihr schläft. Und sie selber bildet sich dann ein, daß sie so zu unserer Schutzgottheit geworden sei.«

Seit er das Kind im Krankenhaus zurückgelassen hatte, waren Birds moralische Empfindungen in einem kläglichen Zustand. So schockierte ihn das Verhältnis zwischen Himiko und jener Freundin durchaus nicht sonderlich.

»Mögen es auch Worte aus Eifersucht gewesen sein«, sagte Bird, »dem, was sie da geredet hat, kann ich jedenfalls nicht völlig unverletzt entfliehen.«

X

Sie sahen die Mitternachtsnachrichten im Fernsehen, Bird bäuchlings auf dem Bett liegend und den Kopf angehoben wie ein kleines Krokodil, Himiko auf dem blanken Fußboden sitzend, die Arme um die Knie gelegt. Die Hitze hatte jetzt nachgelassen, wie vorzeitliche Höhlenbewohner genossen sie beide in völliger Nacktheit die wohltuende Kühle. Da sie mit Rücksicht auf das Telefon die Lautstärke des Fernsehers stark gedrosselt hatten, war das Zimmer lediglich von einer Stimme so schwach wie dem brummenden Flügelgeräusch einer Biene erfüllt. Bird indessen vernahm sie nicht wie eine menschliche Stimme, ausgestattet mit Bedeutung und Empfindungen, auch unterschied er in dem Flimmern und der Häufung von Schatten auf der Braunschen Röhre keine sinnvollen Figuren. Es war einfach so, daß er sich im Augenblick überhaupt nicht bemühte, aus der äußeren Welt auch nur irgend etwas auszuwählen und aufzunehmen, was sich als verläßliches Abbild dem Schirm seines Bewußtseins hätte einprägen können. Wie ein ausschließlich mit einer Empfangsanlage ausgerüstetes Funkgerät wartete er gespannt auf das Eintreffen eines Signals aus der Ferne, von dem er nicht mit Sicherheit wußte, ob es wirklich jemals ausgestrahlt werden würde. Bis jetzt jedenfalls war das Signal noch nicht angekommen, und also befand sich das abwartende Funkgerät, befand sich Bird im Zustand des Scheintods. Plötzlich warf Himiko den Roman des Afrikaners, Amos Tutuola's »My Life in the Bush of Ghosts«, der auf ihren Knien gelegen hatte, auf den Fußboden, lehnte sich nach vorn, streckte den Arm aus und stellte den Fernseher lauter. Doch auch jetzt erhielt Bird von dem Bild, das seine Augen sahen, von der Stimme, die seine Ohren hörten, keinen eigentlichen Impuls. Unverändert geistesabwesend starrte er auf den Fernseher und wartete. Nach einer kurzen Weile streckte Himiko, Knie und eine Hand auf den Fußboden gestützt, wieder den Arm aus und drehte den Apparat ab. Ein hell aufflammender, silberweißer Punkt schwand rasch davon und verlöschte. Die reine abstrahierte Formel des Todes! Bird, unter diesem heftigen Eindruck, schrie leise auf. Er hatte das Gefühl: vielleicht ist jetzt mein Monster-Baby gestorben. Vom Morgen bis in diese späte Nacht hinein hatte er unablässig auf den Telefonanruf gewartet, hatte gelegentlich ein Schinkenbrot gegessen, ein Bier getrunken, mit Himiko verkehrt und sonst nichts (noch nicht einmal die Afrikakarte hatte er angesehen, oder in dem Roman des Afrikaners gelesen, während Himiko, als hätte sich sein Afrikafieber auf sie übertragen, von der Karte und dem Roman nicht loskam), und hätte er sagen sollen, worüber er nachgedacht habe, über nichts als über den Tod des Kindes. Zweifellos befand er sich in einer fortdauernden Regression.

Himiko, noch immer auf dem Fußboden kniend, hatte sich umgewandt und redete mit fiebrig glitzernden Augen auf Bird ein. »Was denn?« fragte er, die Brauen zusammengezogen und unfähig, den Sinn ihrer Worte zu erfassen.

»Ich sage, Bird, vielleicht kommt es also nun mit diesen Nuklearsprengsätzen zum allerletzten Krieg in dieser Welt.«

»Wieso denn das?« sagte Bird erschrocken. »Manchmal redest du recht zusammenhangloses Zeug.«

»Zusammenhangloses Zeug?« Diesmal war Himiko erschrokken. »Hat dir denn nicht auch diese Nachricht eben einen Schock versetzt?«

»Was für eine Nachricht? Auf das Fernsehen habe ich nicht achtgegeben. Schockiert war ich aus einem ganz anderen Grund.«

Einen Augenblick lang starrte Himiko ihn wie vorwurfsvoll an, gleich darauf aber schien sie zu begreifen, daß Bird weder scherzte noch auch nur sich unwissend stellte. Ihre vor Erregung blitzenden Augen begannen sich zu verschleiern.

»Nimm dich doch zusammen, Bird!«

»Was also für eine Nachricht?«

»Chruschtschow hat die Kernwaffenversuche wiederaufgenommen. Noch dazu haben sie einen so riesigen Sprengsatz getestet, daß er mit den bisherigen Wasserstoffbomben überhaupt nicht mehr zu vergleichen ist.«

»Ah, – war es das?« sagte Bird.
»Es scheint dir keinen besonderen Eindruck zu machen, Bird.«
»Nein, eigentlich nicht«, erwiderte Bird.
»Das ist mir unbegreiflich.«
Jetzt erst kam es auch ihm unbegreiflich vor, daß die Wiederaufnahme der Kernwaffenversuche durch die Sowjets ihn so gar nicht beeindruckte. Ich glaube, mich würde jetzt noch nicht einmal die Nachricht vom plötzlichen Ausbruch eines Weltkriegs mit Kernwaffeneinsatz erschrecken ...
»Wie kann das nur sein? Im Ernst, ich habe nicht die geringste Empfindung dabei gehabt«, sagte Bird.
»Politische Dinge interessieren dich wohl neuerdings nicht mehr, wie?«
Bird mußte eine Weile schweigend überlegen.
Dann begann er und sagte: »Diese Sensibilität gegenüber der internationalen Lage und der Haltung unserer Regierung wie damals in meiner Studentenzeit, als ich mit dir und deinem Mann und anderen wie oft zu Demonstrationen gegangen bin, diese Sensibilität habe ich tatsächlich nicht mehr. Was aber die Kernwaffen angeht, da ist mein Interesse unverändert geblieben, und die einzige politische Aktivität unserer Slawistik-Studiengruppe war immer, daß wir uns den Anti-Atomwaffen-Protesten anschlossen. Ich hätte also, wenn es heißt, Chruschtschow habe die Kernwaffenversuche wiederaufgenommen, einen Schock empfinden müssen, dabei starrte ich unverwandt auf den Bildschirm und empfand gar nichts.«
»Ach, Bird ...«, murmelte Himiko.
»Mir ist, als wären meine Nerven ausschließlich mit dem Problem des Babys befaßt, als hätten sie aufgehört, auf andere Dinge überhaupt zu reagieren«, sagte Bird, getrieben von einer unbestimmten Angst.
»Das ist es, Bird. Fünfzehn Stunden lang hast du heute von nichts anderem gesprochen als davon, ob nun das Kind etwa schon gestorben sein könnte oder nicht.«
»Wirklich hat sein Phantom meinen Kopf völlig okkupiert. Ich bin wie untergetaucht in einen vom Bild des Babys ausgefüllten Brunnen.«
»Bird, das ist ja nicht normal. Angenommen, das Baby stirbt

gegen alle Erwartungen doch nicht und dieser Zustand dauert hundert Tage, du wirst wahnsinnig werden.«
Bird sah Himiko finster an, als wollte er sie zurechtweisen. Als wollte er sagen: Am Ende wirst du mit der Kraft solcher Worte dem nur von Zuckerwasser und knapper Milch ernährten Baby eine Energie verleihen, wie sie Popeye in der Reklame aus einer Dose Spinat gewinnt. Ah, hundert Tage! Zweitausendvierhundert Stunden!
»Bird, wenn du so von dem Phantom des Babys besessen bist, meinst du, du wirst ihm entfliehen können, wenn es wirklich stirbt? Deine innere Haltung gegenüber dem Baby, sowie du sie zur Zeit einnimmst, ist einfach unmöglich, findest du nicht?« sagte Himiko, und dann, indem sie auf Englisch aus Macbeth zitierte: » ›Solcherart Gedanken auszudenken ist von Übel‹, Bird, ›wenn wir's tun, so wird sich unser Geist verwirren‹.«
»Aber ich kann nicht anders, ich muß über das Baby nachdenken, und das wird wahrscheinlich so bleiben, auch nachdem es gestorben ist. Da läßt sich nichts machen«, sagte Bird. »Und ich weiß auch, wahrscheinlich wird das Schwerste für mich erst kommen nach dem Tod des Babys.«
»Wenn du jetzt gleich im Krankenhaus anrufst, kannst du erreichen, daß man ihm richtige volle Milch verabreicht«, meinte Himiko.
»Das ist unmöglich!« unterbrach Bird sie mit einer Stimme so erbärmlich und wild wie ein Schrei. »Wenn du die Beule am Kopf des Kindes gesehen hättest, würdest du selber auch sagen, das ist unmöglich.«
Himiko betrachtete den so erregten Bird und schüttelte traurig den Kopf. Beide wandten sie die Blicke voneinander ab. Nach einer Weile löschte Himiko die Zimmerlampe und kam an Birds Seite gekrochen. Es war nun kühl genug, daß zwei auf einem engen Bett liegen konnten, ohne von der Schwüle gepeinigt zu werden. Eine Zeitlang lagen sie beide schweigend und unbeweglich. Dann begann sich Himiko mit einer Unbeholfenheit an Bird anzuklammern, die für eine Expertin im Sexuellen überraschend war. Bird spürte ein Büschel trockener Schamhaare außen an seiner Lende. Unvermittelt

streifte ihn ein Gefühl des Ekels und verflog wieder. Er wünschte sich, Himiko könnte, ohne ihre vier Gliedmaßen weiter zu bewegen, hinübergleiten in ihren eigenen weiblichen Schlaf. Bei alledem hoffte er auch wieder inbrünstig, sie würde wach bleiben, solange er wach wäre. So verging die Zeit. Jeder fühlte deutlich, daß der andere nicht schlief, und doch bemühten sie sich, die Tatsache, daß sie dies wußten, voreinander zu verbergen. Schließlich aber, wie der Fuchs, wenn er es nicht länger erträgt, sich totzustellen, sagte Himiko mit einer seltsam schrillen Stimme: »Vorige Nacht, Bird, hast du da von dem Baby geträumt?«

»Ja, das habe ich. Warum?«

»Was war das für ein Traum?«

»Es war auf dem Mond, in so einer Art Raketenbasis, dort stand, mitten in einer entsetzlich öden Felslandschaft, der Korb mit dem Baby. Das war alles. Ein simpler Traum.«

»Dabei hast du dich wie ein Baby zusammengekrümmt, die Fäuste geballt, den Mund aufgerissen übers ganze Gesicht und geschrien. Immer im Schlaf.«

»Schauergeschichte! Das ist ja nicht normal!« sagte Bird wie unwillig, als wäre er nahe daran, in der überfließenden heißen Quelle seiner Scham zu ertrinken.

»Und ich fürchtete mich. Ich dachte: wenn du nun einmal nicht wieder wirst, wie du vorher warst ...«

Bird schwieg, während in der Dunkelheit seine Wangen brannten. Auch Himiko rührte sich nicht mehr.

»Weißt du, Bird, wenn das alles jetzt nicht auf dich persönlich beschränkt wäre, wenn es ein Problem wäre, das mich so gut wie dich beträfe, ich könnte dir viel besser Beistand leisten«, sagte schließlich Himiko in einem gedrückten Tonfall, als bedauerte sie es, daß sie Bird von der Art seines Alptraums erzählt hatte.

»Allerdings, das ist ganz auf mich beschränkt, ist ausschließlich meine persönliche Erfahrung«, sagte Bird. »Sollte es aber nicht auch unter persönlichen Erfahrungen solche geben, bei denen man sich allein durch die Grotte der Erfahrung vorwärtsarbeitet, bis man schließlich doch auf einen seitlichen Weg ins Freie gelangt, der den Ausblick auf eine Wahrheit bietet, die den Menschen ganz allgemein angeht? Das wäre dann so, wie es Tom Sawyer ergeht, der bittere Strapazen durchmacht in der finsteren Höhle, dann aber gleichzeitig mit dem Ausweg zur Erdoberfläche hinauf sogar noch einen Beutel voll Goldmünzen findet. Demgegenüber jedoch ist es mit der Mühsal, die ich persönlich jetzt durchstehe, nicht anders, als ob ich mich allein immer weiter und hoffnungslos tief in eine senkrechte Grube hineinwühle, in einen Schacht, der von der Welt all der anderen Menschen völlig isoliert ist. Elenden Schweiß vergieße ich in eben dieser dunklen Grube, und dabei erwächst aus meiner Erfahrung nicht ein einziges Körnchen Sinn für den Menschen allgemein. Es ist eine unfruchtbare Wühlerei, nichts als beschämend und widerlich, und am Ende wird mein Tom Sawyer auf dem Grund des entsetzlich tiefen Schachts vielleicht noch den Verstand verlieren.«

»Nach meiner Erfahrung, Bird, gibt es, jedenfalls soweit es den Menschen betrifft, niemals ein völlig unfruchtbares Leiden. Bald nachdem mein Mann Selbstmord begangen hatte, befiel mich eine krankhafte Furcht vor Syphilis. Ich hatte nämlich, ohne mich vorzusehen, mit einem Mann geschlafen, bei dem gewisse Anzeichen darauf hindeuteten. Wahnsinnig lange habe ich an dieser Furcht gelitten. Und während ich mich damit herumquälte, habe ich oft gedacht: es kann ja wohl keine unfruchtbarere und sinnlosere Neurose geben. Als ich dann aber davon geheilt war, hatte sie doch eine Wirkung, Bird. Mit wem ich auch seither schlief, und wäre es in diesem Punkte noch so riskant gewesen, niemals wieder hat bei mir die Furcht vor einer Syphilis lange angehalten.«

Himiko hatte ihre Geschichte wie ein drolliges Bekenntnis herausgeplaudert. Zum Schluß hängte sie sogar noch ein kurzes, unterdrücktes Lachen an. Mochte das auch eine gespielte Heiterkeit gewesen sein, Bird spürte, wie sie sich alle Mühe gab, ihn irgendwie aufzumuntern. Dennoch sagte er bissig, als wäre er wirklich ein solcher Zyniker: »Fein, wenn also meine Frau das nächste Monster-Baby zur Welt bringt, brauche ich mich nicht lange herumzuquälen, wie?«

»So habe ich es wirklich nicht gemeint, Bird«, sagte Himiko

niedergeschlagen. »Das weißt du auch, nicht wahr? Ich hoffe doch nur, du könntest deine gegenwärtige Erfahrung so auffassen, daß du sie nicht mehr als senkrechte Schachtgrube siehst, sondern als eine Höhle von der Art, bei der ein seitlicher Ausweg besteht.«

»Das werde ich nicht können«, sagte Bird.

Hierauf schließlich meinte Himiko: »Ich hole mir Bier und Schlaftabletten. Willst du auch?«

Er hätte schon gewollt, aber er mußte befürchten, er würde dann das Klingeln des Telefons überhören. Und mit einer Stimme, aus der das Verlangen danach überdeutlich herausklang, sagte er: »Ich brauche nichts. Ich mag es nicht, wenn ich morgens den Geschmack von Schlaftabletten im Mund habe.« Es hätte genügt zu sagen: Ich brauche nichts. Aber um das in seiner Kehle brennende Verlangen nach Schlaftabletten und Bier zu unterdrücken, dafür hatte er so viel mehr Worte nötig.

»Wirklich nicht?« fragte Himiko unbarmherzig und spülte die Schlaftabletten mit Bier hinunter. »Du hast recht, das ist ein Geschmack, wie wenn ein Zahn abbröckelt.«

Während Himiko bald darauf eingeschlafen war, blieb Bird wach liegen, und allmählich wurde er auf der Seite, die er Himiko zuwandte, von der Schulter bis zum Arm, bis zur Flanke, bis zum Bauch steif und starr, als ob er die Elephantiasis hätte. Er hatte den Eindruck, sein Körper bringe dafür, daß er mit einem anderen in demselben Bett lag, ein unbillig großes Opfer. Bird versuchte sich daran zu erinnern, wie es denn gewesen war, als er im ersten Ehejahr mit seiner Frau im selben Bett geschlafen hatte; doch blieb das so unbestimmt, daß ihm schien, hier täusche sich sein Gedächtnis. Als er sich schließlich, um auf dem blanken Fußboden zu schlafen, erheben wollte, stieß Himiko augenblicklich im tiefen Schlaf ein so tierhaftes Ächzen aus, daß er sich entsetzte, knirschte dabei mit den Zähnen und hielt ihn fest umklammert. Wieder spürte Bird, wie ein Büschel Schamhaare hart auf seiner Lende rieb. Aus der dunklen Tiefe hinter Himikos halbgeöffneten Lippen hervor wehte ihn dumpf ein Geruch an wie von rostigem Metall.

Ohne Raum für die kleinste Bewegung, gepeinigt von immer heftigeren Schmerzen, lag Bird verzweifelt wach. Nach einer Weile befiel ihn ein von Dornen besetzter Argwohn. Plötzlich meinte er: Vielleicht bekommt das Baby von dem Arzt und den Schwestern in Wahrheit stündlich zehn Liter angereicherte Vollmilch? Da warte ich auf den Schwächetod des Babys, bin aber nicht einmal mehr sicher, daß ich wirklich in der Einzelzelle desjenigen sitze, dem Aufschub der Vollstreckung gewährt wurde. Ein beklemmendes Mißtrauen erfaßte ihn. Er sah die Szene vor sich, wie das Baby, an zwei Köpfen zwei rote Münder aufgerissen, große Mengen angereicherter Milch in sich hineintrank. Hirsekörner des Fiebers säten sich aus über Birds Haut bis in den letzten Winkel seines Körpers. Die Waagschale mit dem Schamgefühl, daß er das Kind den Schwächetod sterben ließ, wurde leichter, schwerer dagegen die andere Schale, auf der das Bewußtsein wog, Opfer eines Monster-Babys zu sein; die psychologische Waage, die den Bird zugestandenen Aufschub maß, war ins Schwanken geraten. Von egoistischer Furcht gemartert, brach Bird in Schweiß aus. Er sah nichts mehr, auch die aus dem Dunkel heraufschwebenden Möbel nicht, er hörte nichts mehr, auch die Geräusche der vorüberfahrenden Wagen nicht; ein Lebewesen, das nur noch auf der Haut das Prickeln spürte, mit dem aus dem Körperinneren heraus Fieber und Schweißtropfen flossen. Wie eine unbehaarte Raupe, die, nachdem sie mit einem Insektizid in Berührung gekommen ist, reglos daliegt und fortwährend nach Blattgrün riechenden Körpersaft ausschwitzt. So muß es sein: der Arzt und die Schwestern päppeln mein Monster-Baby mit zehn Litern Vollmilch jede Stunde ...

Auch wenn diese Nacht vorbei wäre, würde Bird wohl kaum Himiko von seiner beschämenden Wahnvorstellung erzählen können. Denn es war genau eine solche Wahnvorstellung, wie die Freundin vom Mitternachtsprogramm sie ihm unter Schmähungen vorausgesagt hatte. Jedenfalls aber würde Bird, wenn er dieses Warten auf den Telefonanruf nicht mehr ertragen könnte, im Laufe des Vormittags in die Universitätsklinik auf die Spezialkinderstation gehen. Nun, der Morgen begann zu grauen, und das Telefon hatte nicht geklingelt. Nach dem Zwielicht sickerte die Helle des Sommermorgens durch den Spalt im Vorhang, und immer noch lag Bird wach und schwitzte, reglos eingetaucht in einen Teerkübel der Angst, nur die Halluzination einer Klingel im Ohr.

*

Mißmutig schweigend, die Schultern aneinandergedrängt, starrten Bird und der Arzt, als ob sie im Aquarienhaus einen Oktopus beobachteten, auf das Bett hinter der gläsernen Trennwand. Aus dem Brutofen herausgenommen, ohne geheimnisvolle Anzeichen irgendwelcher Sonderbehandlung, wie eines, dem nur eben die Hasenscharte operiert worden, lag Birds Baby verloren auf einem gewöhnlichen Bett. Bird schien es durchaus nicht so, als wäre dieses Baby, scharlachrot wie ein gekochter Hummer, irgendwie geschwächt. Es war sogar ein wenig größer geworden. Auch die Beule am Kopf schien mitgewachsen. Wie um die Last der Beule auszugleichen, hatte das Kind sich weit zurückgebeugt, hatte die beiden eingebundenen Hände hinter die Ohren gestreckt und rieb sich mit den Daumengelenken fortwährend den Kopf, dabei die Augen so fest geschlossen, daß das halbe Gesicht nur aus Falten bestand. Offensichtlich bemühte es sich, die Beule zu kratzen, aber so weit reichte es mit seinen Händen nicht.

»Ob die Beule am Kopf juckt?«

»Was denn?« meinte der Arzt, und dann, als er Birds Frage begriff: »Ja, wer weiß. Die Haut unten an der Beule ist jedenfalls jetzt bis zum Aufbrechen entzündet, und vielleicht juckt sie tatsächlich. Einmal haben wir da Antibiotika injiziert, aber das haben wir gestoppt, und freilich hätte es aufbrechen können. Sobald das geschieht, käme es in einen Zustand der Atembeschwerden.«

Bird starrte den Arzt an, wollte schon den Mund öffnen, doch schluckte er schließlich schweigend seinen Speichel hinunter. Er hätte sich gern vergewissert, ob der Arzt nicht vergessen hatte, daß er, der Vater, den Tod des Babys wünschte. Andernfalls werden mich heute nacht wieder wie in der vorigen die Zweifel niedertreten. Doch mehr als zu schlukken brachte er nicht zustande.

»In ein oder zwei Tagen wird es sich entscheiden«, sagte der Arzt.

Bird sah auf das Baby, das noch immer seine dicklich großen roten Hände an die Ohren hochstreckte und sich den Kopf rieb. Seine Ohren waren steif und eingerollt wie Birds Ohren. Als fürchtete er, seine Stimme könnte bis dorthin reichen, flüsterte Bird: »Ich bitte darum.«

Mit rotem Gesicht verbeugte er sich gegen den Arzt und verließ die Station. Als sich hinter ihm die Tür geschlossen hatte, bereute es Bird sofort, daß er dem Arzt nicht noch einmal seinen Wunsch nachdrücklich klargemacht hatte. Dann den Gang hinunter hob er beide Hände hinter seine Ohren und rieb sich ein um das andere Mal den Haaransatz. Dabei beugte er sich weiter und weiter zurück, als würde sein Kopf von einem schweren Senkblei nach hinten gezogen. Gleich darauf gewahrte er, daß er unbewußt Haltung und Geste des am Kopf mit der Beule behafteten Babys nachgeahmt hatte, und blieb stehen und sah sich besorgt um. Von der Wasserfontäne in einem Winkel des Ganges her starrten ihn zwei Schwangere an mit ausdruckslosen Gesichtern. Bird stieg es auf wie Übelkeit, augenblicklich wandte er sich dem Verbindungsgang zu und lief davon.

*

Als Bird an dem Restaurant vor der Universität langsam vorfuhr auf der Suche nach einer Lücke, wo er den Wagen parken konnte, kam sein Freund, der ihn mit seinen scharfen Augen sofort entdeckt hatte, auf die Straße gelaufen. Nachdem er den Wagen endlich abgestellt hatte, sah Bird auf seine Armbanduhr. Er hatte dreißig Minuten Verspätung. Das Gesicht des Freundes, der ihm, als er ausstieg, entgegenkam, war mit dem Moder nervöser Ungeduld bedeckt.

»Der Wagen einer Freundin«, rechtfertigte Bird verlegen den knallroten Sportwagen. »Entschuldige, daß ich so spät komme. Die anderen werden wohl schon alle da sein, wie?«

»Nein, es ist niemand da außer dir und mir. Die anderen sind in den Hibiya-Park gegangen; sie wollten, sagten sie, an einer Protestversammlung gegen die Wiederaufnahme der Kernwaffenversuche durch Chruschtschow teilnehmen.«

»Ach, das war es«, sagte Bird. Er erinnerte sich, er hatte am Morgen gehört, wie Himiko den Bericht darüber aus der Zeitung vorgelesen hatte, doch war er nicht dafür zu interessieren gewesen. Ich habe jetzt ausschließlich mit der persönlichen Last zu tun, die das Monster-Baby für mich darstellt, dieser realen Welt habe ich den Rücken gekehrt. Andererseits hängt denen, die sich da um das Geschick des Erdballs zu einer Protestkundgebung versammeln, ja auch kein Baby an, das am Kopf eine Beule hat.

Der Freund, verdrossen und Bird mit einem Blick bedenkend, als ob er ihn dafür tadeln wollte, daß er es so einfach hinnahm, sagte: »Keiner von den anderen mag mit Deltschew-san zu tun haben. Sie gehen lieber hin, um gegen Chruschtschow zu protestieren. Natürlich, in Hibiya am Musikpavillon mit einigen Zehntausend im Chor seinen Unmut hinausschreien, das ist leicht, mit Chruschtschow persönlich braucht man sich da ja nicht auseinanderzusetzen.«

Bird ging in Gedanken die Mitglieder der Slawistik-Studiengruppe eines nach dem anderen durch. Zweifellos, für sie alle dürfte es unangenehm werden, wenn sie sich tiefer hineinziehen ließen in die Geschichte um Deltschew-san, der da im Dreck steckte. Einige waren bei erstklassigen Handelsgesellschaften beschäftigt, einige taten als Beamte Dienst im Auswärtigen Amt, andere waren Assistenten an Universitätsseminaren. Würde der Fall Deltschew von den Zeitungen als eine Skandalgeschichte aufgegriffen, müßten sie jedenfalls mit Schwierigkeiten rechnen, wenn ihre Vorgesetzten auch nur die Spur eines Zusammenhangs herausfänden. Keiner unter ihnen war so unabhängig wie Bird als Lehrer an einer Präparandenschule, aus der er noch dazu demnächst verabschiedet werden sollte.

»Nun, was tun wir also?« drängte Bird seinen Freund.

»Wir werden wohl nichts tun können. Ich fürchte, unserer Gruppe bleibt nichts anderes übrig, als der Gesandtschaft die Bitte, Deltschew-san zur Rückkehr zu überreden, einfach abzuschlagen.«

»Und du willst dich auch nicht mit Deltschew-san einlassen?«

Bird hatte das ohne jeden Hintergedanken, aus bloßem Interesse gefragt, aber plötzlich starrte der Freund ihn wie beleidigt aus blutunterlaufenen Augen an. Mit einigem Erstaunen begriff Bird, daß der Freund von ihm erwartet hatte, er werde der Zurückweisung dieser Bitte sofort zustimmen.

»Andererseits –«, versuchte Bird dem verdrossen schweigenden Freund in aller Ruhe das Gegenargument zu erläutern, »andererseits ist es für Deltschew-san, wenn er auf unsere Überredung eingeht, die letzte Chance, nicht wahr? Sie haben ja doch gesagt: sollte das fehlschlagen, müßte die Sache auf dem amtlichen Wege erledigt werden. Deshalb meine ich, wenn wir diese Bitte einfach abschlagen, werden wir kein ruhiges Gewissen haben.«

»Natürlich, wenn Deltschew-san sich überreden ließe, wäre das großartig, da könnten wir uns gratulieren. Angenommen aber, es klappt nicht und der Fall wird zum Skandal, dann sind wir bestimmt in die internationalen Auseinandersetzungen mit verwickelt. Mir jedenfalls widerstrebt es, jetzt mit Deltschew-san Verbindung aufzunehmen«, sagte der Freund, während er die Augen von Bird abwandte und auf den Fahrersitz des Sportwagens sah, der den bloßgelegten Innereien eines Schafes glich.

Bird spürte, wie ihn der Freund in einer geradezu mitleidheischenden Nacktheit anflehte, ihm ohne weitere Einwände zuzustimmen. So schreckenerregende Begriffe indessen wie ›Skandal‹ und ›internationale Auseinandersetzungen‹ machten auf Bird keinerlei Eindruck. Er war bereits bis zum Hals eingetaucht in den Skandal des Monster-Babys, und die familiären Auseinandersetzungen um das Baby lasteten ihm konkreter, ernstlicher und tatsächlicher auf dem Genick als irgendwelche internationalen Auseinandersetzungen. Er war frei von der Furcht vor all den möglichen Fallgruben, die sich etwa rings um die Person Deltschews verbargen.

Zum erstenmal, seit das Unglück mit dem Baby begann, gewahrte Bird, daß sein Spielraum im alltäglichen Leben, verglichen mit dem anderer Menschen, tatsächlich weit ausgedehnter war, und er empfand die seltsame Ironie darin.

»Wenn unsere Studiengruppe die Bitte, Deltschew-san zu überreden, zurückweist, ich persönlich möchte jedenfalls Deltschew-san aufsuchen. Ich stand mich mit ihm sehr gut, und sollte der Fall auch an die Öffentlichkeit kommen und ich in einen Skandal verwickelt werden, wäre das für mich nicht besonders schlimm«, sagte Bird. Er sehnte sich nach einem Inhalt, mit dem er diese ein oder zwei Tage, diesen neuen Aufschub, den ihm die Worte des Arztes gewährt hatten, ausfüllen könnte; auch hätte er in Wahrheit gern einmal gesehen, wie Deltschew als Einsiedler lebte.

Der Freund, in einer für Bird geradezu peinlichen Weise wetterwendisch, lebte augenblicklich auf.

»Falls das dein Wille ist, dann tu es bitte! Es ist wahrscheinlich das allerbeste«, sagte er mit gehobener Stimme. »Um ehrlich zu sein, im stillen habe ich gehofft, du würdest es auf dich nehmen. Die anderen haben sich davongeschlichen, sobald sie nur die Geschichte von Deltschew-san hörten; nur du allein, Bird, stehst gelassen über den Dingen. Ich habe dich ja stets bewundert.«

Um den so plötzlich gesprächigen Freund nicht zu verletzen, lächelte Bird versöhnlich. Er wußte also jetzt, daß er, wenn es sich um Affären außerhalb der auf das Baby bezogenen Probleme handelte, durchaus gelassen über den Dingen stehen konnte. Trotzdem dürften, dachte Bird in einem Gefühl der Bitterkeit, alle die vielen anderen in diesem Tōkyō, die kein Monster-Baby ins Halseisen preßt, wenig Ursache haben, auf mich neidisch zu sein.

»Jedenfalls lade ich dich zum Mittagessen ein«, schlug der Freund erleichtert vor. »Erst trinken wir mal ein Bier, Bird.«

Bird nickte. Schulter an Schulter gingen sie nebeneinander zum Restaurant. Nachdem er sich am Tisch Bird gegenüber gesetzt und bei der Bedienung Bier bestellt hatte, fragte der Freund gutgelaunt: »Sag mal, Bird, daß du dir immer wieder mit beiden Daumenwurzeln den Kopf reibst, ist das etwa noch eine Angewohnheit aus der Universitätszeit?«

*

Während Bird sich mit schräggestelltem Oberkörper in die nur etwa fünfzig Zentimeter breite Gasse hineinzwängte, die sich zwischen einer Bar und einem koreanischen Speiserestaurant öffnete wie ein Spalt, überlegte er, ob es aus diesem Labyrinth nicht noch einen anderen versteckten Ausgang gäbe. Auf der Skizze, die sein Freund ihm mitgegeben hatte, war dies eine Sackgasse, und die Stelle, an der Bird sie jetzt betrat, der einzige Eingang in den Sack. Der Sack hatte die Gestalt eines Magens, genauer: eines Magens, an dem der in den Darm führende Ausgang verschlossen war. Ob ein Deserteur oder einer, der desertieren will, nicht Angst hat, wenn er sich hier in der Tiefe eines so blockierten Platzes verbirgt? Hat Deltschew-san etwa das Gefühl, so in die Enge getrieben zu sein, daß er nur noch einen solchen Platz zum Unterschlupf wählen konnte? Vielleicht aber hält sich Deltschew-san schon gar nicht mehr in dieser Sackgasse auf. Als er das dachte, wurde es Bird leichter zumute, und er blieb am Eingang zu dem Apartmenthaus stehen am Ende der Gasse, der einem geheimen Schleichweg glich zu einem Banditennest in den Bergen, und wischte sich über das schweißüberströmte Gesicht. Die Gasse selbst war irgendwie schattig, als aber Bird zum Himmel aufsah, deckte das heftige Sonnenlicht des vollen Sommermittags die Gasse wie ein weißglühendes Platinnetz. Noch immer zum blinkenden Himmel hinaufgewandt, schloß Bird die Augen und rieb sich mit den Daumenballen den juckenden Kopf. Dann, wie erschreckt, ließ er beide Arme fallen und hob den zurückgebeugten Kopf. In der Ferne stieß ein Mädchen einen Schrei aus, der nach Irrsinn klang.

Bird, in der einen Hand die Schuhe, die er ausgezogen hatte, stieg in der Vorhalle die kurze, vom Staub sich rauh anfühlende Treppe hinauf und betrat das Innere des Gebäudes. Auf der linken Seite des Ganges reihten sich Türen aneinander wie von Einzelzellen. Rechts war nur Mauer, und die war mit allen möglichen Schmierereien bekritzelt. Bird, immer die Türnummern beachtend, ging weiter in die Tiefe hinein. Sämtliche Türen, obwohl durch jede menschliche Laute zu ahnen waren, hielt man fest verschlossen. Wie mochten wohl die Bewohner dieses Apartmenthauses mit der Hitze fertig werden? Wäre also Himiko eine Pionierin gewesen? Und ein ganzer Volksstamm hätte sich unbemerkt über die riesige Stadt verbreitet, der auch am Tage sich in die verschlossenen Wohnungen verkriecht? Schließlich, nachdem Bird am Ende des Ganges angelangt war, entdeckte er eine wie eine Innentasche versteckte, schmale und steile Treppe. Als Bird sich zufällig rückwärts umwandte, stand, aufgerichtet wie ein Wächterkönig, eine große Frau am Eingang des Apartmenthauses und beobachtete ihn. Da der Rücken der Riesin alles Licht von draußen abhielt, war sowohl der Gang wie auch die Gestalt der Frau selber schwarz verdunkelt.

»Sie da, was haben Sie denn vor?« rief die Riesin und machte eine Geste, als wollte sie einen Hund verjagen.

»Ich besuche nur einen Freund, einen Ausländer«, erwiderte Bird mit bebender Stimme.

»Einen Amerikaner?«

»Er lebt mit einer jungen Japanerin zusammen ...«

»Ah, diesen Amerikaner meinen Sie! Erster Stock, gleich das erste Zimmer geradeaus«, sagte die Frau und war einfach wieder verschwunden.

Falls es sich bei »diesem Amerikaner« um Deltschew handeln sollte, hatte er sich jedenfalls das Wohlwollen der Riesin erworben. Doch noch war sich Bird, während er die rohe, ungestrichene Holztreppe hinaufstieg, nicht so sicher. Genau in dem Augenblick indessen, als er auf dem sehr engen Treppenabsatz die Richtung wechselte, erblickte er Deltschew, der ihn begrüßte: mit einem ungläubigen Ausdruck in den Augen, die beiden Arme aber energisch ausgestreckt. Eine plötzliche Freude durchzuckte Bird: in diesem ganzen Apartmenthaus besaß allein Deltschew soviel gesundes Lebensgefühl, daß er, als eine Maßregel gegen die Hitze, die Tür offenstehen hatte.

Bird stellte seine Schuhe auf dem Gang an die Wand und schüttelte dann Deltschew, der sich lächelnd aus dem Zimmer zu ihm herausbeugte, die Hand. Wie ein Marathonläufer war Deltschew lediglich mit blauen Shorts und Turnhemd bekleidet. Das rote Haar auf dem Kopf war kurz geschnitten, dafür hatte er sich einen ebenfalls roten, üppigen Schnurrbart stehen lassen. Nein, Bird vermochte an ihm keinerlei Anzeichen zu entdecken, das auf ein Leben als Deserteur hingedeutet hätte; nur hatte er offensichtlich, seit er in diesem Apartmenthaus untergeschlüpft war, keine Gelegenheit zu einem Bad gehabt, denn der von Statur kleine Deltschew verbreitete einen schrecklichen Körpergeruch um sich, wie er ehestens für einen bärenhaften Hünen normal gewesen wäre. In einem mageren Englisch tauschten Bird und Deltschew die üblichen Begrüßungsformeln aus. Seine Freundin, erklärte Deltschew, sei eben ausgegangen, sich frisieren zu lassen. Dann versuchte Deltschew, Bird in das mit Tatami-Matten ausgelegte Zimmer einzuladen, Bird jedoch, der dies unter dem Vorwand ablehnte, er habe schmutzige Füße, wollte lieber auf dem Gang stehenbleiben und die Geschichte so erledigen. Er fürchtete, er würde sich sonst zu lange bei Deltschew aufhalten. Bei einem Blick in das Zimmer bemerkte Bird, daß es kein einziges Möbelstück enthielt und daß das eine Fenster in der Tiefe offenstand. Allerdings war dieses Fenster etwa zwanzig Zentimeter hinter dem Haus durch einen strengen Bretterzaun versperrt. Vermutlich befand sich jenseits davon ein Grundstück, auf dem andere Leute ihr privates Leben führten, das von diesem Fenster aus nicht eingesehen werden sollte.
»Deltschew-san, die Gesandtschaft Ihres Landes möchte, daß Sie sofort zurückkommen«, begann Bird ohne Umschweife auf ihn einzureden.
»Ich gehe nicht zurück. Weil nämlich meine Freundin lieber hat, daß ich bei ihr bleibe«, antwortete Deltschew und lächelte weiter.
Beider Englisch war wegen des mangelhaften Wortschatzes recht holprig, was ihren Dialog eher wie ein Spiel erscheinen ließ. Gefühle, die die Sachlage unnötigerweise verschärft hät-

ten, vermochten sie nicht auszudrücken; um so rückhaltloser und direkter fielen Rede und Gegenrede aus.

»Ich bin der letzte Bote. Nach mir kommt entweder einer von der Gesandtschaft Ihres Landes, oder, schlimmer, die japanische Polizei.«

»Die japanische Polizei tut mir nichts. Weil ich Diplomat bin.«

»Meinen Sie? Aber wenn es passiert, daß die Leute von der Gesandtschaft Sie holen kommen, sie werden Sie bestimmt in Ihre Heimat zurückschicken.«

»Ja, damit rechne ich. Ich habe Schwierigkeiten verursacht, deshalb werde ich entweder strafversetzt oder ich verliere meine Beschäftigung als Diplomat.«

»Wäre es also nicht besser, Deltschew-san, Sie gingen in die Gesandtschaft zurück, solange noch kein Skandal daraus geworden ist?«

»Ich gehe nicht zurück. Weil meine Freundin lieber hat, daß ich bei ihr bleibe«, sagte Deltschew mit einem breiten Lächeln.

»Sie haben keinen eigentlichen politischen Grund? Nur aus sentimentaler Neigung zu Ihrer Freundin verstecken Sie sich hier?«

»So ist es.«

»Sie sind ein merkwürdiger Mensch, Deltschew-san.«

»Wieso denn merkwürdig?«

»Ihre Freundin spricht doch kein Englisch, oder?«

»Wir verstehen uns immer schweigend.«

Allmählich wuchsen in Bird Schößlinge einer unerträglichen Trübsal auf.

»Nun, wenn ich jetzt meinen Bericht abgebe, werden sehr bald die Leute von der Gesandtschaft kommen und Sie zurückholen.«

»Dann werde ich gegen meinen Willen zurückgeholt, und daran läßt sich nichts ändern. Meine Freundin wird das verstehen.«

Bird schüttelte matt den Kopf und zeigte damit an, daß er seine Rolle aufgab. Rings um Deltschews roten Schnurrbart in den eher rötlich goldenen feinen Härchen waren Schweiß-

tropfen hängengeblieben und zitterten und blitzten. Und überall an Deltschews Körper, soweit er unbedeckt war, hafteten dicht bei dicht die Schweißtropfen an den feinen Härchen.
»Also werde ich in diesem Sinne berichten«, sagte Bird und bückte sich, um seine Schuhe aufzuheben.
»Bird, ist Ihr Baby angekommen?« fragte Deltschew.
»Ja, es ist da, aber es ist ein mißgeborenes Kind, und jetzt warte ich nur darauf, daß es an Schwäche stirbt«, sagte Bird, getrieben von einem unbegründbaren Bekenntnisdrang. »Es hat eine Gehirnhernie, ein schrecklicher Zustand; man denkt, es hätte zwei Köpfe.«
»Warum lassen Sie es nicht operieren und warten darauf, daß es an Schwäche stirbt?« Deltschews Gesicht bekam einen geradezu wilden, männlich entschlossenen Ausdruck, in dem das Lächeln erstickte.
»Die Chancen, daß mein Baby nach einer Operation normal aufwächst, stehen noch nicht einmal hundert zu eins«, sagte Bird zurückweichend.
»Kafka hat einmal in einem Brief an seinen Vater geschrieben, alles, was Eltern einem Kind gegenüber tun könnten, sei lediglich, das ankommende Kind zu begrüßen. Und Sie weisen das Kind zurück, statt es zu begrüßen? Kann denn der Egoismus entschuldigt werden, der ein anderes Leben zurückweist, indem er sagt: ich bin der Vater –?«
Bird schwieg, Augen und Wangen heftig gerötet, wie es neuerdings seine Eigenheit war. Deltschew war jetzt nicht mehr der komische Ausländer mit dem roten Schnurrbart und der humorvollen Gelassenheit trotz des ernsten Dilemmas, in dem er sich befand. Bird hatte das Gefühl, er wäre unerwartet einem Rachegeist begegnet, der ihm Vorhaltungen machte. Er wollte sich zwingen, um jeden Preis Widerspruch einzulegen, spürte dann aber auf einmal, daß er einfach die Worte nicht hatte, um Deltschew zu antworten, und so ließ er den Kopf hängen.
»Ah, this poor little thing«, flüsterte Deltschew, und als Bird, erschrocken bebend, den Kopf hob, bemerkte er, daß Deltschew nicht das Baby, sondern ihn, Bird selber, gemeint

hatte. Schweigend wartete er auf den Augenblick, in dem Deltschew ihn laufen lassen würde.

Schließlich erklärte Bird, er wolle gehen, und Deltschew holte ein kleines Wörterbuch und schenkte es Bird, damit er die Vokabeln jener Balkansprache auf Englisch nachschlagen könne. Bird bat ihn, er möchte doch eine Widmung auf die Titelseite schreiben. Deltschew schrieb ein einziges Wort aus seiner Muttersprache, setzte seinen Namen darunter und sagte: »Diese Vokabel hat die Bedeutung ›Hoffnung‹.«

Nachdem er das Apartmenthaus verlassen hatte, begegnete Bird an der schmalsten Stelle der Gasse einer kleinen jungen Frau, und unhöflich drückte er sich an ihr vorbei. Er roch den Duft des eben frisierten Haars und sah den gebeugten Nacken des erschreckend blassen Wesens; da unterließ er es, sie anzusprechen. This poor little thing! In ein Sonnenlicht hinaustretend, das ihn schwindeln machte, und im Nu schweißüberströmt, rannte Bird wie ein Fahnenflüchtiger auf den Parkplatz des Kaufhauses zu, auf dem er Himikos MG abgestellt hatte. Nirgends im ganzen Viertel rannte zu dieser Stunde einer außer Bird.

XI

Am Sonntag, als Bird erwachte, war zu seiner Überraschung alles ringsum von Licht und frischer Luft erfüllt. Durch das weit aufgerissene Schlafzimmerfenster strömte der Wind herein, und mit der leuchtenden Helle zog er weiter ins Wohnzimmer hinüber. Dort summte der elektrische Staubsauger. Bird, an die Düsternis in diesem Haus gewöhnt, schämte sich angesichts dieser Lichtfülle seines Körpers unter der Wolldecke. Bevor Himiko hereingestürmt kommen konnte, um ihn in seiner Nacktheit zu verspotten, fuhr er hastig in die Hosen, zog sich das Hemd über und ging ins Wohnzimmer hinüber.

»Guten Morgen, Bird«, sagte Himiko heiter, während sie sich mit gerötetem, nun wieder so jugendlichem Gesicht nach ihm umwandte; sie hatte einen Turban um den Kopf gewickelt und handhabte den Staubsauger so, als wollte sie mit einem Stock eine umherhuschende Maus erschlagen. »Mein Schwiegervater ist nämlich gekommen, Bird. Bis ich mit dem Saugen fertig bin, macht er einen Spaziergang.«

»Na, dann gehe ich.«

»Warum denn, willst du davonlaufen, Bird?« reagierte Himiko bissig.

»Weil mir ist, als lebte ich hier in einem Versteck. Und in einem Versteck jemand neuem vorgestellt zu werden, das scheint mir doch recht komisch.«

»Mein Schwiegervater weiß, daß manchmal Freunde bei mir über Nacht bleiben. Und nie hat ihn das besonders beunruhigt. Es würde ihn wohl viel eher irritieren, wenn einer dieser Freunde gleich am Morgen überstürzt davonläuft«, sagte Himiko mißvergnügt mit immer noch hartem Gesichtsausdruck.

»Okay, rasier' ich mich wenigstens«, erwiderte Bird und ging ins Schlafzimmer zurück.

Himikos Reaktion eben hatte ihm einen Schock versetzt. Er ahnte, daß er, seit er in Himikos Haus gekommen war, sein

Verhalten immer nur auf sich abgestellt hatte, von der Beschäftigung mit sich selber nicht losgekommen war und Himiko nicht anders als eine einzelne Zelle in der Welt seines Bewußtseins empfunden hatte. Wie konnte ich ohne jeden Grund von solchen absoluten Vorrechten überzeugt sein? Verpuppt in mein persönliches Unglück, hatte ich nur noch die Innenseite des Kokons im Auge, zweifelte ich noch nicht einmal an den Privilegien der Puppe ...

Als er mit dem Rasieren fertig war, betrachtete er flüchtig das bleiche, ernste Gesicht dieser Puppe des persönlichen Unglücks in dem angelaufenen, schmalen Spiegel. Er bemerkte, daß sein Gesicht zusammengeschrumpft und klein geworden war. Und ihm schien, die Ursache hierfür wäre nicht einfach in einer Abmagerung zu suchen.

Wieder im Wohnzimmer, sagte er zu Himiko: »Ich habe mich in dein Haus gedrängt, habe mich wie ein Egozentriker verhalten und dabei noch nicht einmal empfunden, wie unnatürlich das ist.«

»Willst du etwa Abbitte leisten?« neckte ihn Himiko, und ihr Gesicht nahm wieder einen sehr sanften Ausdruck an.

»Wenn ich mir das überlege: obwohl ich überhaupt keinen Anspruch darauf habe, schlafe ich in deinem Bett, esse, was du kochst, spanne dich überhaupt ganz für mich ein, wirklich, ich habe mich hier so zwanglos benommen, als wäre ich zu Hause.«

»Willst du denn fortgehen, Bird?« fragte Himiko beunruhigt.

Bird starrte Himiko an, das Gefühl eines irgendwie Vorherbestimmten überkam ihn: Nie wieder werde ich an einem anderen Ort einem anderen Menschen begegnen, der so zu mir paßt. Und er spürte eine sehnsuchtsvolle Bitternis.

»Wenn du am Ende auch fortgehen wirst, bleib jetzt noch, Bird.«

Bird kehrte ins Schlafzimmer zurück und legte sich auf das Bett, den Kopf auf den verschränkten Händen, die Augen geschlossen. Er hätte Himiko gern sagen mögen, wie dankbar er ihr war.

Später saß er mit Himiko und ihrem Schwiegervater im aufgeräumten Wohnzimmer am Tisch, und sie sprachen über die Führer der jungen Staaten Afrikas und über die Grammatik des Kisuaheli. Um sie dem Schwiegervater zu zeigen, löste Himiko die Afrikakarte von der Schlafzimmerwand und breitete sie auf dem Tisch aus. »Könnten Sie nicht mit unserer Himi nach Afrika fahren? Wenn sie das Haus und das Grundstück verkauft, kämen die Reisekosten schon heraus«, schlug Himikos Schwiegervater vor.

»Ja, das wäre nicht übel«, meinte Himiko und sah Bird prüfend an. »Du könntest auf einer Afrikareise das Unglück mit dem Baby vergessen. Und ich könnte die Geschichte mit meinem Mann und seinem Selbstmord vergessen.«

»Ja ja, und das ist so wichtig«, sagte der Schwiegervater nachdrücklich. »Ich meine, ihr solltet sofort aufbrechen.«

Bird, den dieser Vorschlag allzu heftig und tief erschüttert hatte, sah sich in die Enge getrieben und seufzte hilflos: »Nein, das ist unmöglich, das kann ich nicht, wirklich nicht!«

»Und warum nicht?« fragte Himiko wie herausfordernd.

»Den Schwächetod des Babys in Afrika einfach vergessen, nein, das wäre allzu geschickt. Das kann ich nicht«, stammelte Bird mit rotem Gesicht.

»Bird ist nämlich in moralischen Dingen ein sehr strenger junger Mann«, sagte Himiko spöttisch.

Bird, noch mehr errötend, sah Himiko scheinbar vorwurfsvoll an. In Wahrheit dachte er bei sich: Würde mir Himikos Schwiegervater vorschlagen, die Afrikareise in der moralischen Absicht zu unternehmen, daß Himiko endlich das Selbstmörderphantom ihres Ehemannes los wird, ich würde mich auflösen wie ein Suppenwürfel im heißen Wasser, würde mich leichten Herzens freimachen für diese Reise der süßen, angenehmen Täuschungen. Er fürchtete, daß der Schwiegervater diese Worte aussprechen könnte, gleichzeitig aber sehnte er sie herbei: er hätte sich mit seiner schrecklichen Begierde in einer dunklen Höhle verstecken mögen. Einen Augenblick später bemerkte er, daß in Himikos Augen das weiße Licht der Ernüchterung flackerte.

»In einer Woche wird Bird zu seiner Frau zurückkehren«, sagte Himiko.

»Ja dann, entschuldigen Sie bitte«, meinte ihr Schwiegervater. »Ich habe das nur gedacht, weil unsere Himiko zum erstenmal, seit mein Sohn tot ist, wieder so blühend aussieht. Seien Sie mir nicht böse.«
Bird sah Himikos Schwiegervater mißtrauisch an. Er hatte einen kurzen und völlig kahlen Kopf, und da sich vom Hinterkopf aus die Haut gleichmäßig sonnenverbrannt fortsetzte bis zum Nacken und zu den Schultern, war nicht auszumachen, wo eigentlich der Kopf selber endete. An diesem an einen Seelöwen gemahnenden Kopf waren die leicht getrübten Augen reglos weit geöffnet. Was für ein Typ von einem Menschen mochte das sein? Bird fand nicht den geringsten Anhaltspunkt für eine Erklärung. Er schwieg, wachsam und unbestimmt lächelnd, und bemühte sich, das allmählich aus seiner Brust in die Kehle würgend aufsteigende Gefühl einer beschämenden Enttäuschung nicht merken zu lassen.

*

Tief in der Nacht in schwüler drückender Dunkelheit, mit einer gewissen Trägheit in solchen Stellungen, bei denen sie einander nicht zu sehr belasteten, dehnten Bird und Himiko den Akt über eine Stunde aus. Dabei schwiegen sie wie Tiere, wenn sie sich begatten. Erst in kurzen Abständen, dann nach allmählich längerem Zuwarten flog und tanzte Himiko in ihren Orgasmus. Und jedesmal erinnerte sich Bird daran, wie ihm damals noch in der Provinzstadt zumute gewesen war, wenn er im Abenddämmern auf dem Sportplatz der Volksschule das mit einem Benzinmotor ausgerüstete Modellflugzeug hatte fliegen lassen. Sobald Himiko in den Himmel ihres Orgasmus aufstieg, beschrieb sie Kreis um Kreis, immer mit Birds Körper als Mittelpunkt, und genau wie das unter der Last des allzu schweren Motors sich quälende Modellflugzeug stieß sie, unausgesetzt und an allen Gliedern bebend, kleine Schreie aus. Dann landete sie wieder auf dem festen Grund, wo Bird stand, und abermals begann die Phase der schweigend, mit unendlicher Beharrlichkeit wiederholten Bewegungen. In ihrem Verkehr miteinander hatte längst das

Gefühl eines gleichförmigen, geordneten Alltags Wurzeln geschlagen, so daß Bird meinte, er triebe es mit Himiko schon seit hundert Jahren. Himikos Geschlechtsteile fand er jetzt unkompliziert und vertrauenswürdig, kein noch so winziger Keim für eine Furcht verbarg sich mehr in ihnen. Sie hatten aufgehört, das ›unerklärlich Geheimnisvolle‹ zu sein, sie waren nun ein einfaches Ding an sich, nicht anders als ein Behälter aus geschmeidigem Kunststoff. Unmöglich konnte aus ihnen ein Ungeheuer hervortauchen und ihm nachjagen. Bird fühlte sich tief erleichtert. Wahrscheinlich kam das daher, weil Himiko ihren Verkehr miteinander konsequent und ausdrücklich auf die Absicht beschränkte, Lust zu erzielen. Er dachte daran, wie es beim Verkehr mit seiner Frau war, den sie, beide zaghaft, immer als gefährlich empfanden. Selbst jetzt, nach Jahren der Ehe, wiederholte sich jedesmal die gleiche bedrückende, physchologische Verwirrung. Sobald Bird mit seinen langen, unbeholfenen Armen und Beinen an den Körper seiner Frau anstieß, die sich, wie um einen Ekel zu überwinden, starr zusammengekrümmt hatte, gewann sie den Eindruck, er habe sie schlagen wollen. Regelmäßig wurde sie daraufhin zornig, machte ihm Vorwürfe und versuchte nun ihrerseits ihn zu schlagen. Und schließlich blieben nur zwei Möglichkeiten: entweder wurde Bird in den albernen Streit hineingezogen und unterbrach den Akt, dann dauerte der Wortwechsel bis tief in die Nacht an und ließ die noch immer erregten, weil unbefriedigten Fühlhörner der Begierde ständig auf und nieder schwanken; oder aber Bird kam, in dem miserablen Gefühl, ein Almosen zu empfangen, Hals über Kopf zu einem Ende. Seine Hoffnung war es gewesen, daß dies sich nach der Geburt des Kindes ändern würde ...
Da Himiko, während sie am Himmel ihres Orgasmus kreiste, immer wieder Birds Penis preßte wie mit einer melkenden Hand, konnte er einen beliebigen unter ihren Orgasmen auswählen, um seinen eigenen zu erreichen. Indessen, es graute Bird so sehr vor der Vorstellung der langen Nacht danach, daß er jedesmal im letzten Augenblick noch umkehrte. Undeutlich träumte er vom süßesten Schlaf: auf halbem Wege am sanften Abhang hin zum Orgasmus.

Eben war Himiko im Begriff, nach einer ihrer zahllosen Flüge langsam zu landen, als sie wie ein Drachen, der in einen Aufwindwirbel gerät, wieder aufstieg in die Höhe. Bird, aufmerksam und sich zügelnd wach geworden, hörte aus dem Dunkel her die Klingel des Telefons. Er wollte aufstehen, aber Himikos verschwitzte Arme hielten seinen Rükken fest umschlossen.
Eine Minute später sagte sie: »So, jetzt geh!« Und machte ihre Arme los.
Während er, so gut es ging, seinen Atem in Ordnung brachte, sprang Bird hastig zum Telefon, das im Wohnzimmer ein um das andere Mal klingelte. Die Stimme eines jungen Mannes fragte nach dem Vater des Neugeborenen auf der Spezialkinderstation der Universitätsklinik. Bird, angespannt, brachte eine Antwort heraus wie das Sirren einer Mücke. Der Anrufer war ein Student im Praktikum, er wollte eine Nachricht des für das Kind verantwortlichen Arztes übermitteln.
»Entschuldigung, daß es so spät ist. Aber bei uns hier war wahnsinnig viel los«, sagte die Stimme aus der Ferne. »Kommen Sie doch bitte morgen vormittag um elf Uhr in das Zimmer des Professors von der Gehirnchirurgischen Abteilung, es ist das Büro des Zweiten Direktors. Eigentlich hätte unser Sensei selber Sie anrufen sollen, aber er war völlig erschöpft und bittet um Ihre Nachsicht. Wirklich, es war heute ein furchtbarer Betrieb hier.«
Bird tat einen tiefen Atemzug und dachte: Das Kind ist tot, der Gehirnchirurg wird die Autopsie vornehmen.
»Ich habe verstanden. Ich bin dann also im Büro des Zweiten Direktors. Danke schön.«
Das Baby ist an Schwäche gestorben, dachte Bird noch einmal, während er den Hörer auflegte. Allerdings, wenn es so war, daß der verantwortliche Arzt bis zur Erschöpfung noch in die Nacht hinein arbeiten mußte, besagt das vielleicht etwas über die Art und Weise, in der der Tod das Kind heimgesucht hat? Bird hatte auf der Zunge den bitteren Geschmack von aufsteigendem Magensaft. Aus der Dunkelheit vor seinen Augen starrte ihn ein Riesiges und Schreckenerregendes

an. In einer Haltung wie ein Tierforscher, der in einen Keller voller Skorpione geraten ist, schlich er auf Zehenspitzen und zitternd am ganzen Körper zum Bett zurück. Das sichere Nest: Bird schwieg und zitterte weiter. Und als wollte er sich noch sicherer verbergen in der Tiefe des Nestes, versuchte er in Himiko einzudringen. Nach mehrmaligem Versagen vor Hast führten Himikos Finger das nicht völlig steife Glied und machten es fest. Sofort trieb Bird mit seiner Ungeduld Himiko zu den heftigsten Bewegungen, wie sonst nur beim gemeinsamen Erreichen des Orgasmus. Er sprang schlimmer als ungeschickt, und plötzlich dann entleerte er sich, einsam, als masturbierte er. Während er das wilde Herzklopfen in seiner Brust wie einen Schmerz empfand, streckte er sich an Himikos Seite lang aus und war, obwohl ohne jede Logik, überzeugt: Nicht lange, und ich werde an einer Herzlähmung sterben.

»Du bist ja schrecklich«, sagte Himiko, mehr seufzend als vorwurfsvoll, und sah Bird durch das Dunkel fragend an.

»Ah, das war schlimm von mir.«

»Und – das Baby, Bird?«

»Nachdem offenbar bis spät in die Nacht allerlei los war«, sagte Bird, von neuer Furcht gepackt.

»Was heißt: ›im Büro des Zweiten Direktors‹ –?«

»Dort soll ich morgen vormittag erscheinen.«

»Nimm mit einem Schluck Whisky ein paar Tabletten und schlaf, das ist das beste. Auf das Telefon brauchst du nun ja nicht mehr zu warten«, sagte Himiko mit unendlicher Zärtlichkeit.

Nachdem Himiko die Stehlampe neben dem Bett angeknipst hatte und hinausgegangen war in die Küche, versuchte Bird, die Augen vor dem hellen Licht fest geschlossen und noch beide Hände übereinander darauf gelegt, über den einen scharf zugespitzten Kern in seinem leeren, tauben Kopf nachzudenken: Warum hat das Kind, das an Schwäche gestorben ist, dem Arzt bis so spät Arbeit gemacht? Doch sogleich traf er auf eine Vorstellung, die das Furchtgefühl schürte, und rasch kehrte er um. Er öffnete die Augen einen winzigen Spalt, nahm aus Himikos Hand das zu einem Drittel mit Whisky

gefüllte Glas und eine die vorgeschriebene Dosis weit überschreitende Anzahl Tabletten, spülte sie mit einem Schluck hinunter und schloß abermals die Augen.
»Da waren auch meine Tabletten dabei«, sagte Himiko.
»Ah, schlimm von mir«, wiederholte Bird stumpfsinnig.
»Hör mal, Bird«, begann Himiko, während sie sich, unbewußt einen Zwischenraum freilassend wie unter Fremden, neben Bird ausstreckte.
»Ha?«
»Bis der Whisky und die Schlaftabletten wirken, will ich dir etwas erzählen, Bird. Eine Episode aus dem Roman des Afrikaners. Hast du das Kapitel von den Raubdämonen etwa schon gelesen?«
Bird schüttelte im Dunkeln den Kopf.
»Wenn eine Frau schwanger wird, wählen in der Stadt der Geister die Raubdämonen einen der ihren aus und schicken ihn in das Haus der Schwangeren. Dieser Abgesandte der Dämonen treibt nachts den echten Fötus aus und kriecht selbst in den Mutterleib. Kommt dann der Tag der Geburt, so bringt die Frau den Dämon, der die Gestalt einer schönen Leibesfrucht angenommen hat, zur Welt . . .«
Bird hörte schweigend zu. Unfehlbar wird das Kind bald darauf krank. Wenn die Mutter etwas opfert, um die Krankheit zu vertreiben, schleppt der Dämon das alles heimlich in ein Versteck. Tatsächlich wird das Kind nie wieder gesund. Und ist schließlich das tote Kind begraben, so nimmt der Dämon seine vorige Gestalt wieder an, schleicht sich aus dem Gräberfeld fort und kehrt mit dem Schatz aus dem Versteck in die Stadt der Geister zurück.
». . . immer ist also das Baby, in das sich der Dämon verwandelt hat, ein besonders schönes Kind, damit es so die Liebe der Mutter ganz auf sich zieht und sie dazu bringt, rücksichtslos alles zu opfern. Die Afrikaner, heißt es, nennen ein solches Kind ein ›zum Sterben geborenes Kind‹. Kannst du dir das vorstellen, Bird: etwa ein Pygmäen-Baby, und dann noch das schönste Baby –?«
Diese Geschichte werde ich meiner Frau erzählen, dachte Bird. Und in ihrer Vorstellung wird ihr unser Kind, wirklich ein

›zum Sterben geborenes Kind‹, als das schönste Baby erscheinen; vielleicht werde sogar ich meine Erinnerung entsprechend retuschieren. Das wird die größte Täuschung meines Lebens sein. Mein Monster-Baby ist gestorben, ohne daß der häßliche doppelte Kopf retuschiert wurde. Es bleibt für die unendliche Zeit nach dem Tode das Monster-Baby mit dem doppelten Kopf. Und angenommen, es gibt ein riesenhaftes Wesen, das jene unendliche Zeit ordnet, so wird sein Auge das Baby mit dem doppelten Kopf erblicken und den Vater dazu. Während ihn Übelkeit würgte, versank Bird plötzlich, als ob er abstürzte, in den Schlaf, einen Schlaf in einer hermetisch verschlossenen Dose, in die auch nicht das kleinste Licht eines Traumes hereinstrahlte. Dennoch hörte er im Schimmer des letzten Bewußtseinsreflexes noch einmal die Stimme seiner Schutzgottheit flüstern: »Schrecklich bist du, Bird.« Er hatte, sich zurückbeugend, als ob ein Senkblei an seinem Kopf hinge, beide Hände hochheben wollen, um sich mit den Daumenballen hinter den Ohren zu reiben, und dabei seinen Ellbogen kräftig gegen Himikos Lippen geschlagen. Himiko, der vor Schmerzen die Tränen rannen, starrte durch das Dunkel auf Birds im Schlaf unnatürlich zusammengekrümmte, verquälte Gestalt. Sie fragte sich, ob er den Anruf vom Krankenhaus nicht mißverstanden hatte. Konnte es nicht sein, das Baby war gar nicht gestorben, bekam vielmehr die vorgeschriebene Menge Milch und befand sich wieder auf dem Wege der Besserung? Konnte es nicht sein, man wollte mit Bird über eine Operation des Babys sprechen und rief ihn deshalb ins Krankenhaus? Himiko empfand ihren schlafenden Freund, wie er einem Orang-Utan im engen Käfig gleich eingeknickt dalag und einen vom Whisky-Dunst flammenden Atem ausstieß, zugleich komisch und bedauernswert. Wenigstens aber würde dieser Schlaf ihm eine kurze Rast bedeuten vor den Aufregungen des kommenden Tages. Himiko stieg aus dem Bett, und indem sie an Birds Armen und Beinen zerrte, half sie ihm, daß er nun, ausgestreckt über das ganze Bett, bequemer schlief. Er war schwer wie ein in den Schlaf verzauberter Riese, ließ sich aber willig bewegen. Dann schlang Himiko sich im Stil der Weisen Griechenlands ein

Tuch um den nackten Körper und ging ins Wohnzimmer hinüber. Sie wollte lieber bis zum Morgengrauen die Afrikakarte studieren.

*

Plötzlich seinen Irrtum begreifend, wütend, als hätte man ihn grausam verspottet, wurde Bird über und über rot. Das war in dem Augenblick, in dem er das private Büro des Zweiten Direktors betrat, des Spezialisten für Gehirnchirurgie. Gleich an der Tür, hinter der ihn mehrere junge Ärzte, darunter der für das Baby verantwortliche Arzt von der Kinderabteilung, um einen älteren Professor mit einer durchaus nicht einschüchternden Autorität geschart und ungeduldig erwarteten, hatte er gespürt: Ich habe mich geirrt. Und war, errötend, wie angewurzelt stehen geblieben. Nun saß er in einem runden, gelbledernen Sessel, eingeschlossen vom Kreis der Ärzte. Er fühlte sich wie ein Häftling: zum Wachlokal der Aufseher geschleppt, nachdem die stümperhaft geplante Flucht aus dem Gefängnis des Monster-Babys fehlgeschlagen war. Hatten also diese Aufseher in einer Art Verschwörung ihm mit dem zweideutigen Anruf in der Nacht zuvor eine Falle gestellt, um sich von der Höhe ihres Beobachtungsturmes aus am Anblick seiner Flucht und seines Scheiterns zu belustigen?
Da Bird kein Wort sagte, stellte ihn der Arzt von der Kinderabteilung vor: »Dieser Herr ist der Vater des Neugeborenen.« Ließ dann ein Lächeln aufscheinen, als ob er sich zu schämen habe, und zog sich auf die Position eines Beobachters zurück. Vermutlich hatte der Professor für Gehirnchirurgie bei der Visite den Ernährungszustand des Babys bemängelt und der junge Arzt daraufhin Bird denunziert. Diese Vorstellung machte Bird wütend, so daß er dem Arzt von der Kinderabteilung einen giftigen Blick zuwarf.
»Ich habe«, sagte der Professor für Gehirnchirurgie, »Ihr Kind gestern und heute untersucht, und wenn es noch ein wenig kräftiger ist, werden wir es operieren können.«
Nun denn, muß ich es also mit ihnen aufnehmen, muß ich

mit diesen Burschen kämpfen, um mich vor dem Monster-Baby zu schützen, kommandierte Bird seinen Kopf, der in Panik zu geraten drohte. Seit dem Augenblick, in dem er seinen einfältigen Irrtum bemerkt hatte, war er auf der Flucht, unfähig an etwas anderes zu denken als daran, daß er, immer wieder sich umwendend im Laufen, sich selber schützte. Ich muß die Operation verweigern; tu ich das nicht, so wird meine Welt okkupiert werden von dem Monster-Baby. »Besteht denn Hoffnung, daß es nach einer Operation normal aufwächst?« fragte Bird wie mechanisch.

»Das läßt sich noch nicht präzise beantworten«, bekannte der Zweite Direktor anstandslos.

Bird gab seinen Augen einen strengen Ausdruck, als wollte er etwa sagen: Ich bin ein Mensch, dem nichts entgeht. In seinem Gehirnfeld tauchte ein Ring von Flammen des heißesten Schamgefühls auf. Wie im Zirkus der Tiger begann er sich auf den Augenblick vorzubereiten, in dem er durch den Flammenring springen würde.

»Welche Möglichkeit halten Sie für die wahrscheinlichere: wird es gesund heranwachsen oder nicht?«

»Auch darauf kann ich, solange wie eine Operation nicht versucht haben, nichts Genaues antworten.«

Hier nun, und ohne auch nur zu erröten, sprang Bird durch den Ring des Schamgefühls.

»Dann möchte ich die Operation verweigern.«

Für einen Augenblick war es, als ob die Ärzte, Bird starr anblickend, den Atem anhielten. Und Bird spürte, daß er jetzt mit lauter Stimme die ungeheuerlichsten Unverschämtheiten hätte herausschleudern können. Doch brauchte er solche impertinente Freiheit durchaus nicht anzuwenden. Der Professor für Gehirnchirurgie hatte sofort Birds Verhalten vollkommen begriffen.

»Nun, so nehmen Sie also das Kind mit?« fragte der Professor rasch und mit offensichtlichem Zorn.

»Ja, ich nehme es mit«, erwiderte Bird, auch er hastig.

»Dann bitte, tun Sie es!« Der angenehmste Arzt, dem Bird im Krankenhaus begegnet war, zeigte deutlich seine Abneigung gegen ihn.

Gleichzeitig mit den Ärzten um ihn erhob sich Bird. Das war der Schlußgong des Kampfes, dachte er, ich habe mich erfolgreich gegen das Gespenst meines Babys verteidigt.

»Wollen Sie das Kind wirklich mitnehmen?« fragte der Arzt von der Kinderabteilung mit einem gewissen Zögern, als er dann draußen auf dem Gang an Bird herantrat.

»Heute nachmittag komme ich es abholen«, erwiderte Bird.

»Vergessen Sie nicht, das Baby braucht etwas zum Anziehen, wenn es das Krankenhaus verläßt«, sagte der Arzt mit abgewandtem Gesicht und entfernte sich.

Mit raschen Schritten ging Bird hinaus auf den Platz vor dem Krankenhaus, wo Himiko den Wagen geparkt hatte und auf ihn wartete. Unter dem dunstig bedeckten Himmel dieses Tages schien sowohl der knallrote Sportwagen wie auch Himiko, die eine Sonnenbrille trug, ausgeblichen fahl und häßlich. Noch im Näherrennen rief Bird mit wild verzerrtem Gesicht: »Alles ein Irrtum! Es ist zum Lachen!«

»Das habe ich befürchtet.«

»Wieso?« sagte Bird mit rauher Stimme.

»Ohne eigentlichen Grund, Bird«, wich Himiko ängstlich aus.

»Ich werde es nun also so machen, daß ich das Kind zurückhole.«

»Und wohin? Zu deiner Frau ins Krankenhaus oder in deine Wohnung?«

Bird stürzte augenblicklich in eine tiefe Ratlosigkeit. Er begriff, daß er sich zwar tollkühn gewehrt hatte gegen das Ansinnen der Ärzte in diesem Krankenhaus, eine Operation zu versuchen und ihm so für den Rest seines Lebens die Last eines Kindes aufzuzwingen, das ein Loch im Kopf hat, daß er sich aber über diesen Widerstand hinaus noch überhaupt keinen Plan zurechtgelegt hatte. In dem Krankenhaus, in dem seine Frau sich befand, würden sie das glücklich abgeschobene ›Ding‹ nicht noch einmal aufnehmen wollen, und wenn er es in die Mietwohnung brächte, geriete er gewiß durch die gut gemeinte Neugier der alten Dame von Hausbesitzerin in eine arge Klemme. Freilich wäre es möglich, dort im Schlafzimmer die kritische Diättherapie, nach der das Kind bis vor einem Tag auf der Spezialkinderstation behandelt wurde, fortzusetzen; zweifellos jedoch würde das hungernde Wesen mit dem doppelten Kopf durch sein Schreien die Hunderte von Hunden im Viertel ringsum zum Mitheulen verführen. Und wäre schließlich das Baby an Schwäche gestorben, welcher Arzt würde ihm dann einen medizinischen Totenschein ausstellen? Bird stellte sich vor, wie er unter dem Verdacht der Kindestötung verhaftet würde, und was die Zeitungen danach wohl an grausamen Artikeln darüber veröffentlichten.

»Ja, du hast recht. Ich weiß nicht, wohin mit dem Baby«, sagte Bird erschöpft und stieß einen säuerlichen Atem aus.

»Solltest du also nicht irgendwelche Pläne haben, Bird –«

»Na, sag schon!«

» – ich meine, Bird, wie wäre es denn nun, wenn wir es einem mir befreundeten Arzt überließen? Ich glaube, er wird einem Menschen, der ein Kind zurückweisen möchte, gewiß beistehen. Ich selber habe ihn kennengelernt, als es um eine Schwangerschaftsunterbrechung ging.«

Noch einmal fühlte Bird sich wie ein feiger, von Panik gehetzter und nur noch auf den eigenen Schutz bedachter Soldat einer Armee, die vom Angriff dieses Monsters von einem Baby dezimiert wurde. Er erbleichte und sprang dann durch den nächsten Flammenring.

»Wenn der Arzt einverstanden ist, gut, dann machen wir es so.«

»Ihn darum bitten, das heißt natürlich –«, sagte Himiko in einem für sie ungewöhnlich schleppenden Tonfall, »– das heißt natürlich, Bird, wir machen uns die Hände schmutzig, wir töten das Kind.«

»Nein, nicht ›wir‹, nicht ›unsere Hände‹, ich mache mir meine Hände schmutzig, ich bringe es um«, erwiderte Bird. Und er dachte: Von einer Täuschung wenigstens habe ich mich damit frei gemacht. Doch das war kein Frohlocken; vielmehr war ihm zumute, als habe er den ersten Schritt getan die Treppe hinab in ein trübseliges Verlies.

»Und doch ›unsere Hände‹, Bird –«, sagte Himiko. »Willst du nicht ans Steuer?«

Bird gewahrte, daß Himikos geradezu schwerfällig langsame Art des Sprechens daher rührte, daß sie außerordentlich angespannt war. Er ging vorn um den Wagen herum und kletterte auf den Fahrersitz. Im Rückspiegel sah er Himikos blasses Gesicht: pickelig um die Lippen herum, als ob da weißes Pulver hervorgebrochen wäre. Wahrscheinlich, dachte Bird, sieht mein Gesicht genauso erbärmlich aus. Er versuchte aus dem Wagen zu spucken, aber seine Mundhöhle war so ausgetrocknet, daß nicht mehr zustande kam als ein Geräusch, wie wenn einer mit der Zunge schnalzt. Im Stile Himikos ließ er den Wagen wild davonschießen.

»Um von jenem Arzt zu reden, Bird, in der ersten Nacht, nachdem du zu mir gekommen bist, hat draußen, wie du sagst, ein Mann in mittleren Jahren mit einem Eierkopf nach mir gerufen, das war der Arzt. Erinnerst du dich?«

»Und ob ich mich erinnere«, antwortete Bird, und dabei dachte er, daß es ihm einmal möglich erschienen war, ohne irgendeinen Kontakt mit solchem Typ von Menschen sein Leben zu verbringen.

»Sobald wir telefonisch alles mit ihm besprochen haben, überlegen wir uns, was wir brauchen, wenn wir das Kind abholen wollen, Bird.«

»Der Arzt von der Kinderabteilung hat gesagt, ich soll nicht vergessen, für das Baby etwas zum Anziehen mitzubringen.«

»Wir könnten an deiner Wohnung vorbeifahren und die Sachen holen. Wo sie stecken, wirst du doch wissen, oder?«

»Lieber nicht.« Bedrückend lebhaft stieg in ihm die Erinnerung auf an die Szenen, wie seine schwangere Frau Tag für Tag eifrig alles für das Baby vorbereitet hatte. Und er fühlte, das weiße Kinderbett und die Wickelkommode mit den apfelförmigen Griffen auf elfenbeinweißem Grund und was sonst noch war, dies alles würde ihn zurückweisen. »Ich bringe es nicht fertig, dort Wäsche für das Baby herauszusuchen.«

»Ich verstehe. Und wenn deine Frau erfährt, wozu du sie gebraucht hast, wird sie es dir natürlich nie verzeihen.«

Das auch, dachte Bird. Selbst aber, wenn ich keine Wäsche aus der Wohnung hole, schon wenn sie nur erfährt, daß das Kind, bald nachdem es von diesem Krankenhaus in ein anderes gebracht wurde, gestorben ist, wird sie mir nicht verzeihen. Und da sich die Sache nun einmal so entwickelt hat, werde ich zweifellos auch nicht mehr imstande sein, meiner Frau noch länger ihre vagen Zweifel auszureden und unter solchem Vertuschen die Ehe mit ihr fortzusetzen. Mag ich in meinem Inneren gegen das Jucken der Täuschung ankämpfen, wie ich will, schon jetzt übersteigt das bei weitem die Grenzen meiner Fähigkeiten. Abermals hatte Bird unter der Zuckerkruste der Täuschung in eine bittere Wahrheit gebissen.

Vor einer großen Kreuzung wurde der Wagen von Signalampeln aufgehalten. Es war an einer der breiten Ringstraßen, wie sie um die riesige Stadt herumlaufen, und Bird sah sich ungeduldig nach der Richtung um, in die er einbiegen mußte. Der Himmel war jetzt schwarz und von tiefen Wolken verhangen. Ein Wind kam auf, der nach Regen schmeckte, und rauschte wild in den verstaubten Wipfeln der Straßenbäume. Das Grün, auf das die Ampel jetzt wechselte, hob sich scharf vom düsteren Himmel ab und löste in Bird ein Gefühl aus, als würde er dorthin fortgesogen. Daß er in diesem Augenblick wie die anderen, die in ihrem ganzen Leben gewiß nie den Plan fassen würden, einen Menschen zu töten, von demselben Signallicht geschützt wurde, ließ ihn nur um so stärker spüren, wie wenig er zu ihnen gehörte.

»Von wo aus rufen wir an?« fragte Bird und fühlte sich dabei wie ein flüchtender Verbrecher.

»Vom nächsten Lebensmittelgeschäft aus. Und dann werde ich auch ein paar Würstchen kaufen, damit wir was zu essen kriegen.«

»Ah, gut«, sagte Bird folgsam, obwohl er keinen Appetit, dafür aber ein unangenehmes Abwehrgefühl in seinem Magen entdeckte. »Und du meinst wirklich, daß dein Bekannter es übernehmen wird?«

»Mit seinem Eierkopf sieht er so gütig aus, dabei hat er schon manches Schlimme angestellt, wie etwa – ...« Himiko verfiel plötzlich in ein unnatürliches Schweigen und leckte sich mit flackernder Zungenspitze die trockenen Lippen.

Hat also, dachte Bird, dieser kleine Mann so schreckliche Dinge getan, daß Himiko nicht einmal den Mut hat, davon zu erzählen. Wieder überkam ihn die Übelkeit. Würstchen zum Mittag? Nein, wirklich nicht.

»Nach dem Telefonieren«, sagte Bird, »ist es wichtiger, Wäsche für das Kind zu kaufen als etwa Würstchen. Einen Babykorb brauchen wir auch. Am schnellsten wird das in einem Kaufhaus zu erledigen sein. Allerdings möchte ich nicht mit in die Baby-Abteilung gehen.«

»Ich mach' das schon mit dem Einkaufen, Bird, du wartest besser im Wagen.«

»Als meine Frau schwanger war, bin ich mit ihr einkaufen gegangen, scheußlich, nichts als Schwangere, nichts als Babys, eine Atmosphäre, die etwas Animalisches hatte.«

Mit einem Blick erkannte Bird, daß Himiko noch mehr an Gesichtsfarbe verloren hatte: offensichtlich war also auch ihr übel. Beide bleich, beide schweigend, so saßen sie nebeneinander in dem dahinrasenden Wagen. Nach einer Weile sagte Bird in einer Laune, als wollte er sich selber verhöhnen: »Ist das Baby erst mal tot und meine Frau wieder gesund, werden wir uns ja wohl scheiden lassen. Und aus der Präparandenschule haben sie mich auch hinausgeschmissen, na, was sage ich: da bin ich dann wirklich ein freier Mann. Genau das habe ich mir die ganze Zeit erträumt, aber – eigentlich froh bin ich doch nicht.«

Da der Wind stärker geworden war und von Bird zu Himiko hinüberwehte, mußte Himiko ihre Stimme gewaltig anstrengen gegen den Wind, so daß es wie ein Schrei war, als sie Bird zurief: »Und bist du erst ein freier Mann, wollen wir dann nicht, wie mein Schwiegervater meint, Haus und Grundstück verkaufen und zusammen nach Afrika fahren?«

Ganz real vor Augen: Afrika! Aber jetzt war es nur ein ödes, keine Leidenschaften mehr erregendes Afrika, das in Birds Vorstellung aufstieg. Niemals zuvor seit seinen jungen Jahren, als er zuerst seine Begeisterung für Afrika entdeckte, hatte das Afrika in seinem Inneren so allen Glanz verloren. Hilflos, verlassen, ein freier Mann in der aschgrauen Sahara: auf einer wie eine Libelle geformten Insel 140 Grad öst-

licher Länge hat er sein Kind umgebracht und ist fahnenflüchtig geworden, wanderte dann durch das ganze Afrika, ohne ein Warzenschwein, ohne auch nur eine Spitzmaus zu fangen, und steht nun bestürzt, benommen in der Sahara.
»Afrika?« fragte Bird ungerührt.
»Du bist jetzt eben ins Grübeln versunken wie eine Schnecke, die sich in ihr Haus verkrochen hat, Bird. Aber im Augenblick, wo du afrikanischen Boden betrittst, ist deine Leidenschaft wieder da, bestimmt!«
Bird schwieg melancholisch.
»Weißt du, Bird, mich hat deine Afrikakarte fasziniert. Wenn du geschieden bist und bist ein freier Mann, möchte ich mit dir hinüber nach Afrika gehen und diese Karte richtig als Straßenkarte verwenden. Nachdem du gestern eingeschlafen warst, habe ich sie die ganze Zeit studiert, und da hat mich das Fieber gepackt, Bird. Deshalb, was ich brauche, das ist ein Bird, der ein freier Mann ist. Vorhin, als ich sagte, ›unsere Hände‹ machen wir schmutzig, hast du geantwortet: ›nicht unsere Hände‹, es sind aber schließlich doch ›unsere Hände‹. Bird, fahren wir zusammen nach Afrika, ja?«
Als spie er quälenden Speichel aus, erwiderte Bird: »Wenn du es wünschst . . .«
»Unser Verhältnis war erst nicht mehr als eine ausschließlich sexuelle Verkettung, ich war dir ein Notbehelf in einer Zeit, in der dich Angst und Schamgefühl quälten. Gestern nacht indessen ist mir klargeworden, daß auch in mir eine Leidenschaft für Afrika aufgestiegen ist. Jetzt sind wir auf eine ganz neue Weise aneinander gebunden, Bird, und die Afrikakarte spielt den Vermittler dabei. Von dem Ort des bloßen Sexus haben wir uns hinaufgeschwungen an einen höheren Ort: was ich immer gehofft hatte, und nun spüre ich sie wirklich, diese Leidenschaft, Bird! Das bedeutet es, wenn ich dich meinem Bekannten, dem Arzt, vorstelle; deshalb mache ich mir mit dir zusammen die Hände schmutzig!«
Gegen die niedrige Windschutzscheibe des Sportwagens, so daß es aussah, als ob sie über die ganze Fläche Sprünge bekäme, trieben wie Dunsttröpfchen feine, helle Regentropfen. Zugleich fühlten Bird und Himiko den Regen auf Stirn und

Augen, wie bei einem unerwarteten Einbruch der Abenddämmerung wurde es finster ringsum, und ein wilder Wirbelsturm erhob sich.

»Man kann doch wohl ein Verdeck über diesen Wagen ziehen, oder? Sonst wird uns das Baby naß werden.« Während Bird dies sagte, hatte er etwas von einem traurigen Narren an sich.

XII

Als Bird damit fertig war, auf dem MG das schwarze Segeltuchverdeck zu befestigen, kam vom Küchenfenster in einem plötzlichen Windstoß, der wie ein erschrecktes Huhn durch die Gasse taumelte, ein Geruch von verbranntem Knoblauch und Würstchen herangezogen. Dünn geschnittenen Knoblauch in Butter rösten, Wiener Würstchen hinzugeben, mit Wasser auffüllen und sieden lassen: ein Gericht, das Bird von Deltschew gelernt hatte. Bird versuchte sich vorzustellen, wie das mit Deltschew wohl ausgegangen war. Möglich, daß man ihn bereits von dem Mädchen mit der blassen Haut getrennt und in die Gesandtschaft zurückgebracht hat. Ob er sich nun heftig gewehrt hat in seinem Bau hinten am Ende der Sackgasse? Wird seine Geliebte etwa gejammert und geschrien haben in ihrem Japanisch, was weder Deltschew-san selbst verständlich war noch auch den Mitgliedern der Gesandtschaft, die ihn einfangen sollten? Am Ende freilich dürfte beiden, Deltschew-san und seiner Geliebten, nichts anderes übriggeblieben sein, als sich zu ergeben.
Bird betrachtete den Sportwagen mit dem darübergezogenen Verdeck. Schwarzes Segeltuch auf knallroter Karosserie: so glich der Wagen dem zerfetzten Fleisch in einer Wunde und dem Schorf ringsum. Bird empfand einen tiefsitzenden Ekel. Der Himmel jetzt war dunkel verhangen, die Luft schwül und diesig, auch der Wind wirbelte kräftig; der Regen, der sich eine Zeitlang in einem dampfenden Geprassel entladen hatte, war zwar wieder von Sturmböen in irgendeine Ferne vertrieben, würde aber binnen kurzem plötzlich wieder da sein. Bird sah hinauf zu den zwischen Dachfirst und Dachfirst üppig aufgeschossenen Bäumen: der Regenguß hatte an ihrem Laub ein schweres und düsteres, in Wahrheit jedoch frisches Grün hervorgewaschen. Es war dasselbe, Bird so faszinierende Grün, wie er es zuvor an der Signallampe vor der Ringstraßenkreuzung bemerkt hatte. Wer weiß, dachte er betroffen, vielleicht erblicke ich auf meinem Totenbett ein

so reines, heftiges Grün. Bird hatte das Gefühl, nicht sein Baby, sondern er selbst sollte jetzt zu jenem zweifelhaften Abtreibungsdoktor gebracht und dort ermordet werden. Er ging zum Hauseingang zurück, raffte zu einem Bündel zusammen, was er dort abgestellt hatte, den Babykorb und die Babywäsche, wie Strümpfchen, wollenes Jäckchen, desgleichen Höschen und noch ein Mützchen dazu, schleppte dies alles zum MG und stopfte es in den Zwischenraum hinter den Sitzen. Himiko hatte ziemlich viel Zeit gebraucht, um das im einzelnen auszusuchen. Eine ganze Stunde hatte Bird im Wagen warten müssen, und schon war ihm der bange Verdacht aufgestiegen, Himiko könnte ihm davongelaufen sein. Warum nur hat Himiko so endlos lange nach Wäsche für ein Baby gesucht, das doch bald sterben wird? Merkwürdig, wovon Frauen sich immer beeindrucken lassen.
»Bird, das Essen ist fertig!« rief ihm Himiko aus dem Schlafzimmerfenster zu.
Als Bird eintrat, stand Himiko in der Küche und aß von den Würstchen. Er warf einen Blick in die Bratpfanne, zog, angewidert von dem Knoblauchgeruch, die Hand zurück und schüttelte dann, Himiko zugewandt, die ihn wie mißtrauisch beobachtete, den Kopf. Unter inbrünstigem Kauen und nachdem sie sich ihre von zerlassener Butter triefende Zunge mit einem Schluck Wasser aus einem Becher abgespült hatte, sagte Himiko und stieß dabei einen penetrant nach Knoblauch riechenden Atem aus: »Wenn du keinen Appetit hast, so geh doch wenigstens unter die Dusche!«
»Ja, das werde ich auch tun«, sagte Bird erleichtert, denn er war verschwitzt und staubbedeckt.
Schamhaft krümmte er beim Waschen die Schultern nach vorn. Immer wenn er sich vom Kopf her das warme Wasser überlaufen ließ, bildete er sich ein, das steigere seine sexuelle Begierde; jetzt aber spürte er nur eine atembeklemmende Herzbeschleunigung. Diesmal preßte er unter dem warmen Regen bewußt die Augen zu, beugte den Kopf zurück und versuchte, sich mit den Wurzelballen beider Daumen hinter den Ohren zu reiben. Bald darauf, eine Plastikkappe mit einer Art Melonenmuster über den Kopf gestülpt, trat Hi-

miko hastig neben Bird und begann sich in einem Stil zu waschen, als ob sie ihren ganzen Körper durchwühlen wollte, weshalb Bird sein Spiel abbrach und das Badezimmer verließ. Eben als Bird sich mit dem Tuch trocken rieb, hörte er ein Geräusch auf der Gasse draußen, wie wenn etwas mächtig Großes und Schweres auf den Erdboden aufschlüge. Er lief ans Schlafzimmerfenster und sah, daß sich der knallrote Sportwagen tödlich getroffen wie ein versinkendes Schiff zur Seite neigte. Das rechte Vorderrad war verschwunden! Ohne sich den Rücken richtig abzuwischen, fuhr Bird in seine Hosen, zog das Hemd über und rannte hinaus, um nach dem Wagen zu sehen. Ihm war, als verschwände jemand im Laufschritt um den Eingang der Gasse. Doch machte er keine Anstalten hinterherzulaufen und betrachtete sich den beschädigten Wagen. Das abgelöste Rad war spurlos verschwunden, der vordere Scheinwerfer auf der Seite, die wegen der Neigung auf dem Boden aufsaß, war zersplittert. Jemand mußte das Chassis mit dem Wagenheber hochgeliftet, das Rad abmontiert und dann den Wagen so heftig hingeknallt haben, daß er schräg auf das Schutzblech aufgeschlagen und dabei der Scheinwerfer zerbrochen war. Der Wagenheber, er sah aus wie ein gebrochener Arm, war unter dem Chassis liegen geblieben.

»Da hat einer ein Rad gestohlen!« rief Bird Himiko zu, die noch immer unter der Dusche stand. »Hoffentlich hast du ein Reserverad!«

»Es liegt eines hinten drin im Schuppen.«

»Wer klaut denn aber ein einzelnes Rad?«

»Vielleicht war es mein kleiner Freund, du weißt doch, dieser Junge. Das ist seine Art, mich zu ärgern. Bestimmt hat er sich irgendwo in der Nähe versteckt, das Rad unterm Arm. Und da beobachtet er uns dann«, rief Himiko zurück, als ob das nichts weiter auf sich hätte. »Wenn wir uns aber gar nicht in Verlegenheit bringen lassen und großspurig herausfahren, wird er, denke ich, in seinem Versteck heulen vor Wut. Wir werden es ihm zeigen, wie?«

»Das Problem ist, ob der Wagen nicht kaputt ist. Auf jeden Fall werde ich mal das Reserverad draufsetzen«, sagte Bird.

Bird montierte das Rad an den Wagen, wobei er sich beide Hände mit Dreck und Maschinenöl beschmierte. Und verschwitzt war er danach mehr, als er es vor der Dusche gewesen war. Hierauf ließ er den Motor vorsichtig anspringen: der lief ganz normal, wie es schien. Selbst wenn es spät wird, bis zur Abenddämmerung, überlegte Bird, werden wir ja wohl alles hinter uns haben und die Scheinwerfer also nicht brauchen. Er hätte sich zwar gern noch einmal unter die Dusche gestellt, da aber Himiko fertig war für die Abfahrt, und seine Ungeduld nun auch den kleinsten Aufschub nicht mehr ertrug, fuhren sie so los. Als sie mit dem Wagen aus der Gasse bogen, lief jemand hinter ihnen her und warf mit Steinchen.

*

Nachdem sie das Krankenhaus erreicht hatten, tat Himiko so, als wollte sie im Wagen bleiben, aber Bird flehte sie an: »Komm du doch bitte mit!«

Also gingen sie zusammen mit schnellen Schritten den Verbindungsgang zur Spezialkinderstation hinüber, Bird den Korb in der Hand, Himiko die Wäsche für das Baby. Die Patienten, die ihnen begegneten, machten heute alle den Eindruck einer ungewöhnlichen Anspannung, taten kalt und gleichgültig: der Einfluß des vom Sturm bald verjagten, bald wieder unerwartet herangetriebenen Regens und des dumpfen Donners in der Ferne. Im Gehen, während er den Korb festhielt, suchte Bird ungeduldig nach Worten, wie er den Schwestern mühelos beibringen könnte, daß er das Baby aus dem Krankenhaus zurückholen wollte, und allmählich war seine Verwirrung immer größer geworden; als sie indessen die Station betraten, wußten die Schwestern bereits, daß er das Kind holen kam. Bird war erleichtert. Um jedoch den vor Neugier brennenden jüngeren Schwestern keine Möglichkeit zu geben, ihn etwa danach zu fragen, warum er das Baby weghole, ohne daß es operiert wurde, oder wohin er es denn bringen wolle, bewahrte er einen abweisenden, harten Gesichtsausdruck, hielt den Blick gesenkt und antwortete, auch

da so kurz wie möglich, nur dann, wenn es um die notwendigen verwaltungsmäßigen Formalitäten ging.
»Dieses Karteiblatt nehmen Sie bitte mit zur Verwaltung und regeln die Bezahlung«, sagte die Schwester, »inzwischen werde ich den verantwortlichen Kinderarzt rufen.«
Bird bekam eine widerlich rosafarbene große Karte in die Hand gedrückt.
»Ich habe für das Baby Wäsche mitgebracht.«
»Ja, geben Sie die mir, wir werden sie natürlich brauchen.« Die Schwester, sie ließ sich eine bis dahin vage verhüllte Mißbilligung jetzt deutlich anmerken, warf Bird einen strengen Blick zu, in dem auch nicht ein Funken Freundlichkeit mehr war.
Bird händigte ihr sämtliche Kleidungsstücke auf einmal aus, die Schwester musterte Stück für Stück und nur das Mützchen gab sie ihm zurück. In einem Anflug von Verwirrung knüllte Bird es zusammen und schob es in seine Hosentasche. Dann wandte er sich vorwurfsvoll zu Himiko um, die hinter ihm stehen geblieben war und nichts bemerkt hatte.
»Was denn?« fragte Himiko.
»Nichts«, antwortete Bird. »Ich gehe in die Verwaltung.«
»Ich komme mit«, sagte Himiko hastig, als fürchtete sie, er könnte sie heimlich im Stich lassen. Beide hatten sie, solange Bird mit der Schwester sprach, ihre Körper so unnatürlich verdreht, daß die vielen Babys jenseits der gläsernen Trennwand keinesfalls in ihr Blickfeld gerieten.
Als in der Verwaltung die Angestellte am Schalterfenster die rosafarbene Karte entgegennahm, bat sie Bird noch um sein Siegel und sagte: »Eine Entlassung also, meinen Glückwunsch!«
Bird, um keine bestimmte Antwort zu geben, nickte.
»Und welchen Namen haben Sie dem Kind gegeben?« fuhr das Mädchen fort.
»Keinen. Wir haben ihm noch keinen gegeben.«
»Im Augenblick ist es einfach als Ihr Neugeborenes eingetragen, aber der Ordnung halber würden wir es dankbar begrüßen, wenn Sie uns den Namen wissen ließen.«
Einen Namen! dachte Bird, und wieder wie damals im Kran-

kenzimmer seiner Frau stürzte ihn der Gedanke daran in eine tiefe Verwirrung. Diesem Monster einen Namen geben. Ich fürchte, von dem Augenblick an würde das Kerlchen noch mehr einem menschlichen Wesen ähnlich werden, würde es anfangen, sich als Mensch zu behaupten. Ob es namenlos stirbt oder ob es stirbt, nachdem es einen Namen erhalten hat, für mich hätte seine faktische Existenz dann jedenfalls eine ganz andere Bedeutung.

»Es würde schon genügen, wenn Sie ihm einen vorläufigen Namen gäben, den ich hierher setzen könnte«, sagte die Angestellte in einem heiteren Ton, der jedoch das Hartnäckige in ihrem Charakter nur verschleierte.

»Na, dann gib ihm doch schon einen Namen, Bird!« warf in offensichtlicher Ungeduld Himiko ein.

»Also nenne ich ihn Kikuhiko«, sagte Bird, indem er sich der Worte seiner Frau erinnerte, und erklärte dem Mädchen die Schriftzeichen.

Nachdem die Rechnung ausgefertigt war, gab ihm das Mädchen am Schalterfenster die Vorauszahlung zum größten Teil zurück. Da das Baby während seines Aufenthalts in diesem Krankenhaus als Nahrung nur verdünnte Milch und Zuckerwasser erhalten und man später sogar auch die Antibiotika-Injektionen abgesetzt hatte, ergab sich schließlich, daß es unvergleichlich sparsam gelebt hatte.

Bird und Himiko gingen zurück zur Station.

»Dieses Geld hatte ich von meiner Spareinlage abgehoben, die mal für die Afrikareise gedacht war. Und jetzt, in dem Augenblick also, wo ich beschlossen habe, das Kind zu töten und mit dir nach Afrika zu fahren, kehrt es in meine Tasche zurück«, sagte Bird, ohne selber richtig zu begreifen, was er sagen wollte, aus einer undifferenzierten Mixtur von Gefühlen.

»Dann werden wir dieses Geld auch wirklich in Afrika ausgeben«, sagte Himiko leichthin. Und sie fuhr fort: »Hör mal, Bird, diesen Namen, ich meine Kikuhiko – – – da kenne ich eine Transvestiten-Bar, die sich auch Kikuhiko nennt, mit denselben Schriftzeichen. Weil das Mamachen dort Kikuhiko heißt.«

»Und wie alt ungefähr ist der Kerl?«
»Bei solchen Leuten ist das richtige Alter schwer zu schätzen, aber er mag vier, fünf Jahre jünger sein als du.«
»Bestimmt ist es der Kikuhiko, den ich damals in der Provinzstadt kannte. Er hatte ein homosexuelles Verhältnis mit einem Amerikaner, einem Kulturinformationsbeauftragten von der Besatzungsarmee, und da ist er schließlich nach Tōkyō davongelaufen.«
»Ist das ein Zufall, Bird, wie? Na, danach fahren wir dorthin.«
›Danach‹, dachte Bird. ›Danach‹, wenn wir das Baby dem zweifelhaften Abtreibungsdoktor überlassen haben. Und er erinnerte sich daran, wie er in jener Nacht damals in der Provinz den jungen Mann sich selber überlassen hatte. Da habe ich also nun das Kind, das ich jetzt seinem Schicksal überlassen will, mit demselben Namen benannt, mit dem ich einst jenen Jungen rief, den ich auch sich selber überließ. Ah, um so eine Namensgebung liegen eben doch gefährliche Fallen aus. Für einen Augenblick wäre Bird am liebsten umgekehrt, um den Namen zu ändern, sofort aber war sein Wille vom Gift der Mutlosigkeit zerfressen. Und selbstquälerisch sagte er: »Heute abend bei den Homosexuellen im ›Kikuhiko‹ werden wir uns vollaufen lassen – das soll unsere Totenwache sein.«
Auf der Station hatte man Birds Baby, Kikuhiko also, bereits hinter der gläsernen Trennwand hervorgeholt, und da lag es nun, bekleidet mit dem flaumigen Zeug, das Himiko ausgesucht hatte, in dem Babykorb. Daneben wartete untätig der verantwortliche Arzt von der Kinderabteilung. Bird und Himiko stellten sich ihm gegenüber auf, so daß sich der Korb mit dem Baby zwischen ihnen befand. Bird spürte, wie Himiko beim Anblick des Kleinen einen Schock erlitt. Es hatte, noch um einen Grad größer geworden, die schielenden Augen geöffnet, die wie tiefe Falten wirkten in der puterroten Haut. Auch die Beule am Kopf schien sich kräftig entwickelt zu haben. Sie leuchtete noch röter als das Gesicht und war glänzend aufgeschwollen. Jetzt mit geöffneten Augen hatte das Baby tatsächlich etwas Greisenhaftes, glich es den Eremiten auf

den Tuschbildern der Südlichen Schule, dabei aber fehlte faktisch jeder eigentlich menschliche Ausdruck. Vielleicht kam das daher, daß die Stirn im Verhältnis zu der Beule am Kopf noch immer so klein und schmal zusammengepreßt war. Ununterbrochen mit winzigen Gesten bewegte das Baby die geballten Fäuste, als wollte es den Versuch machen, aus dem Korb zu fliehen.

»Es sieht dir aber gar nicht ähnlich«, flüsterte Himiko mit einer widerlichen, durchdringenden Stimme.

»Es ähnelt niemandem, es ähnelt überhaupt keinem Menschen«, sagte Bird.

»So ist es ja nun nicht«, wandte sich der Arzt mit einem leichten Tadel an Bird.

Für einen Augenblick starrte Bird in den Raum hinter der gläsernen Trennwand. Die Babys in den Betten bewegten sich jetzt alle gleichzeitig. Bird fragte sich, ob sie sich nicht etwa über den Genossen unterhielten, der da eben weggebracht wurde. Es schien einen jeden gleichermaßen zu erregen. Was mag aus dem Baby im Brutofen, jenem Seidenäffchen mit den nachdenklichen kleinen Augen werden? Und würde wie sonst in seinen braunen Knickerbockern, den breiten Ledergürtel umgeschnallt, der kämpferische Vater des Babys ohne Leber wiederkommen, um seine Argumente vorzutragen?

»Die Formalitäten in der Verwaltung haben Sie erledigt?« fragte die Schwester.

»Ja, alles erledigt.«

»Nun, dann tun Sie, wie Ihnen beliebt!« sagte die Schwester.

Und der Arzt von der Kinderabteilung, als hätte er lange darüber nachgedacht, meinte: »Ob Sie es sich nicht doch anders überlegen werden?«

»Da gibt es nichts mehr zu überlegen«, sagte Bird starrköpfig. »Ich danke Ihnen für Ihre Bemühungen.«

»Oh, ich bitte Sie, ich habe Ihnen ja nichts weiter helfen können«, gab der Arzt Birds Höflichkeit zurück.

»Dann – auf Wiedersehen.«

»Auf Wiedersehen, und alles Gute!« erwiderte, während sich seine Augenränder röteten, der Arzt mit der gleichen

leisen Stimme wie Bird, als bereute er, daß er eben noch laut gesprochen hatte.
Als Bird und Himiko mit dem Babykorb die Station verließen, wandten sich die eben noch uninteressiert gelangweilten Patienten auf dem Gang alle gleichzeitig um zu dem Baby im Korb. Bird starrte sie mit einem finsteren Blick an, packte den Korb so, daß er ihn mit seinen breit abgewinkelten Ellbogen beschützte und ging rasch vorwärts. Himiko folgte ihm mit kurzen, schnellen Schritten. Die Patienten, unsicher zwar, doch lächelnd, wohl um des Kindes willen, wichen unter Birds drohender Miene erschrocken zu beiden Seiten an die Wände des Ganges aus.
»Ich fürchte, Bird, dieser Arzt oder die Schwester, sie werden die Polizei informieren«, sagte Himiko und wandte sich um, um zurückzusehen.
»Das werden sie nicht tun«, sagte Bird mit rauher Stimme. »Zumal sie ja selbst dabei waren, das Kind an Schwäche sterben zu lassen mit ihrer verdünnten Milch und dem Zukkerwasser.«
Sie hatten die Eingangshalle des Hauptgebäudes erreicht, und Bird begriff, daß es einfach unmöglich war, das Baby im Korb nur mit seinen beiden Ellbogen vor der anschwellenden Neugier der hier herumstehenden ambulanten Patienten zu beschützen. Ihm war zumute wie einem Athleten, der sich darauf vorbereitet, ganz allein, den Rugby-Ball umklammernd, auf das Tor loszustürmen, vor dem die Angehörigen der gegnerischen Truppe dicht bei dicht Aufstellung genommen haben. Er zögerte, erinnerte sich dann und sagte: »Hol doch bitte einmal aus meiner Hosentasche das Mützchen heraus und stülp es ihm über den Hinterkopf!«
Bird sah, wie Himikos Arme zitterten, während sie es tat. Hierauf stürzten sie sich rücksichtslos zwischen die Fremden, die mit aufdringlichem Lächeln näher rückten.
»Ach, ist das süß, das Baby, wie ein kleiner Engel!« rief in singendem Tonfall eine Frau in mittleren Jahren. Bird hatte das Gefühl, er würde verhöhnt; dennoch durchschritt er, den Kopf gesenkt und ohne stehen zu bleiben, die Menge in einem Zuge.

Auf den Platz vor dem Krankenhaus prasselte eben einer der vielen Regenschauer nieder. Flink wie eine Wasserspinne kam Himikos Wagen durch den Regen rückwärts gefahren bis dorthin, wo Bird mit dem Korb wartete. Zunächst reichte er Himiko den Korb mit dem Baby in den Wagen hinein, hierauf stieg auch er selber ein und nahm den Korb zurück. Um ihn auf seinen Knien im Gleichgewicht zu halten, mußte er wie die ägyptischen Könige in den steinernen Statuen den Oberkörper kerzengerade aufrecht halten.
»Geht es so, Bird?«
»Ja, ich denke schon.«
Ungestüm wie beim Start in der Arena sprang der Sportwagen los. Bird schlug mit seinem Ohr gegen eine Stütze des Verdecks, mit angehaltenem Atem verbiß er den Schmerz.
»Wie spät mag es jetzt sein, Bird?«
Er hielt den Korb allein mit der rechten Hand und sah auf seine Armbanduhr. Die Zeiger wiesen auf eine völlig unsinnige Zeit, sie waren stehen geblieben.
Aus Gewohnheit hatte Bird zwar in diesen letzten Tagen die Uhr getragen, nie aber nach der Zeit gesehen, so daß er sie wohl weder aufgezogen noch gestellt hatte. Ihm war zumute, als hätte er in diesen letzten Tagen völlig außerhalb jener Zeitzone gelebt, in der diejenigen ihren geruhsamen Alltag verbringen, deren Leben kein Monster-Baby überschattet. Und noch immer war er in die Zeitzone der anderen nicht zurückgekehrt.
»Meine Uhr steht«, sagte Bird.
Himiko drückte einen Knopf am Autoradio. Nachrichtenprogramm: der Sprecher berichtete von den Reaktionen auf die Wiederaufnahme der Kernwaffenversuche durch Moskau. Die japanische Liga der Atomwaffengegner habe eine Erklärung herausgegeben, in der sie sich für die sowjetischen Kernwaffenversuche ausspreche. Allerdings gebe es innerhalb der Liga sehr verschiedene Richtungen, und es bestehe durchaus die Möglichkeit, daß der nächste Weltkongreß der Atomwaffengegner mit einem völligen Zerwürfnis enden werde. Eine Bandaufnahme wurde eingespielt: Stimmen von Bombenopfern aus Hiroshima, die ihre Zweifel ausdrückten an

der Erklärung der Liga: »... ›Saubere‹ Kernwaffen? Ich kann mir nicht vorstellen, daß es so etwas überhaupt gibt ... Selbst wenn Sowjetmenschen das in Sibirien wirklich getestet haben sollten: eine Wasserstoffbombe, unschädlich für Mensch und Tier, ja, wie wäre denn dies möglich? ...«
Himiko drückte einen anderen Knopf. Eine andere Station: Unterhaltungsmusik, ein Tango. Aber für Bird hörte sich ein Tango wie der andere an. Und dieser wollte und wollte nicht enden; schließlich schaltete Himiko ab. Es war ihnen nicht gelungen, irgendwo auf die Zeit zu stoßen.
»Demnach hat sich also die Liga mit den sowjetischen Kernwaffenversuchen abgefunden, Bird«, sagte Himiko ohne ein Anzeichen dafür, daß dies ihr ernstliches Interesse erregt hätte.
»Ja, es scheint so«, meinte Bird.
In der allen anderen gemeinsamen Welt rückte die für den Menschen jedermann einzig existente Zeit unablässig voran und mit ihr wuchs ein verhängnisvolles Schicksal, das die Menschheit der ganzen Welt als das eine und gleiche Schicksal spürte. Bird indessen folgte allein dem Korb mit dem Monster-Baby, das sein persönliches Schicksal bestimmte.
»Ich frage mich, Bird, ob es auf dieser Erde, einmal abgesehen von denen, die politisch oder wirtschaftlich aus der Kernwaffenproduktion ihren Vorteil ziehen, direkt oder auch indirekt, ob es nicht Leute gibt, die sich ganz einfach einen Atomkrieg wünschen? Könnte es nicht sein, daß diese schwarzen Seelen, so wie die meisten Menschen ohne besonderen Grund an den Fortbestand des Erdballs glauben und ihn wünschen, ihrerseits ebenfalls ohne einen besonderen Grund an den Untergang der Menschheit glauben und ihn herbeisehnen? In nördlichen Breiten lebt ein kleines rattenähnliches Tier, das man Lemming nennt; von ihm heißt es, von Zeit zu Zeit begehe es in ganzen Scharen Selbstmord. Manchmal, Bird, glaube ich wirklich, es gibt auf dieser Erde auch Menschen von der Art der Lemminge.«
»Schwarze Seelen? Lemming-Menschen? Da sollte ja allerdings die UNO schnellstens Gegenmaßnahmen vorbereiten, um sie einzufangen«, pflichtete Bird ihr bei.

Indessen hätte er selber sich an einem Kreuzzug gegen solche Lemming-Menschen nicht beteiligen wollen. Eher spürte er, wie sich in seinem eigenen Inneren eine schwarze Seele, ein Lemming-Wesen heimlich eingenistet hatte.

»Heiß ist das, findest du nicht?« wechselte Himiko abrupt das Thema, als wollte sie damit deutlich machen, daß sie an dem bisherigen Gespräch durchaus nicht besonders interessiert gewesen war.

»Ja, das ist wahrhaftig heiß.«

Durch die vibrierenden dünnen Metallplatten des Bodens kam unablässig die Hitze des Motors gekrochen, und da Bird und Himiko nach außen hin von dem Verdeck des Sportwagens abgeschlossen waren, fühlten sie sich allmählich wie in ein Treibhaus eingesperrt. Aber hätten sie einen Teil des Verdecks hochgeschlagen, hätte ihnen natürlich der Wind den Regen hereingetrieben. Eine Weile betrachtete Bird bedauernd die Verdeckkonstruktion. Es war ein ziemlich veraltetes Modell.

»Da wirst du nichts machen können«, meinte Himiko, als sie Birds Enttäuschung bemerkte. »Wir müssen eben ab und zu anhalten und die Türen öffnen.«

Einmal sah Bird dem Wagen voraus einen toten, vom Regen durchnäßten Sperling liegen. Auch Himiko sah ihn. Als der Wagen so weit heran war, daß der Sperling aus dem Gesichtsfeld fortsank, kurvte sie wild zur Seite und das eine Rad fiel in ein tiefes Loch am Straßenrand, das unter lehmig trübem Wasser verborgen gewesen war. Bird schlug sich an beiden Händen, mit denen er den Korb festhielt, heftig die Finger auf. Und melancholisch dachte er: Bis wir die Klinik des Abtreibungsdoktors erreichen, werde ich wohl am ganzen Körper voller offener Wunden sein.

»Entschuldige, Bird«, sagte Himiko. Offensichtlich hatte auch sie sich irgendwie gestoßen, denn aus ihrer Stimme war zu hören, wie sie den Schmerz verbiß. Beide waren sie jedoch bemüht, den toten Sperling nicht zu erwähnen.

»Es ist weiter nichts Schlimmes.«

Mit diesen Worten rückte er den Korb auf seinen Knien wieder zurecht, und zum erstenmal, seit sie im Wagen saßen, sah er dabei dem Baby ins Gesicht. Das war jetzt noch röter als zuvor, und es war nicht deutlich, ob das Kind atmete oder nicht. Ein Erstickungsanfall? Erschrocken schüttelte Bird den Korb. Plötzlich, als wollte es ihn in die Finger beißen, riß das Baby weit den Mund auf und begann mit einer geradezu unglaublich lauten Stimme jammernd loszuschreien. Große klare Tränen drängten sich ihm eine nach der anderen aus den Augen, die fest geschlossen waren und wie zentimeterlange Fädchen wirkten; am ganzen Körper zitterte es und schrie in einem fort sein »Ääää-iäh-iäh-ieh«. Bird, eben der einen Furcht entronnen, wollte schon seine Hand dem brüllenden Baby auf die rosenfarbenen Lippen legen, doch da packte ihn eine neue Furcht, und im letzten Augenblick ließ er es. Das Mützchen mit dem Zicklein-Muster bebte über der Beule an dem kleinen Kopf: »Ääää-iäh-iäh-ieh ...«

»Man könnte meinen, so ein Baby-Gebrüll hätte auch seinen Inhalt und Sinn«, sagte Himiko, wobei sie selber ihre Stimme anhob, um gegen das Schreien anzukommen. »Wer weiß, vielleicht sind in ihm dem Sinn nach noch sämtliche Wörter vorgebildet, die der Mensch überhaupt haben kann.«

Und immer noch schrie das Baby sein »Ääää-iäh-iäh-ieh«.

»Ein Glück für uns, daß wir es nicht verstehen können«, meinte Bird beunruhigt.

Das Geschrei des ununterbrochen brüllenden Babys an Bord, raste der Wagen dahin. Es war, als hätte er eine Fracht von fünftausend Abura-Zikaden geladen; wiederum hatten aber auch Bird und Himiko das Gefühl, sie flögen eingeschlossen im Leib einer einzigen solchen Zikade. Schließlich verloren sie beide ihre letzte Widerstandskraft gegen die stickige Hitze und das Geschrei im Wagen. Himiko fuhr an den Straßenrand, um zu parken; sie stießen die Türen auf. Die dumpfe, heiße Luft aus dem Wageninneren, eine Luft wie aus dem Magen eines Fieberkranken, begann mit der Macht eines Stöhnens hinauszuströmen, während umgekehrt die vom Regenstaub kalt durchnäßte Außenluft hereinflutete. Bird und Himiko, schweißgebadet, spürten die Kälte sofort, und ein Schaudern überlief sie. Vereinzelte Regentropfen stahlen sich auch in den Korb auf Birds Knien, hafteten, kleiner als die

Tränen, auf den feuerrot glänzenden Babybäckchen. Noch immer schrie das Kind. Doch mit nachlassender Stimme jetzt, die von Zeit zu Zeit ein krampfartiger Husten unterbrach. Ein Husten, von dem der ganze kleine Körper erschüttert wurde, offensichtlich nicht normal, sondern ein Anzeichen dafür, daß eine Erkältung der Atemwege zu befürchten war. Endlich verfiel Bird darauf, den Korb schräg zu halten und so den Regen abzuwehren.

»Ein Baby, das so in einer ständig überwachten Atmosphäre gepflegt wurde, plötzlich dieser Außenluft auszusetzen, wenn das mal nicht eine Lungenentzündung gibt, Bird.«

»Freilich«, sagte Bird. Er spürte eine schwere, tief sitzende Müdigkeit.

»Was sollen wir denn tun?«

»Vor allem müßten wir wissen, wie man so ein Baby dazu bringt, daß es mit dem Schreien aufhört.« Und dabei fühlte Bird, was er doch für ein schrecklich unerfahrener Mensch war.

»Manchmal habe ich gesehen, wie man sie dann an der Brust saugen läßt –«, sagte Himiko, und wie erschrocken unterbrach sie sich. Dann setzte sie hinzu: »Wir hätten Milch mitnehmen sollen, Bird.«

»Verdünnte Milch, oder etwa gar Zuckerwasser, wie?« erwiderte Bird, zynisch vor Müdigkeit.

»Ich gehe mal eine Apotheke suchen. Die müßten so etwas doch haben, so ein — na, wie sagt man denn? Du weißt schon: um die Säuglinge zu beruhigen, es sieht aus wie eine Brustwarze – . . .«

Und Himiko lief los in den Regen hinaus. Bird, den Korb schaukelnd, sah nicht eben überzeugt seiner in ihren flachen Schuhen davonhastenden Freundin nach. Verglichen mit anderen japanischen Frauen ihres Alters hatte sie eine ideale Erziehung genossen; aber diese Erziehung verkam ungenutzt, und auch den Alltagsverstand der Durchschnittsfrauen besaß sie nicht. Ein eigenes Kind würde sie wahrscheinlich nie in ihrem Leben haben. Bird erinnerte sich an eine Himiko, die damals im ersten Universitätsjahr unter den ausnahmslos munteren Studentinnen die lebhafteste war, und er empfand

Mitleid mit dieser Himiko jetzt, die da wie ein täppischer Hund durch das aufspritzende Dreckwasser rannte. Wer wohl hätte in jener jugendfrischen, übereifrigen, selbstsicheren Studentin diese Himiko vorausgeahnt? Neben dem Wagen, in dem Bird, den Korb auf den Knien, zurückgeblieben war, donnerten wie ein Clan von Nashörnern mehrere Fernlastzüge vorbei, daß die Erde erdröhnte und Bird, das Baby und der Wagen in Schwingungen versetzt wurden. Aus dem Donnern der Lastzüge meinte Bird einen in seinem Sinn zwar nicht deutlichen, dafür aber durchdringenden Ruf zu hören. Es konnte nur eine akustische Halluzination sein, und doch strengte Bird eine ganze Weile seine Ohren an.

Völlig unbekümmert um fremde Blicke das Gesicht verzerrend, als ob sie allein im Dunkeln säße und grollte, kämpfte sich Himiko gegen den böigen, Regenschwaden treibenden Wind zurück zum Wagen. Das Rennen hatte sie aufgegeben. Bird gewahrte an ihrer großen Gestalt die gleiche entsetzliche Müdigkeit, wie auch er sie empfand. Und doch, als sie ankam, sagte sie fröhlich und laut, um gegen das noch immer schreiende Baby anzukommen: »Diese Dinger, die man den Kleinen in den Mund stopft, heißen Schnuller, ich hatte das einfach vergessen. Da, Bird, ich habe zwei verschiedene genommen.«

Die Tatsache, daß sie das Wort ›Schnuller‹ im Speicher ihrer fernen Erinnerung doch aufgefunden hatte, stärkte irgendwie ihr Selbstvertrauen. Diese gelben Gummi-Dinger allerdings, wie riesige geflügelte Ahornfrüchte lagen sie auf Himikos ausgebreiteter Handfläche, sie schienen allzu schwierige Apparate, mit denen Birds Babys jetzt wohl doch noch nichts anfangen konnte.

»Das mit dem blauen Inhalt gibt man, wenn die Zähne kommen, es ist also für größere Kinder, Bird. Aber dieses wabbelige hier, in dem gar nichts drin ist, hilft bestimmt«, sagte Himiko und hielt es dem schreienden Baby in die pfirsichfarbene Mundhöhle.

Wie kommst du denn darauf, das eine für die Zähne zu kaufen? – wollte Bird fragen. Dann sah er, daß das Baby, wie er vermutet hatte, noch nicht einmal auf das andere irgend-

wie reagierte, obwohl das doch für die Kleineren war. Die einzige sichtbare Regung war, daß es den Schnuller, den Himiko ihm in den Mund hielt, mit der Zunge fortzudrücken versuchte.
»Es scheint nichts zu helfen, vielleicht ist es dafür noch zu früh«, sagte Himiko entmutigt, nachdem sie es eine Weile versucht hatte. Auch das Selbstvertrauen war ihr wieder verloren gegangen.
Bird enthielt sich jeder Kritik.
»Aber mir fällt kein anderes Mittel ein, um das Kind zu beruhigen«, sagte Himiko ratlos.
»Bleibt uns also nichts übrig, als so loszufahren. Komm!« Und Bird schloß auf seiner Seite die Tür.
»Auf der Uhr in der Apotheke war es eben vier. Bis fünf, denke ich, könnten wir die Klinik erreichen«, meinte Himiko mit grimmigem Gesicht, während sie den Motor anließ. Auch sie bewegte sich jetzt auf den Nordpol ihrer schlechten Laune zu.
»Es wird ja wohl nicht eine ganze Stunde lang weiterschreien«, sagte Bird.

*

Fünf Uhr dreißig. Das Baby, müde vom Schreien, war eingeschlafen. Aber Bird und Himiko waren noch immer zu ihrem Zielpunkt unterwegs. Seit fünfzig Minuten bereits kreiste ihr Wagen wie in einer Prozession um ein und dieselbe Bodensenke, eine Gegend, die im Norden und im Süden von Anhöhen umschlossen war. Sie hatten den Wagen hügelauf und hügelab gesteuert, hatten mehrfach den schmalen, gekrümmten Fluß überquert, in dem ein trübes Wasser kräftig dahinschoß, und immer wieder hatten sie sich in Sackgassen festgefahren, waren schließlich auf den jenseitigen Anhöhen herausgekommen. Himiko erinnerte sich, daß sie mit dem Wagen früher an dem Eingang der fraglichen Klinik vorgefahren war, und wenn sie eine Anhöhe erreichten, vermochte sie auch durchaus die ungefähre Position abzuschätzen. Sobald sie jedoch kurz darauf in die von Wohnhäusern

gedrängt volle Senke hinabfuhren, waren die schmalen, unzulänglich gepflasterten Straßen von einer solchen verwirrenden Regellosigkeit, daß Bird und Himiko schließlich nicht einmal mehr mit Sicherheit wußten, in welche Himmelsrichtung sie im Augenblick den Wagen steuerten. Einmal hatten sie wirklich eine Straße erreicht, die Himiko wiedererkannte; da kam ihnen ein kleiner Lastwagen entgegen, der durchaus nicht ausweichen wollte, sie mußten etwa hundert Meter zurückstoßen, und als sie, nachdem der Lastwagen vorbei war, an die vorige Stelle zurückzukehren versuchten, bogen sie irrtümlich um eine andere Ecke. Bei der darauf folgenden Einbiegung gerieten sie in eine Einbahnstraße, und sie hatten keine Möglichkeit umzukehren.
Beide sprachen sie kein Wort. Sie trauten sich nicht zu, miteinander zu reden, ohne sich in ihrer übergroßen Gereiztheit gegenseitig zu verletzen. Hätte einer auch nur gesagt: ›An dieser Kreuzung sind wir aber doch schon zweimal vorbeigekommen‹, sie fürchteten, daß dann sofort ein scharfer Riß zwischen ihnen aufgebrochen wäre. An ein und derselben Polizeiwache zum Beispiel waren sie bereits mehrmals vorübergefahren. Es war dies ein Gebäude im Stil der alten ländlichen Bürgermeistereien, und vor dem Eingang standen rechts und links zwei Gingkobäume, ein männlicher und ein weiblicher, die sich sowohl im Wuchs ihres Stammes wie auch in der Dichte des Laubes völlig voneinander unterschieden. Aus Furcht, die Aufmerksamkeit der Polizeibeamten hinter den Gingkobäumen auf sich zu lenken, rasten sie jedesmal ängstlich erschreckt an der Wache vorbei. Daran, daß sie die Beamten nach dem Weg zu der Klinik fragen könnten, wagten sie gar nicht zu denken. Sie brachten es noch nicht einmal über sich, etwa die Ladenschwengel in den Geschäftsstraßen nach der Hausnummer der Klinik auszuhorchen. Zweifellos entstünden nur Unannehmlichkeiten, wenn sich das Gerücht verbreitete, da sei ein Sportwagen, in dem man ein Baby mit einer Beule am Kopf transportiere, unterwegs zu jener seit langem verdächtigen Klinik. Am Telefon hatte der Arzt Himiko sogar ausdrücklich ermahnt, sie sollten in der Nähe der Klinik auch vor einem Zigarettenkiosk nicht hal-

ten. Also setzten Bird und Himiko das ihnen allmählich endlos erscheinende prozessionsartige Rundenfahren fort. Und wenn wir, dachte Bird in einem Anfall von Zwangsvorstellungen, herumfahren bis morgen früh, wahrscheinlich können wir die Klinik, die wir suchen, gar nicht erreichen. Am Ende gibt es überhaupt keine Klinik, in der Babys getötet werden. Und dazu diese entsetzliche Schläfrigkeit, die Bird quälte! Angst überfiel ihn, er könnte einschlafen und den Korb mit dem Baby von seinen Knien rutschen lassen. Angenommen, die Haut um die Beule an dem Babykopf wäre die sogenannte harte Gehirnhaut, unter ihr befände sich also, herausgedrängt durch das Loch in der Schädeldecke, tatsächlich Gehirnsubstanz, sie würde sofort zerplatzen. Und beschmiert von dem durch Birds und Himikos Schuhe verdreckten Wasser zwischen Bremse und Gangschaltung läge das Baby da und stürbe unter qualvoller Atemnot; nein, das wäre ein allzu scheußlicher Tod. Bird bemühte sich verzweifelt, der Schläfrigkeit zu entrinnen. Als er dennoch für einen Augenblick in ein Bewußtseinsdunkel hinabgesunken war, rief ihn Himikos verkrampfte Stimme zurück: »Schlaf doch bitte nicht, Bird!«

Der Korb war dabei, von Birds Knien zu gleiten. Zusammenschreckend nahm Bird ihn fester in seinen Griff.

»Ich bin auch schläfrig, Bird. Ich habe solche Angst, daß ich einen Unfall baue.«

Schon begannen die Anzeichen einer tiefen Abenddämmerung auf die Senke niederzutanzen. Der Wind hatte sich gelegt, der Regen, der in der Senke festsaß, hatte sich unbemerkt in Dunst verwandelt und beengte das Blickfeld. Als Himiko den Knopf für die vorderen Scheinwerfer drückte, leuchtete nur der eine auf. Die Bosheit des jugendlichen Liebhabers Himikos begann sich auszuwirken. Sobald sich der Wagen das nächste Mal den beiden Gingko-Bäumen näherte, trat plötzlich ein Polizist, der aussah wie ein junger Bauer, gelassen aus der Wache und stoppte sie.

Bleich und verschwitzt boten Bird und Himiko dem durch die geöffnete Wagentür gebückt hereinspähenden Polizisten einen nun allerdings wirklich verdächtigen Anblick.

»Ihren Führerschein!« sagte der Polizist, indem er sich außerordentlich erfahren gab. Er mochte etwa in dem gleichen Alter sein wie Birds Schüler in der Präparandenschule, wußte aber genau, daß er Bird und Himiko erschreckte, und genoß das. »Mir ist gleich aufgefallen, schon beim erstenmal, als Sie hier vorbeifuhren, daß der Wagen auf einem Auge blind ist. Da habe ich noch drüber weggesehen; wenn Sie aber nun immer wieder im Kreis herumfahren, geht das natürlich nicht. Und jetzt gar nur mit einem einzigen Scheinwerfer beleuchtet, da mußte ich wirklich einschreiten. Oder ich setze meine Autorität aufs Spiel, verstehen Sie?«

»Gewiß«, sagte Himiko mit einer völlig empfindungslosen, neutralen Stimme.

»Ein Baby schleppen Sie auch noch mit?« sagte der Polizist, als fühlte er sich durch Himikos Haltung beleidigt. »Na, dann lassen Sie den Wagen hier stehen und tragen Sie das Kind.«

Das Baby im Korb, jetzt von einer unbeschreiblichen Röte im Gesicht, atmete mit einem wilden Rasseln gleichzeitig durch die Nase und den geöffneten Mund. Sollte das der Beginn einer Lungenentzündung sein? Dieser Verdacht ließ Bird für einen Augenblick den hereinspähenden Polizisten vergessen. Zaghaft betastete er mit seiner Hand die Stirn des Babys. Sie strahlte eine wie stechende Hitze aus, die in ihrer Art völlig verschieden war von der üblichen menschlichen Körperwärme. Unbewußt schrie Bird auf.

»Was ist los?« fragte der Polizist erschrocken, nun wieder mit einer Stimme, wie sie zu seinen Jahren paßte.

»Das Kind ist krank. Deshalb sind wir losgefahren, obwohl wir bemerkt hatten, daß der eine Scheinwerfer zerbrochen ist.« Himiko versuchte nur irgend etwas zu sagen, um die Betroffenheit des Beamten auszunutzen. »Aber wir haben uns verfahren, und nun wissen wir nicht weiter.«

»Wohin sollen Sie denn? Ich meine in welches Krankenhaus?«

Himiko zögerte, nannte schließlich dann doch den Namen der Klinik. Der Polizist erklärte ihr, diese Klinik liege am Ende einer Gasse ganz in der Nähe ihres augenblicklichen

Standortes, sagte hierauf jedoch, um nicht als einfältig sanftmütiger Beamter angesehen zu werden: »Da das so nahe ist, möchte ich Sie doch ersuchen, auszusteigen und zu Fuß zu gehen.«

Wie in einem Anfall von Hysterie reckte Himiko ihren Arm weit aus und riß dem Kind das wollene Mützchen herunter, das die Beule am Kopf bedeckte. Dies war ihr entscheidender Schlag gegen den jungen Polizisten.

»Es muß mit so wenig wie möglich Erschütterung transportiert werden.«

Himiko hatte dem Angeschlagenen nachgesetzt und ihn endgültig zu Boden gezwungen. Als reute es ihn jetzt, gab der Polizist mit einer verlegenen Geste den Führerschein zurück. »Wenn Sie das Baby in die Klinik gebracht haben, fahren Sie aber bitte den Wagen sofort in eine Werkstatt«, sagte er, und noch immer wie gebannt auf die Beule an dem Babykopf starrend, setzte er dümmlich hinzu: »Aber wie schrecklich! Ist das eine Gehirnhautentzündung?«

Sie lenkten den Wagen in die Gasse, die ihnen der Polizist gewiesen hatte. Während sie vor der Klinik parkten, meinte Himiko, nun wieder ganz ruhig: »So ein dämlicher Polizist, hat sich überhaupt nichts notiert, weder die Führerscheinnummer noch den Namen.«

Bird und Himiko trugen den Korb mit dem Baby in die Vorhalle der Klinik, eines verputzten Holzbaus. Schwestern und Patienten waren keine zu sehen, und als Himiko rief, erschien sofort der Mann mit dem Eierkopf, diesmal aber nicht in seinem Leinentuxedo, sondern in einem schrecklich fleckigen weißen Kittel. Ohne Bird zu beachten, warf er, als sei er dabei, von einem fliegenden Händler einen Fisch zu kaufen, einen kurzen Blick in den Korb und sagte leicht vorwurfsvoll mit seiner sanften klebrigen Stimme zu Himiko: »Du kommst spät, liebe Himi. Ich wollte schon glauben, du hättest dir einen Scherz mit mir erlaubt.«

Die Vorhalle machte auf Bird einen so offenkundig öden Eindruck, daß er in seinem tiefsten Herzen erschrak.

»Beinahe hätten wir den Weg nicht gefunden«, erwiderte Himiko apathisch.

»Ich fürchtete auch, ihr hättet vielleicht unterwegs irgend etwas Schreckliches angestellt. Es gibt ja Radikale, die, wenn sie schon einmal beschlossen haben, ein Kind zu töten, der Meinung sind, ob es an Schwäche stirbt oder erdrosselt wird, mache dann keinen Unterschied mehr. Hm, hm, das Ärmste, hat es nun auch noch eine Lungenentzündung dazubekommen«, sagte der Arzt ebenso sanft wie zuvor und hob den Korb mit dem Baby behutsam auf.

XIII

Nachdem sie den Sportwagen in eine Reparaturwerkstatt gebracht hatten, winkten sich Bird und Himiko ein Taxi heran und ließen sich zu der Homosexuellen-Bar fahren, die Himiko kannte. Beide waren sie zwar völlig erschöpft und spürten eine bleierne Müdigkeit, mehr aber noch hatte sie eine unendliche und so dunkle Erregung befallen, daß ihnen davon die Kehlen trocken wurden und sie sich in einer Stimmung fühlten, in der sie es gern vermieden, in jenes düstere Haus allein zurückzukehren.

Sie fanden auch richtig die Bar – auf das Glas der am Eingang angebrachten, einer Gaslaterne ungeschickt nachgeahmten Neonlampe war mit blauer Farbe »Kikuhiko« geschrieben – und stiegen aus dem Taxi. Als sie durch die aus rohen Balken und Planken irgendwie zusammengezimmerte Tür eintraten, befanden sie sich in einem stallartig barbarischen, engen Barraum mit nur einer kurzen Theke und zwei Gruppen ungewöhnlich hochlehniger, altmodischer Stühle davor. Da außer ihnen noch keine Gäste da waren, wandte sich der in einer Ecke hinter der Theke stehende kleine Mann sofort den Eindringlingen zu. Er hatte trübe, feuchte Schafsaugen, die die beiden mit einem raschen Blick vorsichtig, keineswegs aber abweisend taxierten, seine Lippen waren wie die eines Mädchens, insgesamt machte er einen seltsam rundlichen Eindruck. Bird war an der Tür stehengeblieben und erwiderte den Blick. Allmählich sah er durch die Membran dieses vage lächelnden Gesichts das Gesicht jenes jüngeren Freundes aus der Provinzstadt aufsteigen.

»Ja, was sehe ich denn da, Himi –«, murmelte der Mann zwischen seinen kleinen Lippen, während er noch immer Bird anstarrte. »Den Herrn kenne ich. Es ist lange her, da riefen sie ihn mit dem Spitznamen Bird, oder?«

»Komm, setzen wir uns doch wenigstens«, sagte Himiko zu Bird. Es schien, sie fand die Szene der Wiederbegegnung zwischen Bird und Kikuhiko nach so vielen Jahren reichlich

banal. Auch in Bird selber erregte dieser Kikuhiko keinerlei irgendwie heftige Gefühle. Erschöpft und schläfrig, vermochte er für nichts in der Welt mehr ein wirkliches Interesse aufzubringen. Unabsichtlich setzte Bird sich so, daß zwischen ihm und Himiko ein Abstand blieb.
»Wie ist denn jetzt sein Spitzname, Himi?«
»Bird.«
»Immer noch Bird? Dabei ist das nun schon sieben Jahre her.« Und indem er sich ihm zuwandte: »Nun, Bird, was trinken wir?«
»Whisky pur.«
»Und Himi?«
»Dasselbe.«
»Ihr seht beide ziemlich abgeschlafft aus, und es ist noch so früh am Abend.«
»Hat mit Sex nichts zu tun. Den ganzen Nachmittag sind wir wie besessen mit dem Wagen herumgerast.«
Bird wollte eben nach dem für ihn eingeschenkten Glas Whisky greifen, als er spürte, wie ihm irgend etwas die Brust beklemmte, und er zögerte. Da ist dieser Kikuhiko höchstens zweiundzwanzig und sieht doch aus, als ob er schon weit erwachsener wäre als ich; andererseits hat er aber auch wieder eine Menge Züge von damals behalten, als er fünfzehn war. Kikuhiko: das Amphibium zwischen zwei Altern. Auch er trank Whisky pur, und eben goß er sich und Himiko, die ihr erstes Glas rasch ausgetrunken hatte, ein zweitesmal voll. Unter den Blicken Birds, der seine Bewegungen wie unabsichtlich verfolgte, spannte Kikuhiko seine erregten Körpernerven an wie eine erschreckte Katze und sah lauernd zu ihm hinüber. Wandte sich ihm dann entschlossen ganz zu und fragte: »Bird, Sie erinnern sich doch an mich, wie?«
»Ah, natürlich«, erwiderte Bird. Zum erstenmal sprach er mit dem Besitzer einer Homosexuellen-Bar. Und seltsam, sein Bewußtsein war mehr von diesem Umstand beherrscht als davon, daß er mit einem ehemaligen Bekannten sprach, den er nach Jahren zufällig wieder getroffen hatte.
»Wie lange das her ist! Wissen Sie noch, Bird: als wir in die Nachbarstadt fuhren, und aus dem Fenster eines Zuges sah

ein amerikanischer Soldat heraus, dem fehlte die untere Gesichtshälfte – . . .«

»Was war das mit dem amerikanischen Soldaten?«

Während er den Blick immer wieder zu Bird hinüber gehen ließ, antwortete Kikuhiko auf Himikos Frage: »Das war damals in der Zeit des Korea-Krieges, und die Verwundeten wurden zurückgeschickt in die Stützpunkte in Japan, ganze Züge voll. Ja, und da sind wir zufällig so einem Zug begegnet. Wie war das, Bird: kamen solche Züge eigentlich öfter durch unsere Gegend?«

»So oft wohl nun auch wieder nicht.«

»Man erzählte sich, da gäbe es Menschenhändler, die würden japanische Oberschüler einfangen und in den Krieg schleppen. Oder unsere Regierung selber wollte uns nach Korea schicken . . . Was hatte ich damals eine Angst!«

Allerdings, dachte Bird, und eine schreckliche Angst. Selbst als wir uns nachts nach dem Streit trennten, hat er mir nachgerufen: ›Ich habe solche Angst!‹ Und gleich darauf fiel Bird das Baby ein: Nein, Angst kann das ja noch nicht empfinden, dachte er und beruhigte sich damit, doch das war eine fragwürdige Beruhigung, die bald zerbröckeln konnte. Um sein Bewußtsein, das sich wieder auf das Kind zu konzentrieren begann, gewaltsam abzulenken, sagte er: »Das waren aber völlig haltlose Gerüchte.«

»Und wenn schon, was hat man damals nicht alles getan, angetrieben von solchen Gerüchten«, sagte Kikuhiko. »Übrigens, Bird, haben Sie eigentlich den Irren, den wir nachts verfolgten, noch heil eingefangen?«

»Nein, der war tot, er hatte sich am Schloßberg erhängt. Die Mühe hatte sich also wirklich nicht gelohnt«, antwortete Bird, wobei er das damalige Gefühl des Ungenügens wieder säuerlich auf seiner Zungenspitze schmeckte. »Wir entdeckten ihn im Morgengrauen, die Hunde und ich. Völlig sinnlos, das Ganze.«

»Das glaube ich nicht, Bird, einen Sinn hatte es schon. Sie haben die Jagd bis zum Morgengrauen fortgesetzt, ich bin mitten in der Nacht abtrünnig geworden und davongelaufen: damit hatten sich unsere Lebenswege endgültig getrennt. Sie machten mit uns verdorbenen Halbstarken nicht mehr mit und gingen nach Tōkyō an die Universität, ich dagegen bin seit jener Nacht ständig weiter heruntergekommen und schließlich in diese Art von Bar untergetaucht. Wären Sie damals zum Schluß nicht allein losgegangen, ich glaube, auch ich würde heute um einiges anders leben.«

»Hätte Bird in jener Nacht Kikuhiko nicht sich selber überlassen, wäre also Kikuhiko gar kein Homosexueller geworden?« fragte Himiko ziemlich dreist.

Verlegen wandte Bird den Blick von Kikuhiko ab.

»Der Homoerotiker ist ein Mensch, der sich entschieden hat, die gleichgeschlechtliche Liebe zu verwirklichen. Ist es nicht so? Nun, ich habe mich entschieden, und so trifft die Verantwortung keinen außer mir«, sagte Kikuhiko versöhnlich.

»Du kennst dich ja in den französischen Existentialisten gut aus«, meinte Himiko.

»Der Inhaber einer solchen Bar kann seine Aufgabe nur erfüllen, wenn er vielseitig gebildet ist«, sagte Kikuhiko in einem singenden Tonfall, als hielte er einen Vortrag über die Leitung einer Homosexuellen-Bar. Dann, wieder im Unterhaltungston, wandte er sich an Bird: »Während ich Abtrünniger immer weiter gesunken bin, sind Sie vermutlich immer weiter aufgestiegen, und was treiben Sie jetzt?«

»Ich bin Lehrer an einer Präparandenschule, das heißt: von den Sommerferien an ist es damit Schluß, denn man hat mich hinausgeworfen. Also alles sonst, bloß kein Aufstieg!« antwortete Bird. »Überhaupt geht es mir immer so: gejagt von einem idiotischen Durcheinander ins andere.«

»Na, hören Sie! Bei dem Bird von zwanzig damals gab es das nicht, daß er so deprimiert gewesen wäre. Ich habe das Gefühl, dieser Bird jetzt hat Angst vor irgendwas, will davonlaufen.« Wie gut er beobachten konnte! Nein, das war nicht mehr der naive Kikuhiko, den Bird einst gekannt hatte. Es schien, er hatte, abtrünnig geworden und auf seinem Weg nach unten, schwierige Tage durchlebt.

»So ist es«, sagte Bird. »Ich bin am Ende mit meiner Kraft, ich habe Angst, ich versuche davonzulaufen.«

»Der Bird von zwanzig damals, das war ein Mann, frei von

jeder Angst. Nie habe ich gesehen, daß er sich vor irgendwas gefürchtet hätte«, sagte Kikuhiko zu Himiko, und gleich darauf wie herausfordernd zu Bird selber: »Jetzt kommen Sie mir so vor, als ob Sie in diesem Punkte geradezu überempfindlich wären. Ich spüre richtig, wie Sie den Schwanz eingezogen haben vor Angst.«

»Ich bin keine zwanzig mehr«, sagte Bird.

»Nein, er ist nicht mehr, was er mal war«, sagte Kikuhiko, indem er ihm die eiskalte Miene des Fremden zeigte, und rückte zu Himiko hinüber.

Dann begannen Kikuhiko und Himiko ein Würfelspiel, und Bird, befreit sich selbst überlassen, griff aufatmend nach seinem Whisky-Glas. Nach einer siebenjährigen Pause hatte ein Gespräch von kaum sieben Minuten ausgereicht, um bis auf den Grund auszuschöpfen, was zwischen ihnen beiden der gegenseitigen Neugier wert gewesen war. Ich bin keine zwanzig mehr. Das einzige, was ich heute unverändert so gut besitze wie in meinem zwanzigsten Jahr, ist der kindische Spitzname Bird. Damit trank Bird den ersten Whisky dieses ganzen langen Tages in einem Zug hinunter. Sekunden später erhob sich plötzlich aufquellend aus der tiefsten Tiefe seines Körpers etwas Mächtiges und Riesiges: ohne auch nur den geringsten Widerstand zu leisten, erbrach Bird den Whisky, den er eben in seinen Magen hineingeschüttet hatte. Rasch wischte Kikuhiko die Theke sauber und stellte ihm ein Glas Wasser hin, aber Bird starrte nur benommen ins Leere. Was denn eigentlich wollte ich vor dem Monster von Baby beschützen, daß ich davonlief, indem ich mein Schamgefühl mit immer neuen Schändlichkeiten überdeckte, ohne mich zu schämen? Was ist das für ein Ich, das ich so wild glaubte verteidigen zu müssen? Und bestürzt begriff er, daß die Antwort lautete: ein Nichts!

Langsam ließ Bird sich vom Barstuhl auf den Fußboden gleiten. Dann sagte er zu Himiko, die ihn wie fragend aus ihren von Erschöpfung und raschem Rausch verfallenen Augen ansah: »Ich werde das Baby doch wieder in die Universitätsklinik zurückbringen und operieren lassen. Ich mache Schluß mit dem dauernden Davonlaufen.«

»Aber Bird, du bist ja nicht davongelaufen, oder? Was ist nur los mit dir? Und Operation! Wie kommst du denn ausgerechnet jetzt darauf?« fragte Himiko mißtrauisch.
»An dem Morgen, an dem das Kind geboren wurde, habe ich damit angefangen und bin bis heute nur immer davongelaufen«, sagte Bird mit Bestimmtheit.
»Eben jetzt bringst du das Kind um, und wir machen uns die Hände dabei schmutzig, deine Hände und meine Hände. Das ist doch kein Davonlaufen, oder? Und dann, wir wollen ja nach Afrika fahren!«
»Natürlich bin ich hierher geflohen, nachdem ich das Baby jenem Abtreibungsdoktor überlassen habe«, erwiderte Bird eigensinnig. »Und ich war dabei, die Flucht fortzusetzen, malte mir ein Afrika aus als das Land, in das ich zuletzt und nach allem davonlaufen wollte. Und du bist genauso auf der Flucht! Bist wie irgendeine Nachtclub-Tänzerin, die mit einem Defraudanten durchbrennt.«
»Da mache ich mir meine Hände schmutzig und stehe zu dir, das ist doch keine Flucht!« schrie Himiko, während sie in einem Abgrund von Hysterie versank.
»Erinnerst du dich nicht, wie du heute den Wagen in ein Schlagloch gesteuert hast, nur um einen toten Spatz nicht zu überfahren? Benimmt sich so ein Mensch, der eben dabei ist, unter Beschmutzung seiner eigenen Hände einen Mord zu begehen?«
Himiko starrte Bird an, und dabei war ihr großes, immer stärker blutrot anlaufendes und aufschwellendes Gesicht überflutet von Zorngefunkel und einer Vorahnung von Hoffnungslosigkeit. Sie quälte sich und krümmte sich und versuchte Bird zu widerlegen, aber sie fand die Worte nicht.
»Um mich ohne Selbstbetrug dem Monster von Baby zu stellen, statt vor ihm davonzulaufen, habe ich nur diese beiden Möglichkeiten: entweder ich erwürge es mit meinen eigenen Händen, oder aber ich akzeptiere es und ziehe es groß. Von Anfang an habe ich das gewußt, bloß hatte ich nicht den Mut, es mir einzugestehen.«
Himiko erhob wie drohend ihren Finger und unterbrach Bird.

»Du weißt, Bird, das Baby hat jetzt eine Lungenentzündung dazubekommen. Wenn du es zur Universitätsklinik zurückbringst, könnte es dir unterwegs im Wagen sterben. Geschieht das, wird man dich verhaften. Ist dir das klar?«

»Dann ist das genauso, als hätte ich es selbst, mit meinen eigenen Händen umgebracht. Dann muß ich verhaftet werden. Die Verantwortung nehme ich auf mich.«

Bird hatte das kühl und besonnen gesagt. Er spürte, wie er eben der letzten Falle der Täuschung entrann, und er gewann sein Selbstvertrauen zurück. Himiko, während sie ihn unverwandt ansah und ihre Augen sich mit Tränen füllten, suchte unruhig und fand schließlich noch einmal eine neue Angriffsmethode, an die sie sich klammerte.

»Nehmen wir einmal an, Bird, es kommt zur Operation und das Kind bleibt am Leben, was ist dann? Hat man nicht gesagt, zu mehr als einer pflanzenhaften Existenz wird es nicht ausreichen? Das heißt doch, daß du, von deinem eigenen Unglück abgesehen, eine für diese Welt absolut sinnlose Existenz am Leben erhältst. Meinst du, Bird, das wäre zum Besten des Kindes?«

»Es wäre zu meinem eigenen Besten. Damit ich endlich aufhöre, nur immer auf der Flucht zu sein«, sagte Bird.

Himiko machte indessen noch keine Anstalten zu begreifen. Skeptisch, wieder aber auch herausfordernd starrte sie Bird an, und während sie sich, ungeachtet der Tränen in ihren Augen, um ein Lächeln bemühte, spottete sie: »Daß du ein Kind mit nur solchen Funktionen, wie sie eine Pflanze hat, gewaltsam zum Weiterleben zwingst, gehört das zu deinem neu errungenen Humanismus?«

»Ich möchte nur einfach nicht der Mann sein, der immerzu auf der Flucht ist vor seiner Verantwortung«, sagte Bird unnachgiebig.

»Ja – aber –«, schluchzte Himiko, »– wir hatten doch ausgemacht – – – wir wollten doch zusammen nach Afrika. Was wird denn nun daraus?«

»Na, laß schon gut sein, Himi, mach keine Szene«, sagte Kikuhiko. »Wenn Bird mal angefangen hat, sich mit sich selber herumzuschlagen, hört er nicht mehr, daß andere weinen.«

Bird bemerkte in den trüben, feuchten Schafsaugen Kikuhikos ein Glitzern wie von einem wilden Haß. Für Himiko aber bedeutete Kikuhikos Appell die Chance zur Umkehr aus der Krise. Auf einmal wurde sie wieder die unendlich tolerante, liebenswürdige, sanftmütige Himiko, als die sie, Typ der allmählich aus der Jugend herausalternden Frau, einige Tage zuvor den in so elendem Zustand mit einer Flasche Whisky bei ihr aufkreuzenden Bird empfangen hatte.
»Wie du willst, Bird. Ich werde Haus und Grundstück verkaufen und auf alle Fälle nach Afrika fahren, auch ohne dich. Nehme ich eben als Reisebegleiter den jungen Freund mit, der mir das Rad vom Wagen gestohlen hat. Genau besehen, habe ich mich ihm gegenüber ziemlich scheußlich benommen.«
Zwar waren ihre Tränen noch nicht ganz verschwunden, aber nun stand fest, daß sie die Klippe der Hysterie überwunden hatte.
»Jetzt ist Himi aber wieder ganz in Ordnung«, drängte Kikuhiko Bird zum Gehen.
»Danke«, sagte Bird und empfand aufrichtig so, unklar nur, ob gegenüber Himiko oder Kikuhiko.
»Bird, du wirst gewiß noch manches durchstehen müssen«, meinte Himiko, und es klang, als ob sie ihn aufmuntern wollte. »Leb wohl, Bird!«
Mit einem Kopfnicken verließ Bird die Bar. Das Taxi, das er sich herangewinkt hatte, raste mit furchterregender Geschwindigkeit über die regennassen Straßen. Sollte ich, dachte Bird, jetzt bei einem Unfall umkommen, bevor ich das Baby herausgeholt und gerettet habe, wären alle siebenundzwanzig Jahre meines Lebens sinnlos gewesen. Und ein Angstgefühl überkam ihn, so abgrundtief, wie er es nie zuvor gespürt hatte.

*

Es war gegen Ende des Herbstes. Als Bird, nachdem er sich vor dem Verlassen der Klinik in der Gehirnchirurgischen Abteilung von den Verantwortlichen verabschiedet hatte, zurückkam, warteten vor der Spezialkinderstation mit einem Lächeln auf den Lippen sein Schwiegervater und seine

Schwiegermutter schon auf ihn; seine Frau, die das Baby trug, stand zwischen ihnen.
»Meinen Glückwunsch, Bird«, rief der Schwiegervater, »es gleicht dir doch sehr.«
»Wenn du meinst«, erwiderte Bird zurückhaltend. In der ersten Woche nach der Operation war das Baby allmählich menschenähnlich geworden, in der zweiten Woche hatte sich eine Ähnlichkeit mit Bird herausgestellt. »Ich habe mir das Röntgenbild vom Kopf ausgeliehen, ich zeige es dir, sobald wir zu Hause sind. Tatsächlich war es ein ganz winziger Defekt in der Schädeldecke, nur ein paar Millimeter im Durchmesser, und der scheint sich jetzt zu schließen. Im übrigen war keine eigentliche Gehirnsubstanz nach außen gedrungen, es handelte sich demnach gar nicht um eine Gehirnhernie, sondern um ein bloßes Sarkom, verstehst du? Sie haben mir gesagt, in der weggeschnittenen Beule hätten sich zwei harte weiße Dinger wie Pingpong-Bälle befunden.«
»Wir waren wirklich froh, daß die Operation so erfolgreich verlief«, sagte der Schwiegervater, nachdem er lange vergeblich auf eine Lücke in Birds Redefluß gewartet hatte.
»Als während der Operation immer wieder Bluttransfusionen nötig wurden, hat jedesmal Bird von seinem Blut gespendet, bis er schließlich so blaß war wie eine Prinzessin, die von Dracula gebissen worden ist«, warf gut gelaunt und mit einem für sie ungewöhnlichen Humor die Schwiegermutter ein. »Er hat sich mit einem wahren Löwenmut eingesetzt.«
Schweigend, wie erschreckt von dem plötzlichen Wechsel der Umgebung und in sich zusammengeduckt, starrte das Baby aus seinen Augen, die wohl doch noch nicht die volle Sehkraft besaßen, auf die seltsamen Erscheinungen der Erwachsenen. Bird und der Professor – die Frauen waren schließlich, da sie immer wieder auf das Kind sahen, zurückgeblieben – gingen im Gespräch miteinander ein ganzes Stück voraus.
»Diesmal hast du aber wirklich in Frontalabwehr gegen das Unglück angekämpft«, sagte der Professor.
»Nein, in Wahrheit habe ich oft genug versucht davonzulaufen. Und beinahe hätte ich es tatsächlich getan«, erwiderte Bird und sagte dann mit einer Stimme, als ob er unbe-

wußt ein Grollen unterdrückte: »Am Ende ist es eben doch so, daß einen das sogenannte reale Leben dazu zwingt, in der Ordnung und an seinem Platz zu stehen. Selbst wenn man die Absicht hätte, sich in die Fallen der Täuschung zu stürzen, irgendwie muß man sich das schließlich doch versagen, es bleibt einem gar nichts anderes übrig. Mir jedenfalls geht es so.«

»Man kann das reale Leben auch anders leben, Bird. Es gibt Menschen, die wie beim Bockspringen von einer Falle zur nächsten hüpfen, und es so treiben, bis sie sterben«, sagte der Professor.

Für einen Augenblick die Augen schließend, malte Bird sich aus, wie es gewesen wäre, wenn vor einigen Tagen anstelle jenes noch sehr jungenhaften Freundes er selber, Mörder seines Kindes, an Himikos Seite den nach Sansibar bestimmten Frachter bestiegen hätte, ein hinlänglich verführerischer Ausblick auf die Hölle. Wer weiß, ob sich nicht in einer von Himikos sogenannten anderen Welten gerade eine solche Wirklichkeit entfalten wird. Gleich darauf kehrte Bird zu den Problemen dieser hiesigen Welt zurück, für die er sich entschieden hatte, öffnete die Augen und sagte: »Was nun das Kind angeht, so besteht zwar durchaus die Möglichkeit, daß es ganz normal aufwächst, es könnte aber ebenso gut sein, daß sein IQ extrem niedrig bleibt. Ich werde also tüchtig arbeiten müssen, auch um seinetwillen. Natürlich denke ich nicht daran, daß du dich abermals um eine neue Stellung für mich bemühst. Ich meine, nach dem, was ich angerichtet habe, sind da doch die Grenzen des Entschuldbaren überschritten, für dich jedenfalls und für mich mir selbst gegenüber. Nein, ich will mich völlig lossagen von der Dozentenlaufbahn, sei es nun an einer Präparandenschule oder an einer Universität. Wahrscheinlich werde ich mir eine Beschäftigung suchen als Führer für ausländische Touristen. Immer habe ich davon geträumt, einmal nach Afrika zu reisen und mir dann jeweils an Ort und Stelle einen Führer zu engagieren. Nun will ich es also umgekehrt machen und selber die Rolle eines einheimischen Führers übernehmen für Ausländer, die nach Japan kommen.«

Der Professor wollte Bird antworten, da aber in diesem Augenblick ein Trupp junger Leute herankam und den Verbindungsgang zum Hauptgebäude in voller Breite einnahm, mußten sie zur Seite ausweichen. Die Jungen, in ihrer Mitte einer, der mit auffälliger Gebärde den einen Arm in der Schlinge trug, gingen vorbei, ohne Bird und seinen Schwiegervater auch nur im geringsten zu beachten. Sie trugen abgewetzte und schmutzige, für diese Jahreszeit längst zu dünne drachenbestickte Blusen, woran Bird bemerkte, daß es sich bei diesen jungen Leuten wohl um jene Gruppe handelte, mit der er sich in der Nacht am Sommeranfang geschlagen hatte, als sein Baby eben geboren werden sollte.

»Die Bande kenne ich«, sagte Bird. »Aber aus irgendeinem Grunde haben sie von mir keine Notiz genommen.«

»Wahrscheinlich deshalb, weil du dich in diesen Wochen völlig verändert hast.«

»Meinst du?«

»Wirklich, du hast dich verändert.« Die Stimme des Professors hatte etwas herzlich Verwandtschaftliches, auch klang eine Spur liebevollen Bedauerns durch. »Der jugendliche Spitzname Bird paßt nun nicht mehr zu dir.«

Bird wartete, bis die sich eifrig unterhaltenden Frauen mit dem Baby zwischen sich heran waren, und blickte dann seinem vom Arm der Mutter behüteten Sohn ins Gesicht. Er wollte versuchen, ob er in den Pupillen des Babys sein eigenes Gesicht gespiegelt fände. Der Spiegel dieser Augen war von einem außerordentlich klaren und tiefen Dunkelgrau, und wirklich tauchte Bird aus ihm herauf, so winzig freilich, daß er sein neues, verändertes Gesicht nicht zu erkennen vermochte. Sobald wir zu Hause sind, werde ich sofort in den Spiegel schauen, dachte Bird. Gleich danach dann wollte er, nahm er sich vor, in dem Wörterbuch, das ihm der inzwischen in sein kleines Heimatland auf der Balkanhalbinsel zurückversetzte Deltschew geschenkt und auf der Titelseite mit dem Wort für ›Hoffnung‹ gewidmet hatte, als erste Vokabel das Wort für ›Geduld‹ nachschlagen.